三十一文字《みそひともじ》の漢詩

中国詩に見る寂寞の心想

藤井莫雲

海鳥社

まえがき

漢詩の魅力は、泉が湧くような詩人の想念に乗せられて、あるときは夢幻の空間を彷徨うような、またあるときは五情の荒波に翻弄されるような、尽きせぬ情感の世界に遊ぶ愉楽があることである。

しかし私どもがいざ漢詩を作るとなると、起承転結、押韻、平仄《ひょうそく》等々、また古体と近体とか、さらに古体には古詩・楽府、近体には絶句・律詩があり、それぞれに五言七言がある等々、容易ならざる制約が多くて、速成的な勉強ではとうてい追いつけるものではない。これらの難しい手法により成り立っている中国詩ではあるが、その心想に少しでもふれたいと思い、日本人に万葉の時代から遺伝性に沁み込んでいる、三十一文字《みそひともじ》への和訳を試みたものである。

平安前期の歌人・大江千里《おおえのちさと》に、次の和歌がある。

月みればちぢに物こそかなしけれ　わが身ひとつの秋にはあらねど

大江千里は、平安時代三十六歌仙の一人で、漢学の大江家を継いだ人物。在原行平・業平は千里の叔父にあたる。八九四年、勅撰集「句題和歌」を撰進。これは漢詩句の題詠として重要とされている。なお九〇三年に兵部大丞に任ぜられている。

前記和歌の下の句「わが身ひとつの秋にはあらねど」は、白楽天の「燕子楼」の結句「秋来只為一人長」（秋来只一人の為に長し）に通じるものがある。

また、詩歌人が左右に分かれ、作品の漢詩と和歌を比べ合わせて優劣を判ずる詩歌合わせがあり、それを記録したものとしては、堀河院中宮詩歌合（一〇九六年）のものが現存最古とされている。

さらに、俳諧においても、芭蕉に唐詩を参照した作品があり、我が国の詩歌俳諧に与えた漢詩の影響は大きく、近代になっても漢詩和訳の詩集が出ている。その中から数首紹介してみる。

山中対酌　李白（七〇一―七六二年）

両人対酌山花開　両人対酌山花開く
一杯一杯復一杯　一杯一杯復た一杯
我酔欲眠君且去　我酔うて眠らんと欲す君且らく去れ
明朝有意抱琴来　明朝意有らば琴を抱いて来れ

山に酒をくみかわす(1)　土岐善麿訳

ふたり酌みかわせば花こそさけ
一杯　一杯　また一杯
われはうつら酔いね　君は去りぬ
あけなば来よかし　琴を抱いて

閨怨　王昌齢（六九八―七五五？年）

閨中少婦不知愁　閨中の少婦愁いを知らず
春日凝粧上翠楼　春日粧《よそお》いを凝《こ》らして翠楼に上る
忽見陌頭楊柳色　忽ち見る陌頭《はくとう》楊柳の色

妻のかごと(2)　土岐善麿訳

うれいを知らぬたおやめが
春よそおいのたかどのや
町の青柳背ぞ恋し

悔教夫壻覓封侯　悔ゆらくは夫壻《ふせい》をして封侯を覓《もと》めしめしを

名にあくがれて送りしが

かごと＝託言。かこつけて言う言葉。言いわけ。

秋夜寄丘二十二員外　韋応物（七三七―八〇四?年）

懐君属秋夜　君を懐うて秋夜に属す
散歩詠涼天　散歩涼天に詠ず
山空松子落　山空しうして松子落つ
幽人応未眠　幽人応に未だ眠らざるべし

秋夜寄丘二十二員外(3)　井伏鱒二訳

ケンチコヒシヤヨサムノバンニ
アチラコチラデブンガクカタル
サビシイ庭ニマツカサオチテ
トテモオマヘハ寝ニクウゴザロ

ケンチ＝井伏鱒二の若い頃からの親友・中島健義のこと。

以上は和訳としてそれなりに親しみが持てて、また訳者それぞれの個性も見えて面白いが、竿頭一歩を進める思いで、何とかすべてを三十一文字の日本人のリズムにしてみたいと思った。人生の旅路に復路がないものならば、せめて余生は微酔を楽しみ、多少はうかれても許されるものと甘えて、遠《とお》つ国《くに》の中国の詩人たちと夢に逢い、不才をかえりみず、三十一文字への愚訳、戯訳、誤訳を試みた。

　こうしてみると、千年も一五〇〇年も前に生きた中国詩人たちの心想を、その作品から探るのも多少たやすくなったように感じる。しかしそれ以上に詩人の心情に近づこうとするには、何度も朗吟するに越したことはないのではなかろうか。「詩は味得すべし、解得すべからず」と言われる所以のものであろう。

その結果、私が多くの中国詩の中から深刻に受止めたのは、「貧と死」の問題であり、李白詩に「滌蕩千古愁」とあるごとく、全体から受ける寂寞の感はぬぐえない。

少し話がそれるが、面白いのは、フランスの芸術家マルセル・デュシャン（一八八七－一九六八年）の墓碑には、「さりながら死ぬのはいつも他人」と刻んであるという。大岡信氏の著書で知った。生前の彼も、いつまでもそのようにうそぶいてはいられなかった。「死ぬのは今度は俺」のときがまわってきたのだ。

寂寞の愁いは、中国詩人のみの問題ではなく、古往今来、洋の東西を問わず総ての人類に言えることであろう。


本書は、一六七詩を採録し、恣意的に二十一項目に分類した。

詩の後部に「妙趣閑話《おつなはなし》」と題して、中国笑話のコラムを設けた。主に、次に挙げる中国古典笑話集から摘出した。『笑林』(4)、『笑府』(5)、『世説新語』(6)、『笑林広記』、『艾子外後話《がいし》』、『笑賛』、『韓非子』、『笑林広記拾遺』、『雪濤諧史』、『笑倒』など（松枝茂夫訳『中国古典文学体系五九　歴代笑話選』平凡社、一九七〇年を参考にした）。

中国大陸的らしい、おおらかで素朴で、また本能のままな、間抜けな話が残っている。ただ今日とはお話しにならないひどい生活環境の中でのことであるし、人情習俗の違いからも噺の落ちが分かりにくいものもあるが、当時の貧苦の庶民の生活の中から生まれたものであると思えば、なかなか微笑ましい捨てがたいものがある。おかしくても、哀しくて笑えない噺もある。

詩の篆書については、私が趣味として、折にふれて書き溜めておいたものである。

篆書には大篆と小篆があり、大篆は周の宣王のとき、史籀《しちゅう》[7]が作ったといわれる漢字の書体。のち秦の承相李斯《りし》[8]により小篆が作られ、秦篆とも呼ばれる。後漢の許慎《きょしん》[9]の『説文解字』は、これを基本としたものである。なお、王莽《おうもう》[10]のとき、秦の八体書を改めて六書としたが、その中にある篆書は小篆を指していて、大篆はすでに古文、奇字の中に入れられていた（段玉裁『説文解字註』序。近藤春雄『中国学芸大事典』大修館書店、一九九二年より）。

挿画の出典である『唐詩選画本』は、永田生慈監修『北斎の絵本挿絵』二（岩崎美術社、一九八七年）の序によれば、七篇三十五巻三十五冊より成る絵入りの唐詩選略解書[11]で、北斎の挿絵が収められているのは、そのうちの六篇と七篇である。なお、序の末には「此篇固不為大人、専為令児童覚唐詩耳」（この篇はもとより大人の為ならず、専ら児童の唐詩を覚えしめんとなすのみ）とある。

中国の詩人たちが、家人友人に託し、月に託し、花に託し、そして酒に託して唱《うた》ってきたその詩中の心念を学ぼうとするとき、共鳴共感するものもあり、また反撥するものもある。それだから、芭蕉の「許六離別の詞」に、「予が風雅は夏炉冬扇のごとし」といったことは、中国詩人にも言えることであるかもしれないが、それではあまりにも淋しい。

夏炉冬扇を肯定し、リリシズムを排除しても、それは、所詮人間智を否定するに等しく、合理的だけではあまりにも潤いがない。現実から生まれ出るものに、夢をのせ、風雅を着せて愉しみたい。五情五感から迸りでる詩を期待しよう。

藤井莫雲

(1)、(2) 土岐義麿『鶯の卵　新訳中国詩選』(筑摩叢書二九六、一九八五年)より。
(3) 井伏鱒二『厄除け詩集』(講談社文芸文庫、一九九四年)より。
(4) 二二〇年頃成立の書。笑話文学の元祖。三巻から成っていたが、散逸して不明になり、清末に再構成され、二十三話が集められた。
(5) 一六二〇年頃明末成立、七〇八話が集録されている。これもまた中国では散逸し、日本に伝来されたものの中に平賀源内の訳本の一部が残っているという。これが肉付けされて、日本の小咄や古典落語として、現代まで伝わっているものもある。
(6) 四四〇年頃成立、魏・晋の代表的な人物の逸話を集めたもの。
(7) 周の宣王のときの太史。蒼頡が作ったという古文を変じて、大篆十五編を作ったといわれる。故に大篆を籀文ともいう。
(8) 秦の宰相。楚の上蔡の人。荀子に学び、始皇帝に仕え、宰相となるや焚書坑儒《ふんしょこうじゅ》を行って思想統一を強行。また、郡県制を布き、文字を統一して小篆を制した。最後は讒《ざん》せられて刑死した。
(9) 後漢の学者。河南省汝南県召陵の人。字は叔重。経書に通じ、「五経無双の許叔重」と称された。その著『説文解字』三十巻は、文字学の根本資料の一つ。
(10) 前漢末、新の国王。漢の哀帝を退け、平帝を毒殺し、自ら仮帝と称し国を新と号した。在位十五年。後漢の劉秀に滅ぼされた(前四五―二三年)。
(11) 絵入り本としてはほかに、高井蘭山《たかいらんざん》らの『唐詩選画本』初篇(天明八年)がある。

三十一文字の漢詩——中国詩に見る寂寞の心想◉目次

桃夭［桃の若くて美しい］……『詩経』周南 48
三子に別る［貧乏が戸口から入ってくると愛は窓から飛び出る］……北宋 陳師道 50
児に示す［死し去れば元より知る万事空しきを］……南宋 陸游 52

三 閑雅安住

飲酒（五）［廬を結んで人境に在り］……晋 陶淵明 54
飲酒（七）［杯尽きて壺自ずから傾く］……晋 陶淵明 57
園田の居に帰る（三）［月を帯び鍬を荷いて帰る］……晋 陶淵明 59
夏日山中［すっぱだかになり森の中］……唐 李白 61
落魄［今年かならず春風に負かず］……南宋 陸游 62
郊に出でて金石台に至る［漸く老いて時節を惜しむ］……南宋 陸游 64
春暁［春眠暁を覚えず］……唐 孟浩然 66
春夜［春宵一刻値千金］……北宋 蘇東坡 68
秋日偶成［富貴にも淫せず貧賤にも楽しむ］……北宋 程顥 70
梅村［閑窓に雨を聴きつつ詩巻をひろげ］……清 呉偉業 73
山居雑詩（三）［雲動いて忽ち青山］……金 元好問 75
鷓鴣天［春風は染めえず白髭鬚］……南宋 辛棄疾 76
袁氏の別業に題す［酒の徳孤ならず必ず隣あり］……唐 賀知章 77
浣渓沙［一曲の新詞酒一杯］……北宋 晏殊 79
柳巷［春余幾許時ぞ］……唐 韓愈 80
鹿柴［古池や蛙飛びこむ水の音 芭蕉］……唐 王維 82
山中諸生に示す［知らず山月の上るを］……明 王陽明 84
夏日悟空上人の院に題する詩［心頭を滅却すれば火も亦涼し］……唐 杜荀鶴 85

四 神仙憧憬

山中問答［笑って答えず自ら閑なり］……唐 李白 88
古風（五）［仙人千年蜻蛉の一年］……唐 李白 89
古風（七）［我に騰化の術無ければ］……唐 李白 92

宣州の謝朓楼にて校書の叔雲に餞別す［明鏡止水］……唐 李白 140
鏡を覧るの詩［鏡は容貌を見せ酒は心を現す］……清 毛奇齢 141
登高［潦倒新たに停む濁酒の杯］……唐 杜甫 142
燕子楼［秋来只一人の為に長し］……唐 白居易 144
春晩懐を詠じて皇甫朗之に贈る［君が家の濃酒と我が狂歌と］……唐 白居易 145
九日［重陽独り酌む盃中の酒］……唐 杜甫 147

八 怨恨思服

悲愁の歌［願わくは黄鵠となって故郷に帰らん］……漢 烏孫公主 150
王昭君［生きての恨み死しての嘆き］……唐 李白 152
怨情［知らず心に誰をか恨むを］……唐 李白 154
七歩の詩［骨肉相食む］……魏 曹植 155
貧交の行［君見ずや管鮑貧時の交わりを］……唐 杜甫 157
長安主人の壁に題す［世人交わりを結ぶに黄金を須う］……唐 張謂 159

九 春愁念念

浴を詠ず［覗き八文見るだけでおもしろくない］……唐 韓偓 162
春の思い［寝所の羅帷にしのびこむとは］……唐 李白 164
春怨［飛花入り笑う一人寝の妾を］……唐 李白 165
閨怨篇［妾が艶なるうちに帰らんことを］……梁・陳 江総 166
燕歌行［憂い来って君を思い敢えて忘れず］……魏 曹丕 168
閨怨［道の辺の柳芽吹けば夫恋し］……唐 王昌齢 170
遺懐［色街一の名を遺す］……唐 杜牧 171
金縷の衣［男女の機微を詠じて妙なり］……作者不詳 172
玉階怨［夜久しくして羅襪《らべつ》を侵す］……唐 李白 174
江南の春［沙魚《はぜ》釣るや水村山郭酒旗の風 嵐雪］……唐 杜牧 175

十八　女房冥加

内に贈る［日々に酔うて泥の如し］……唐　李白　298
月夜［閨中に只独り看る］……唐　杜甫　300
内子に贈る［貧の中にも等級あり］……唐　白居易　302
悲懐を遣る［貧賤の夫妻は百事哀し］……唐　元稹　304
夜雨北に寄す［巴山の夜雨秋池に漲る］……唐　李商隠　306

十九　暴走少年

少年の歌［笑って入る胡姫酒肆の中］……唐　李白　308
邯鄲少年の歌［宅中の歌笑日に紛紛］……唐　高適　310
少年の歌［咸陽の遊侠少年多し］……唐　王維　312

二十　長征疲倦

己亥の歳［一将功成って万骨枯る］……唐　曹松　316
涼州の詞［古来征戦幾人か回る］……唐　王翰　318
従軍行［戦うものはその身を忘るるものなり］……唐　李白　320
従軍行［千軍は得易く一将は求め難し］……唐　李白　322
城南に戦う［戦い勝ちて将驕《おご》り卒惰《おこた》れば敗る］……唐　李白　323
子夜呉歌［長安一片の月］……唐　李白　326
秋の思い［蕙草枯れ吾れも老いるを］……唐　李白　328
塞下の曲［直ちに為に楼蘭を斬らん］……唐　李白　330
夜受降城に上りて笛を聞く［一夜征人尽く郷を望む］……唐　李益　332
出塞［秦時の名月漢時の関］……唐　王昌齢　333

二十一　流謫憐憫

左遷されて藍関に至りしとき姪孫の湘に示す［雲は秦嶺《しんれい》に横たわり家何ずくにか在る］……唐　韓愈　336
白楽天の江州の司馬に左降せらるるを聞く［左遷の愁をやすめて帰洛の本懐をとげしめ給へ］……唐　元稹　338

作家別索引　342

【妙趣閑話《おつなはなし》】

一　酒仙酔吟

酒を把《と》って月に問う

唐　李《り》白《はく》
（七〇一－七六二）

我盃を停めこのことを問う
人が歩けば随うはなぜ
夕もや消えて輝きを増す
夜明け雲間に消えてゆくとは
寂しからずや孤栖《こせい》の姮娥《こうが》
今輝る月は古人見し月
明月惜しみ流れ去りゆく
月影さやか金樽《きんそん》照らせ

大空に月いでしより幾年か
明月に登らんとすもかなうまじ
月光り仙人の宮照らすごと
宵ごとに海上より上り来て
月の中白兎《はくと》春秋薬搗《つ》く
吾吾は昔輝る月見ざりしも
いにしえも今の人をも水のごと
願わくは歌を愉しみ酒のとき

姮娥＝「淮南子《えなんじ》」より、仙薬を盗んで月の中に逃げたという女。金樽＝黄金づくりの酒樽。

宇宙は今でも膨張を続けていて、すべての銀河が地球から遠ざかっているという記事を読んだことがある。大宇宙の不思議は多々あるが、中でも皓皓として照る月へのロマン、愛情、憧憬は、古代中世人にとって、はかりしれない感慨深いものがあったであろう。

かなわぬ夢を追う詩人李白にとっては、酒とともに好個の詩題であったであろう。「人明月を攀じんとするも得可からず」とあるが、手に捕りたくても捕れない、登って行きたくても行けない、しかしこの李白の時代から一三〇〇年後の今日、人間は遂に月面に下り立った。舟中から、江に映る月影を捕ろうとして溺死したという伝説のある李白が、今日に生き返ってこの事実を知ったならば、何と歌うだろうか。結句の「月光長《とこし》えに金樽の裏《うち》を照らさんことを」も李白ならではの感懐であり、今日この詩を読めば、詩人の心想を憶って錯雑な感がある。

李白、字は太白《たいはく》、四川省青蓮郷の人。若い時から学剣に長じ、一時遊俠の徒に身を投じたこともある。父はペルシャ人とする説もあるが、二十五歳旅に出て、諸国を放浪し、四十二歳玄宗に招請されたが、四十四歳の春長安を去る。以後六十二歳死に至るまで、長い放浪と詩作の旅を続け、杜甫とともに、盛唐の大詩人「李杜」の名を残し、彼にふさわしい、伝説的死にざまを世に残して去った。

把酒問月

青天有月来幾時　我今停盃一問之

青天に月有りて来《このかた》幾時ぞ　我今盃を停《と》めて一たび之に問う

人攀明月不可得　月行却与人相随
皎如飛鏡臨丹闕　緑煙滅尽精輝発
但見宵従海上来　寧知暁向雲間没
白兎搗薬秋復春　姮娥孤栖与誰隣
今人不見古時月　今月曾経照古人
古人今人若流水　共看明月皆如此
惟願当歌対酒時　月光長照金樽裏

人明月を攀《よ》じんとするも得可《うべ》からず　月行《ゆ》いて却《かえ》って人と相随う
皎《きょう》として飛鏡《ひきょう》の丹闕《たんけつ》に臨むが如《ごと》く　緑煙滅《りょくえんめつ》し尽くして精輝発す
但《た》だ見る宵に海上より来たるを　寧《いずくん》ぞ知らん暁《あかつき》に雲間に向かって没するを
白兎《はくと》薬を搗《つ》く秋復《ま》た春　姮娥孤栖《こうがこせい》して誰と隣せん
今の人は見ず古時の月　今の月は曾経《かつて》古人を照らす
古人今人流水の若《ごと》く　共に明月を看《み》て皆此《かく》の如《ごと》し
惟《た》だ願わくば歌に当たり酒に対するの時　月光長《とこし》えに金樽《きんそん》の裏《うち》を照らさんことを

皎《きょう》＝しらじらと月光の輝くさま。**丹**《たん》**闕**《けつ》＝仙人の宮殿。**緑煙**＝夕方のもや。

【妙趣閑話1】

▼酒好き（好酒）

酒好きの男、あまり長っ尻をするので、下僕《しもべ》が家に連れ帰ろうと思い、空がくもっていたので「雨になりそうです」というと「雨になりそうなら帰れやしないじゃないか」。やがて雨が降り出し、大分たってようやく止んだので、下僕「さあ止みました」というと「雨が止んだら、なにも心配することはないじゃないか」。

（笑賛）

将進酒

唐　李白

君見ずや天より来たる黄河の水
海に到れば還《ま》た返り来ず
君見ずや御殿の貴人黒髪も
朝《あした》にみどり夕には雪と
人生の楽しめるときぞんぶんに
高価な酒も惜しみなく呑め
天我れに才与《あた》えしは用ありて
金は天下の回りものなり
羊牛酒の肴に楽しまん
飲めや飲み乾せ三百杯も
岑夫子《しんふうし》丹丘君《たんきゆう》もさあやろう
杯置かずにおおいに飲もう
君がため我れ一曲歌わんか
耳そばだてて聞いてほしけれ
鐘たいこご馳走などは二のつぎだ
酔いが醒めずに長く続くを
聖人も賢者も死ねばそれまでよ
飲んべえだけが名をぞとどめる
平楽《へいらく》で昔陳王宴会し
一斗万銭の酒存分に

この主人銭はないなど言いはせん　酒買いとりて心ゆくまで
馬毛皮児を呼びだして美酒に換え　万古の愁い吹き飛ばそうぞ

岑夫子＝岑参《しんじん》、唐代の詩人。
丹丘生＝元丹丘、道士。

右顧左眄《うこさべん》しながら常に保身を心懸けねばならぬ、玄宗を頂点とする籠の中の生活から飛び出して、自己主張がキッチリできる世の中で李白が李白の詩を残せるのは、放浪生活の中でしかあり得なかったようだ。奔放不羈《ふき》、酒仙と呼ぶにふさわしい李白得意の酒中詩の一つであろう。五十二歳頃か、ほかに四十五歳、三十六歳の作とする説もある

李白（『晩笑堂画伝』より）

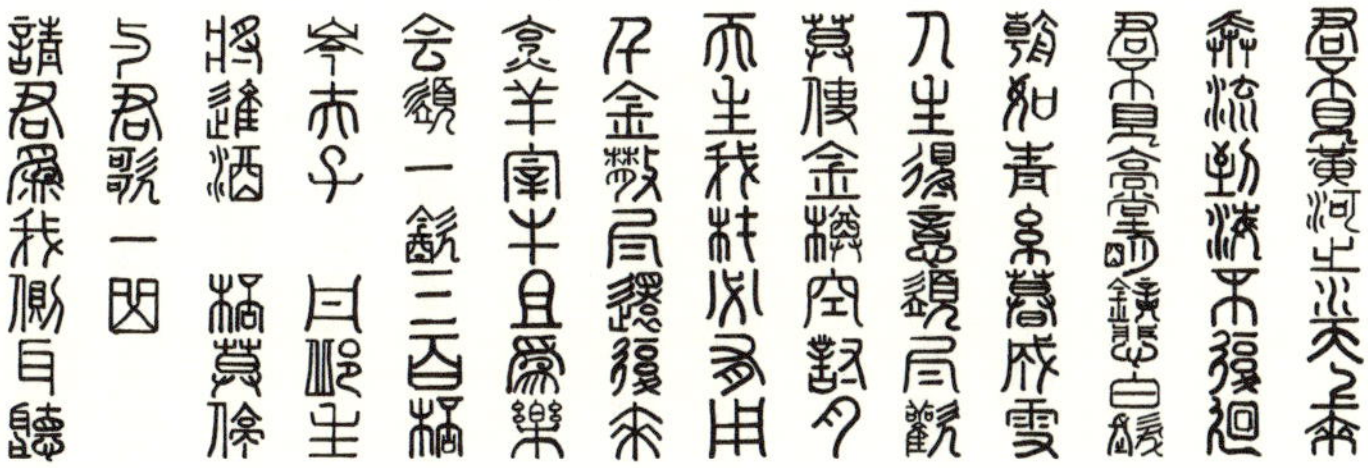

君不見黄河之水天上来
奔流到海不復廻
君不見高堂明鏡悲白髪
朝如青絲暮成雪
人生得意須尽歓
莫使金樽空対月
天生我材必有用
千金散尽還復来
烹羊宰牛且為楽
会須一飲三百杯
岑夫子　丹邱生
将進酒　杯莫停
与君歌一曲
請君為我側耳聴

君見ずや黄河の水天上より来たるを
奔流海に到って復《ま》た廻《かえ》らず
君見ずや高堂の明鏡白髪を悲しむを
朝《あした》には青糸の如きも暮れには雪と成る
人生の得意須《すべか》らく歓を尽くすべし
金樽《きんそん》をして空しく月に対せしむる莫《な》かれ
天我が材を生ずる必ず用有り
千金散じ尽くせば還《ま》た復《ま》た来たらん
羊を烹《に》牛を宰《さい》し且《しばらく》らく楽しみを為《な》さん
会《かなら》ず須《すべから》く一飲三百杯なるべし
岑夫子《しんふうし》　丹邱生《たんきゅうせい》
将《まさ》に酒を進めんとす杯《さかずき》停《とど》むる莫《な》かれ
君が与《ため》に一曲を歌わん
請う君我が為に耳を側《そばだ》てて聴け

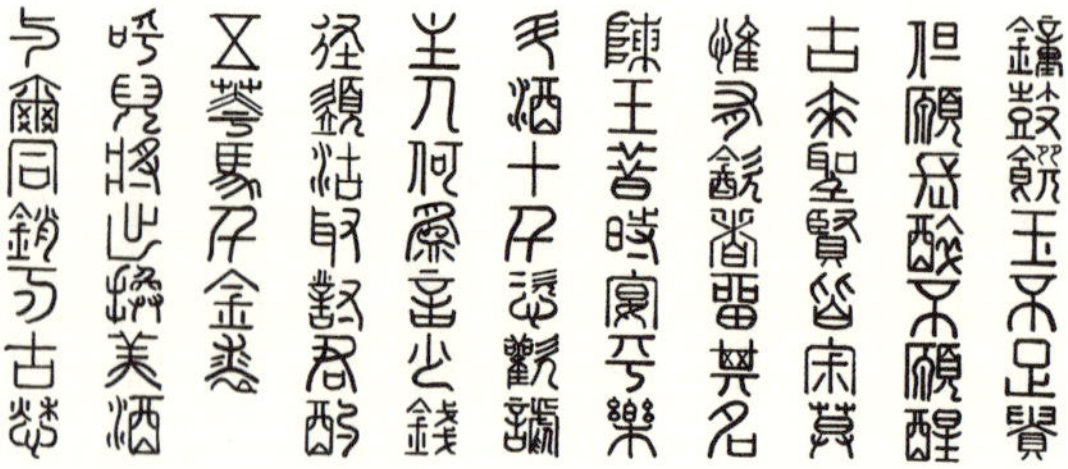

鐘鼓饌玉不足貴
但願長酔不願醒
古来聖賢皆寂寞
惟有飲者留其名
陳王昔時宴平楽
斗酒十千恣歓謔
主人何為言少銭
径須沽取対君酌
五花馬　千金裘
呼児将出換美酒
与爾同銷万古愁

鐘鼓《しょうこ》 饌玉《せんぎょく》 貴《たっと》ぶに足らず
但《た》だ長酔を願って醒《さ》むるを願わず
古来聖賢皆寂寞《せきばく》
惟《た》だ飲者のみ其の名を留むる有り
陳王昔時平楽《へいらく》に宴《えん》し
斗酒十千歓謔《かんぎゃく》を 恣《ほしいまま》にす
主人何為《なんす》れぞ銭少なしと言わん
径《ただ》ちに沽《か》い取って君に対して酌《く》むべし
五花《ごか》の馬　千金の裘《きゅう》
児を呼び将《ひ》き出だして美酒に換えしめ
爾《なんじ》と同《とも》に銷《け》さん万古の愁《うれい》を

高堂＝高くかまえた堂、立派な家屋。他人の家または家人の尊敬語。**材**＝生まれつき有する能力、才。**饌玉**＝立派な料理。**寂寞**＝ものさびしいさま、ひっそりしたさま。**平楽**＝寺観の名。僧侶が仏に仕える所寺と、道士が道を修める所観と。洛陽平楽観。**万古の愁**＝永久不変の愁い。李白は死に対する不安、憂愁をいったものであろう。また万古とは、過去から現代までだけでなく、未来までの永遠の時間である。

山中にて幽人と対酌す

唐 李白

二人して杯を上げれば山は花　さしつさされつついオットット
もうよかろ酔《よ》い寝《ね》たのしむ去ってくれ　明日また飲むか琴持ちて来よ

幽人＝浮世を逃れて静かに暮らしている人。

「一杯一杯復一杯」何とも絶妙の一句。下手な差出口は何もいらない。酒呑みの心情を解した万古不易の名句とある人のいう。

山中与幽人対酌

両人対酌山花開　一杯一杯復一杯
我酔欲眠卿且去　明朝有意抱琴来

両人対酌して山花開く　一杯一杯復《ま》た一杯
我酔うて眠らんと欲す卿《きみ》且《しば》らく去れ　明朝意有らば琴を抱いて来たれ

【妙趣閑話2】

▼孟子をやりこめた孟母

孟子が妻を迎えてからのことである。ある日孟子が妻の部屋に入ろうとすると、妻が肌ぬぎになっていた。孟子は不機嫌な顔をして、そのまま出て行ってしまった。

孟子の妻は、姑のところへ行って、実家に帰してほしいと申し出た。

「夫婦の道は私室に与《あずか》らずと聞いております。私が私室で気楽なかっこうをしておりましたところ、だんなさまが入ってこられ、いやな顔をなさいました。これは私を他人あつかいにされているのです。嫁して他人あつかいにされているのでは、女の道が立ちません。実家に帰らせていただきます」

孟母は孟子を呼んでいった。

「そもそも礼に『門に入るときは、ごめんくださいということ』といわれているのは、人の立場を尊重するためです。『家に入るときは声をかけよ』といわれているのは、中の人の注意をうながすためです。また『部屋に入るときは目を伏せよ』といわれているのは、人のうっかりしていることを見ないためです。それなのにあなたは、黙って妻の部屋に入りましたね。自分が礼を守らないくせに、人の無礼を責めるのは見当はずれではありませんか」

孟子はわびて、妻を家にとどめた。

（列女伝）

旅行中の歌

唐　李白

香りよし色も味よし天下一　玉碗に満つ光る宝石
この亭主我れを愉快に酔わしめば　此処《ここ》が何処《どこ》やら我が家も忘る

この詩は、李白が玄宗の側近の讒言《ざんげん》により追放され、斉魯（山東省）のあたりをさすらっていたときの詩という。このときの彼李白の境遇を考えれば、この詩の裏には、不安、哀愁がただよっていると思うのは考えすぎか。

客中行

蘭陵美酒鬱金香　玉碗盛来琥珀光
但使主人能酔客　不知何処是故郷

蘭陵の美酒鬱金香《うっこんこう》　玉碗盛り来る琥珀《こはく》の光
但《た》だ主人をして能《よ》く客を酔わしめば　知らず何《いず》れの処か是れ故郷

蘭陵＝美酒の産地。**玉碗**＝玉で作った碗。**鬱金香**＝チューリップの漢名、美酒の名。**琥珀**＝黄色透明な宝石。

酒を待てども至らず

唐　李白

玉壺もち酒買いに行きそのあまり　おそきにじれて我れいからすな
山の花こちらに向いてにっこりと　好機にがさずいまこそ盃を
皆集い東の窓辺今宵酌む　鶯群れて良き囀《さえず》りも
気に入りの飲んべと酌めば春風は　我が酔いつつみ相い宜しけれ

なんともはや、酒客にとっては申し分のない設定。
遊びをせんとや生まれけん、酒を飲まんとや生まれけん。酒仙の歓はここに極まれり。我れ酔えば山また笑う。結句の「今日乃《すなわ》ち相い宜《よろ》し」がまことに相い宜し。

待酒不至

玉壺繋青糸　沽酒来何遅
山花向我笑　正好銜杯時

玉壺青糸に繋《か》けたり　酒を沽《こ》うて来ること何ぞ遅き
山花我れに向かって笑う　正《まさ》に杯を銜《ふく》むに好《よ》き時

晩酌東窓下　流鶯復在茲
春風与酔客　今日乃相宜

晩酌す東窓の下　流鶯《りゅうおう》復《ま》た茲《ここ》に在り
春風と酔客と　今日乃《すなわ》ち相い宜《よろ》し

沽酒＝酒を買う。流鶯＝流れるように泣くうぐいす。

勧酒（『唐詩選画本』より）

【妙趣閑話3】

▼僧と雀（僧与雀）

　鷹に追われた雀が、ある僧の袖の中に飛び込んだ。僧、その雀をにぎりしめ、「阿弥陀仏、今日は肉が食えるぞ」。雀が目をつむって動かぬので、僧は死んだものと思って手をあけると、雀はパッと飛んでいってしまった。僧、「阿弥陀仏、放生《ほうじょう》してやるぞよ」。（笑賛）

友人会宿す

唐　李白

千万古人世の愁い洗い去り　居続けで飲む百壺の酒を
今宵よし語りあかすに絶後なり　円き明月寝るに由無し
やがて酔い寂しき山に我れ臥せば　天地そのまま我が寝床なれ

「千年万年からの心配など忘れてしまえ」。酒飲みの詩人にすれば、雪月花山川草木すべてが詩酒の対象になる。ここでも前詩の「今日乃ち相い宜し」が、続いている。雄大豪放の李白の酒詩躍如たり。「酒は之忘憂の名あり」。

友人会宿

滌蕩千古愁　千古の愁いを滌蕩《できとう》し
留連百壺飲　留連す百壺の飲
良宵宜且談　良宵宜しく且《しば》らく談ずべし

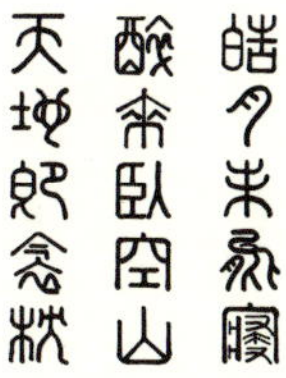

皓月未能寝
酔来臥空山
天地即衾枕

皓月未だ寝る能わず
酔来空山に臥せば
天地即ち衾枕《きんちん》

滌蕩＝けがれを洗いおとす。**留連**＝居続け。**皓月**＝あきらかな月、名月。**衾枕**＝ふすまと枕、夜具。

【妙趣閑話4】

▼泥棒（遇偸）

泥棒、ある貧しい家に入り、そこらじゅうを探しても何一つ目ぼしいものがないので、唾を吐いて戸を開けて出て行こうとする。貧乏人、寝床に寝たままそれを見て呼び止め、「これ、どろ公、戸を閉めていってくれ」というと、泥棒笑って、「ちょっと聞くが、戸を閉めてどうするんだ」。（笑府）

月下独酌（一）

唐　李白

花見酒一壺が遅々《ちち》とすすまずは　語る朋友《とも》なく注《さ》す酒友《とも》なければ
今宵しも名月迎え盃を上ぐ　我が影入れて三人となる
お月さんお酒の味が分からずに　影も我が身にまといつくのみ
しばらくは月と影とを友にして　行く春惜しみ共に酌まんか
我れ歌う月は夜空にたゆたいて　我れ酔い舞えば影入りみだる
醒めてれば三人共に歓べど　酔って眠れば分かれてしまう
いつまでも清くさらりと交わりて　やがては遠き天の川にて

酒仙李白の、天の川に翔ぶ霊魂のロマン、李白独自の神仙の世界か。

この詩の「無情の遊」というのが引っかかった。無情とは、なさけのないこと、木や石の如く心のないこと、非情のことであるが、「無情の遊」となると余計分かりにくい。しかし考えてみれば、月、影と心の通じない三者の行楽で、こういう設定は、李白得意のものであり、より飛躍的な仙境を詠んだ詩も数多くある。そしてまた、あるテキストに、「無情の遊」は「相手に何ものをも期待しない、清い交わり」とあるのを見て、もう一つ納得した。荘子に、

君子之交淡如水（君子の交わりは淡きこと水の如し）

小人之交甘如醴（小人の交わりは甘きこと醴の如し）　醴《れい》＝甘酒。

とある。耳の痛いことである。さらりとした、大陸的というか、中国人ならではのものか。対人関係の言葉としても「管閑事　落不是」（おせっかいをすると、あれこれ言われる）という言葉がある。必要な世話か余計なお世話かは、受ける側の受けとり方で違ってくる。

結句「邈《はる》かなる雲漢《うんかん》に相期す」に至っては、詩人の透徹せる信念の絶唱か。古代日本でも、死者の魂は天に昇り、星になるという思想があったとか。周辺に不幸があれば、その夜星空を眺めて、一際輝いて点滅している星があれば、あの人の魂が早くも天空から我れらに語りかけていると思えばよい。天上のまたたきが、益々元気でやれよ、恙《つつが》無きやと言っていると思ってもよいし、時により、早くこちらに来いよと言っていると思ってもよい。

死者を、墓の中や仏壇にとじ込めて身近に置くのも一つの納得なら、中空高く明滅する星空を身近なものとして、夜空の詩情に浸るのも、自然の情緒をいつまでも忘れずにいる大事なこととも思える。

結句「邈かなる雲漢に相期す」は、実に捨て難い、真人の言葉にも似る。

月下独酌（一）

花間一壺酒
独酌無相親
挙杯邀明月
対影成三人
月既不解飲
影徒随我身
暫伴月将影
行楽須及春
我歌月徘徊
我舞影凌乱
醒時同交歓
酔後各分散
永結無情遊
相期邈雲漢

花間一壺《いっこ》の酒
独り酌んで相親しむもの無し
杯を挙げて明月を邀《むか》え
影に対して三人と成る
月既に飲《いん》を解せず
影徒《いたず》らに我身に随う
暫《しば》く月と影とを伴い
行楽須《すべか》らく春に及ぶべし
我れ歌えば月徘徊《はいかい》し
我れ舞えば影凌乱《りょうらん》す
醒時は同《とも》に交歓し
酔後は各々分散す
永く無情の遊を結び
邈《はる》かなる雲漢《うんかん》に相期す

凌乱＝入り乱れもつれる。**雲漢**＝天の川。**無情遊**＝相手に何ものをも期待しない、清い交わり。

月下独酌（二）

唐　李白

天にもし酒を愛する神なくば
酒を愛する星もまたなし
地がもしも酒を愛することなくば
地には酒泉はいないだろう
天と地がすでに酒をば愛すれば
愧《は》ずることなく呑むこそよけれ
故事に聞く清酒は聖に比すごとし
濁酒は賢になぞらうごとし
聖（清）と賢（濁）存分に呑み腹の中
いまさら何で神仙なるぞ
三杯で人世の道の大道へ
一斗も呑めば自然の中へ
酒呑むは酔心地こそたのしけれ
呑めない者に言うも無駄なり

酒泉＝甘粛省酒泉県の東北に漢代以来「酒泉」と名づけられた泉があった。水のうまさを酒のうまさに譬えたという。

これぞ至福の一時でなくて何であろう。蘇東坡にも、「飲中の真味、老いて更に濃きなり」という言葉がある。

月下独酌（二）

天若不愛酒　酒星不在天
地若不愛酒　地応無酒泉
天地既愛酒　愛酒不愧天
已聞清比聖　復道濁如賢
賢聖既已飲　何必求神仙
三杯通大道　一斗合自然
但得酔中趣　勿為醒者伝

天若《も》し酒を愛せずんば　酒星は天に在らじ
地若《も》し酒を愛せずんば　地応《まさ》に酒泉無かるべし
天地既《すで》に酒を愛せり　酒を愛すること天に愧《は》じず
已《すで》に聞く清《せい》は聖《せい》に比すと　復《ま》た道《い》う濁《だく》は賢《けん》の如しと
賢聖既《すで》に已《すで》に飲む　何ぞ必ずしも神仙を求めんや
三杯大道に通じ　一斗自然に合す
但《た》だ酔中の趣を得んのみ　醒者《せいじゃ》の為に伝うること勿《なか》れ

李白故里・四川省江油市青蓮
（2001年６月撮）

王荊竜画「月下李太白像」

月下独酌（三）

唐　李白

春三月咸陽城《かんようじょう》は花ざかり
誰かあるこのよき春に世にふれば
人の世の窮達《きゅうたつ》とまた長短は
酒呑めば死するも生くるも気にならず
酔えば我れ天をも地をも忘れける
この我が身夢か現《うつつ》かわかりかね

千花万花で錦のごとし
憂さを忘れて呑みてこそよし
造化《ぞうか》の神よりうくるものなり
神の事象《ことわり》分かりかねぬる
知らざるうちにひとり枕に
酔うて味わうこよなき心地

これらの詩を残して、李白は、天宝三（七四四）年春夏の交、翰林院供奉《かんりんいんぐぶ》の職を辞し、長安を去って直ちに洛陽の東梁園（開封《かいほう》）に下る。以後李白は、二度と長安に戻ることはなかった。
杜甫をして「筆落つれば風雨を驚かし、詩成れば鬼神を泣かしむ」と言わしめた李白は、この後は放浪と客寓《かくぐう》の長い間、多くの詩を残し、「且《しば》らく楽しむ生前一杯の酒、何ぞ須《もち》いん身後千載《せんざい》の名」

と詠んだごとく、こよなく酒を愛し、酒に溺れた生涯を送ることになる。

月下独酌（三）

三月咸陽城　千花昼如錦
誰能春独愁　対此径須飲
窮通与修短　造化夙所稟
一樽斉死生　万事固難審
酔後失天地　兀然就孤枕
不知有吾身　此楽最為甚

三月咸陽《かんよう》の城　千花昼は錦の如し
誰か能く春独り愁《うれ》うる　此《これ》に対して径《ただ》ちに須《すべか》らく飲むべし
窮通《きゅうつう》と修短《しゅうたん》と　造化より夙《つと》に稟《う》くる所なり
一樽にて死生を斉《ひと》しくす　万事固《まこと》に審《つまび》らかにし難し
酔後は天地を失い　兀然《こつぜん》として孤枕《こちん》に就《つ》く
吾が身有るを知らず　此《こ》の楽しみ最も甚だしと為す

李　白

咸陽城＝長安城を詩的に古めかしく言ったもの。その昔は長安の西北秦の都があった所。**窮通**＝困窮と栄達。**修短**＝生命の長いと短い、長短。**造化**＝万物を創造し化育した神、造物主。

月下独酌（四）

唐　李　白

わが愁《うれ》い数限りなく多けれど
心配の事多けれど酒あれば
それだから酒は聖なる所以《ゆえん》とか
周の粟《ぞく》食べずに死した伯叔《はくしゅく》や
当代は飲んで楽しくやらずんば
酒飲むに肴は蟹があればよい
しばらくは美酒を傾け高台で

うま酒三百そは消えにけり
百薬の長で憂きことは来ず
満足すれば心平安
貧に耐えたる顔回《がんかい》の故事
名声残れど何の役にぞ
酒かすの山蓬萊《ほうらい》のごと
月を仰いで酔いを楽しむ

一口に放浪といっても、美酒珍味で歓迎されることもあろうが、時には招かれざる客として追われることに耐えねばならぬこともあっただろう。それらの経験を踏まえた言葉としてか、「窮、愁」の語が、この月下独酌の作の中からも時に顔をのぞかせてくるし、これらの苦労も詩作の肥《こや》しになったといえば確かにそうであろうが、李白の場合もそう風雅な時ばかりとは言えぬようだ。

李白の詩風は、技巧に走らず線が太く、奔放、情熱的というような評価が強いようであるが、李白の言に「世にあることは大夢に似たり、ふと首を廻《めぐ》らせば寂寞の愁い尽きず」とある。こうしてみると、李白といえども、青壮老とまた境遇の変化により、心想の推移もいなめぬものがあるようだ。

月下独酌（四）

窮愁千万端　美酒三百杯
愁多酒雖少　酒傾愁不来
所以知酒聖　酒酣心自開
辞粟臥首陽　屢空飢顔回
当代不楽飲　虚名安用哉
蟹螯即金液　糟邱是蓬莱
且須飲美酒　乗月酔高台

窮愁　千万端　美酒　三百杯
愁多くして酒は少なしと雖《いえど》も　酒傾くれば愁《うれ》い来たらず
酒の聖なるを知る所以《ゆえん》にして　酒酣《たけなわ》にして心は自から開く
粟《ぞく》を辞して首陽に臥し　屢《しば》しば空しくして顔回飢う
当代に飲むことを楽しまずんば　虚名安《いず》くんぞ用いられんや
蟹螯《かいごう》は即ち金液《きんえき》　糟邱《そうきゅう》は是れ蓬莱《ほうらい》
且《しば》らく須《すべか》らく美酒を飲んで　月に乗じて高台に酔うべし

窮愁＝追いつめられた憂い、どうしようもない憂い。**蟹螯**＝かにのはさみ。その肉は美味。**金液**＝陶磁器上絵付用の水金。**糟邱**＝酒かすで作った丘。酒を飲みふざける形容。**蓬莱**＝仙人の住むという想像上の島。**辞粟**＝殷末、伯夷・叔斉が周の粟を食わず、首陽山に隠れ蕨《わらび》を採って食べ餓死した故事より。**飢顔回**＝孔子の弟子顔回が、米びつがしばしば空になるほど貧乏していても主義を変えなかった故事より。

曲江

唐
杜《と》甫《ほ》
（七一二―七七〇）

つとめ終え朝《ちょう》より帰り春着をば
酒代を借りるは常のことなれど
奥深く花から花へあげは蝶
ことづけすこのよき景色も変わりゆく

質にぞ入れて酔《すい》を尽《つく》さん
稀にしあるは齢《よわい》七十
ひとり楽しげ水辺のとんぼ
好期逃《に》がさずしばらく賞《め》でよ

杜甫には珍しく、楽観的というか、むしろ享楽的ともいえる心境を詠っている。しかし短い人生であるからこそ「暫時相賞して相違うこと莫かれ」と結んでいる。第四句「人生七十古来稀なり」から七十歳を古稀と呼ぶようになったという。

杜甫、字は子美《しび》、号は少陵。著名な儒者杜預《とよ》を祖先とし、詩人杜審言《としんげん》の孫として、河南省鞏県《きょうけん》に生まれる。安祿山の乱に関連して長安に軟禁され、後脱出して蜀に至り、成都郊外の浣花渓《かんかけい》に草堂をつくり、詩作に励み、彼の生涯で最も安定した時期を過ごしたという。史詩を得意として、李白と同時代ではあるが、対照的な詩人と評される。五十九歳で没。

曲江

朝回日日典春衣　毎日江頭尽酔帰
酒債尋常行処有　人生七十古来稀
穿花蛺蝶深深見　点水蜻蜓款款飛
伝語風光共流転　暫時相賞莫相違

朝《ちょう》より回りて日日春衣を典し　毎日江頭《こうとう》酔を尽くして帰る
酒債は尋常行く処に有り　人生七十古来稀なり
花を穿《うが》つの蛺蝶《きょうちょう》深深《しんしん》として見る　水に点ずるの蜻蜓《せいてい》款款《かんかん》として飛ぶ
伝語《でんご》す風光共に流転《るてん》す　暫時相賞《しょう》して相違うこと莫かれ

曲江＝長安の東南にあった行楽地。曲折した池があったのでこの名がある。**江頭**＝曲江のほとり。**朝回**＝朝廷より帰る。**典**＝質におく。**蛺蝶**＝あげは蝶。**深深**＝入りこんで奥深いさま。**点水**＝水をさすこと。**蜻蜓**＝ヤンマの異称。**款款**＝真心をこめるさま。ひとり楽しむさま。**伝語**＝ことづけ、伝言。

【妙趣閑話5】

▼好色（好内）

ある男、酔ってから女色に近づくことを好む。ある人これを戒めて「ひどく酔ってから房事を行うと、五臓がひっくり返る。これは大いに体に毒だ」というと、「いや僕は大丈夫だ」。「どうして?」、「僕はいつも二度ずつ行なう」。

（笑府）

飲中八仙（李白）

唐　杜甫

一斗飲み詩百篇詠む李白さん
天子から使い来たれど伺候《しこう》せず
酔いつぶれるは長安の街
この李白こそ酒仙なるぞと

一斗＝この当時の中国の一斗は日本の一升（約一・八リットル）。伺候＝おそばに奉仕すること。

正式には「飲中八仙歌」（仙は〝仙人のごとき酒飲み〟の意か）。当代名士中の八人の酒豪を歌ったもので、その内の李白の部。八人とは他に、賀知章《がちしょう》、汝陽王璡《じょようおうしん》、左承相李適之《りてきし》、崔宋之《さいそうし》、蘇晋《そしん》、張旭《ちょうきょく》（草書の名人）、焦遂《しょうつい》の八人。

同時代の杜甫が認めるごとく、李白の酒は豪快で、権力に屈せざる気質と相俟って、やがて玄宗から遠ざけられる。「常言に言えらく、酒は人を酔わしめず人自ら酔う。色は人を迷わしめず人自ら迷うと」（『忠臣水滸伝』）。

飲中八仙（李白）

李白一斗詩百篇　李白一斗詩百篇　李白一斗詩百篇

長安市上酒家眠
天子呼来不上船
自称臣是酒中仙

長安市上酒家眠
天子呼来不上船
自称臣是酒中仙

長安の市上酒家に眠る
天子呼び来たれども船に上《のぼ》らず
自ら称す臣は是れ酒中の仙と

酒肆（『唐詩選画本』より）

【妙趣閑話6】

▼節哀の酒（節哀酒）

蘇州では、死者を荼毘《だび》に付して野辺送りをするときには、親戚友人が酒をとどけて、喪主を慰める風習があり、これを「節哀」といっている。

ある男、死んだ父の野辺送りをし、節哀酒を貰い、へべれけに酔って家に帰ると、その母を見てゲラゲラ笑いつづける。母が怒って、「ばかのすっぽんめ、お父さんが亡くなって何が嬉しいんだよ。わたしの顔を見てゲラゲラ笑うなんて」というと、「お母さんの顔を見たら、もう一度呑めると思ったもんだからね」。

（笑府）

形影神

晋　陶淵明《とうえんめい》
（三六五―四二七）

空翔べる仙人になる術知らず　いつか必ずあの世の人に
願わくはこの短世を吾が生と　酒でも飲んで遊び尽くさん

長詩より、四句を掲出する。
「閑静にして言少なく、栄利を慕わず。書を読むことを好むも、甚だしくは解することを求めず、意《こころ》に会《さと》ること有る毎に、便《すなわ》ち欣然として食を忘る。性酒を好むも、家貧しければ常には得る能わず。親旧、其の此《か》くの如きを知り、或いは酒を置《もう》けて之を招く。造《いた》り飲めば輒《すなわ》ち尽し、期するところは必ず酔うに在り。既に酔いて退くに、曾《すこ》しも情を去留に吝《やぶさ》かにせず環《せま》き堵《いえ》は蕭然《ものさびし》くして、風と日とを蔽《おお》わず。短き褐《かわごろも》は穿《あな》あき結《つづ》れ、簞《わりご》と瓢《ひさご》とは屢《しば》しば空しきも、晏如《やすらか》なり。常に文章を著わして自ら娯しみ、頗《いささ》か己れが志を示す。懐いを得失に忘れ、此を以て自ら終る」（『五柳先生伝』より）
また「自祭文」には、「ああ、私は自分の道をゆき、彼らとはまったく異なる、栄進は名誉と思わぬ。黒く染められても黒くなろうか。貧乏住まいに孤高を守り、大酒くらって詩を作ってきた」
とある。

陶淵明、字は元亮《げんりょう》、名は潜。江西省潯陽《じんよう》県廬山《ろざん》のふもとに生まれる。東晋の名将陶侃《とうかん》の曾孫だが、彼の生まれた頃は家はすでに没落していた。二十九歳のとき、江州祭酒の職を得るが、四十一歳彭沢《ほうたく》県令のとき「我れ、あによく五斗米《ごとべい》（わずかの俸禄）のために、腰を折りて郷里の小児に向かわんや」と嘆息し、「帰去来辞」を賦《ふ》して郷里に帰ったというエピソードは有名。以後晴耕雨読、詩、酒をこよなく愛し、六十三歳で没した。

自祭文＝他人の死をいたみ、その霊魂をまつるのが「祭文」であり現今の追悼文であろう。自分の死を想定してこれを追悼する「自祭文」は先例がない。淵明には別に、同じ発想による「挽歌詩」がある（本書「五　雲漢浪漫」の項をご参照下さい）。

陶淵明

形影神

我無騰化術
必爾不復疑
願君取吾言
得酒莫苟辞

我れに騰化《とうか》の術無ければ
必ず爾《し》からんこと復《ま》た疑わず
願わくは君吾言《わがげん》を取り
酒を得ては苟《いやしく》も辞する莫《な》かれ

騰化術＝（仙人を）真似る術。

飲　酒　（二）

晋　陶淵明

酒はしも憂いを忘れる玉箒《たまばはき》　毎日飲めば命削らる
善行を積めば欣《よろこ》びまさりしが　誰が誉めるかつめたきとしれ

酒は、飲めば心の憂《う》さを忘れるので「玉箒《たまばはき》」と言われるが、それだからといって、毎日多量に飲めば、今度は命を削るかんなにもなる。また善行を積めば本人は気持ちのいいものだが、それだからといって、他人が必ず誉めてくれるとは限らない。常に冷めた眼で物事の裏を見ている、陶淵明の透徹した心情を忖度《そんたく》できる作品の一つか。また「帰去来辞」を残し、超世孤高の志から四十一歳で惜しげもなく官職を辞して田夫になった彼の行為も、この作品を見ればうなずける。

日醉或能忘
將非促齡具
立善常所欣

飲　酒　（二）

日醉或能忘　日びに酔えば或いは能く忘れんも
将非促齢具　将《は》た齢を促《ちぢ》むるの具に非ずや
立善常所欣　善を立つるは常に欣《よろこ》ぶ所なるも

誰當爲汝譽　誰当為汝誉　誰が当《まさ》に汝が誉れを為すべき

【妙趣閑話7】

▼端公

北方では神降ろしをする男のことを端公《たんこう》という。ある端公に見習中の弟子がおったが、ある日、端公の留守に人が神降ろしを頼みにきた。その弟子は太鼓の打ち方と歌をうたうことを習ったばかりで、まだ呪文のとなえ方は授かっていなかったが、ままよと神降ろしに行った。ところが途中で神がいっこうに乗り移ってこないので、やむなく口から出まかせに神霊を引き合いに出して、いい加減なことをしゃべり、布施《ふせ》をもらって帰った。師匠に向かい、「やれやれ、ひどい目にあいました」といって、神降ろしをした話をすると、師匠大いに驚き、「お前はどうして知ったのか？　わしだってやっぱりそうするのだ」。

（笑賛）

【妙趣閑話8】

▼富を自慢する（誇富）

ある人、客に向って自分の富を誇り、「わしの家にないものはない」といいながら、指を二本折って「ないのは天上の日と月だけ」という言葉が終わらぬうちに家童が出てきて、「台所に薪がございません」と告げる。その人、指をもう一本折って、「ないのは日と月と、薪だけ」。

（笑林広記拾遺）

二 子女愛憐

子を責む

晋　陶淵明

白髪《はくはつ》でびんはおおわれ見る影も　肌はたるんで皺だらけとは
我が家には五男子あれば喧《かまびす》し　どれもこれもが勉強ぎらい
長男の阿舒《あじょ》は二八《にはち》になるけれど　怠者《なまけもの》とてくらべものなし
次の宣《せん》志学《しがく》になるにこれもまた　学問ぎらいこまりものなり
雍端《ようたん》はともに十三双子《ふたご》なり　六、七知らず話しにならぬ
通坊《つうぼう》はもう九歳になるとしで　ただただ栗と棗《なつめ》ほしがる
天運かどれもこれもがこれならば　酒でも呑んで気晴しするか

二八＝十六歳。志学＝十五歳。

陶淵明にして「此《か》くの如くんば（況《いわん》や……）」と言いたいところなり。しかし、嘆きとはうらはらに、言外にどの子も可愛くてしようがない想いが察せられて、何ともほほえましい。結句「且《しば》ら

く杯中の物を進めん」に意が見える。

責子

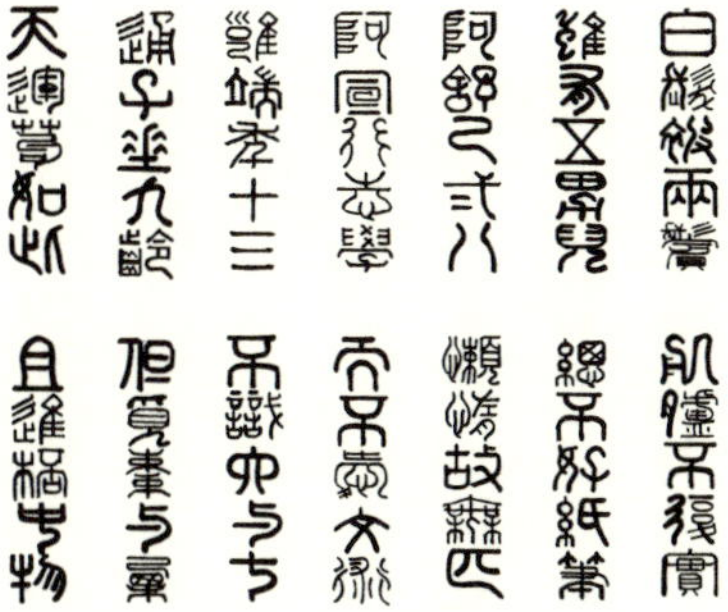

白髪被両鬢　肌膚不復実
雖有五男子　総不好紙筆
阿舒已二八　懶惰故無匹
阿宣行志学　而不愛文術
雍端年十三　不識六与七
通子垂九齢　但覓棗与栗
天運苟如此　且進杯中物

白髪両鬢《びん》を被い　肌膚《きひ》復《ま》た実《み》たず
五男子有りと雖《いえど》も　総《す》べて紙筆《しひつ》を好まず
阿舒《あじょ》已に二八《にはち》　懶惰《らんだ》故《もと》より匹《たぐい》無し
阿宣《あせん》行々志学《しがく》なるに　而《しか》も文術を愛せず
雍《よう》と端《たん》とは年十三　六と七とを識《し》らず
通子《つうし》は九齢《きゅうれい》に垂《なんなん》とし　但《ただ》棗《なつめ》と栗《くり》とを覓《もと》む
天運苟《いやし》くも此《か》くの如くんば　且《しば》らく杯中の物を進めん

懶惰＝なまけること。無精。

井《せん》底《てい》に銀《ぎん》瓶《べい》を引く

淫《いん》奔《ぽん》を止《とど》むるなり

唐　白居易《はくきょい》
（七七二—八四六）

井の底の銀のつるべを引きあげる
石の上で簪《かんざし》みがきつるつると
つるべ落ち簪折れてどうしよう

その昔憶《おも》いおこせば乙女ごろ
あでやかな両びんの毛は蟬《せみ》の羽根
友達と遊び興じて裏庭に
わたくしが青梅持ちて垣根倚《よ》り
妾《わ》れ垣根君は馬上で顔合わせ
君が意を分かりて共に語り合い

つるべあがらず縄が切れたり
出来上がる前中より折れる
あなたと今朝の別れにも似て

人は私を小町娘と
美しき眉遠山《えんざん》の色
君を識《し》らざる幼き日日に
君は白馬で柳に沿いて
一目で分かる君が想いを
愛は変わらじ松柏《しょうはく》のごと

ゆるがざる松柏のごと愛つよし　髪ととのえて君があと追う
君が家へ到りて五、六歳経《へ》しが　君が父上妾《わ》れに説きては
婚儀せば正妻なれどなくば妾《しょう》　先祖の祭り司《つかさど》らせぬ
分かりしは妾《わ》が居《きょ》となすはここでなし　されど出《い》ずればゆくあてぞなし
妾《わ》れだって父母《ちちはは》生きておわせしに　親族多く故郷もあり
しかれども婚なく出《で》しに便りなく　何の顔容《かんばせ》帰られようか
軽卒に身をまかせしは悔やまるる　妾が一生の過ちと知る
忠告す年端《としは》もゆかぬ娘たち　男どもには身をゆるすなよ

松柏＝松や柏の木のごとく、愛の強さに譬える。**顔容**＝顔つき、顔色。

「淫奔を止むる」と副題にもあるごとく、当時にも男女の情による無思慮なものは白楽天が憂えるほどのものがあったようで、古今変わらず。

白居易、字は楽天《らくてん》、香山居士。民衆派詩人と称さる。唐代詩人中最多作者。『白《はく》氏《し》文集《もんじゅう》』七十五

巻などは、我が国の平安朝文学に大きな影響を与えた。宦官《かんがん》勢力に対抗する剛直さと、閑適《かんてき》詩、感傷詩を自己内面で調和させ、七十四歳で没したことが、民衆派詩人の第一人者といわれる所以であろうか。

井底引銀瓶　止淫奔也

井底引銀瓶　銀瓶欲上糸縄絶
石上磨玉簪　玉簪欲成中央折
瓶沈簪折知奈何　似妾今朝与君別
憶昔在家為女時　人言挙動有殊姿
嬋娟両鬢秋蟬翼　宛転双蛾遠山色
笑随戯伴後園中　此時与君未相識
妾弄青梅憑短牆　君騎白馬傍垂楊
牆頭馬上遙相顧　一見知君即断腸
知君断腸共君語　君指南山松柏樹
感君松柏化為心　闇合双鬢遂君去

井底《せんてい》に銀瓶《ぎんぺい》を引く　銀瓶上らんとして糸縄《しじょう》絶ゆ
石上に玉簪《ぎょくしん》を磨す　玉簪成らんとして中央より折る
瓶《へい》沈み簪《しん》折れ知る奈何《いかん》せん　妾《わ》が今朝君と別るるに似たり
憶《おも》う昔家に在って女《むすめ》為りし時　人は言う挙動殊姿《しゅし》有りと
嬋娟《せんけん》たる両鬢《りょうびん》は秋蟬《しゅうぜん》の翼《つばさ》　宛転《えんてん》たる双蛾《そうが》は遠山《えんざん》の色
笑って戯伴《ぎはん》に随う後園の中　此の時君と未だ相識《し》らず
妾《わ》は青梅を弄《ろう》して短牆《たんしょう》に憑《よ》り　君は白馬に騎って垂楊《すいよう》に傍《そ》う
牆頭《しょうとう》馬上遙かに相顧《かえり》み　一見して知る君が即ち腸を断つを
君が腸を断つを知って君と共に語る　君は指す南山の松柏《しょうはく》の樹
君が松柏《しょうはく》をば化して心と為すに感じ　闇に双鬢《そうがん》を合して君を遂《お》うて去る

到君家舎五六年　君家大人頻有言
聘則為妻奔是妾　不堪主祀奉蘋蘩
終知君家不可住　其奈出門無去処
豈無父母在高堂　亦有親情満故郷
潜来更不通消息　今日悲羞帰不得
為君一日恩　誤妾百年身
寄言癡少人家女　慎勿将身軽許人

君が家に到り舎《しゃ》すること五、六年　君が家の大人頻《しき》りに言有り
聘《へい》すれば則ち妻と為すも奔《はし》れば是妾《めかけ》　祀《まつり》を主《つかさど》り蘋蘩《ひんぱん》を奉ずるに堪えずと
終《つい》に知る君が家に住《とど》まる可からざるを　其れ門を出でて去る処無きを奈《いかん》せん
豈《あに》父母の高堂に在る無からんや　亦親情の故郷に満つる有り
潜み来たって更に消息を通ぜず　今日悲羞《ひしゅう》帰り得ず
君が一日の恩の為に　妾《わ》が百年の身を誤る
言を寄す癡少《ちしょう》人家の女《むすめ》　慎《つつし》んで身を将《も》って軽々しく人に許す勿《な》かれ

白居易（『晩笑堂画伝』より）

玉簪＝玉製のかんざし。**殊姿**＝すぐれた容姿。**嬋娟**＝姿のあでやかで美しいさま。**秋蟬**＝秋鳴くせみ。**宛転**＝ゆるやかに動くさま、特に美しい眉にいう。**双蛾**＝美人の眉の美称。**戯伴**＝遊び友達。**短牆**＝低い垣根。**垂楊**＝柳のたれたさま。**断腸**＝決心する。**松柏**＝松や柏の木。**双鬟**＝つのがた、あげまき、幼少の髪の結い方。**聘**＝仲人をたてて正式にめとる。**蘋蘩**＝ウキクサとシロヨモギと神に供えるもの、粗末な供えもの。**親情**＝親しい縁者。**癡少**＝愚かな若いもの。**許人**＝みさおを人にまかせる。

▼わるい癖（毛病）

ある老人、嫁にちょっかいをかける。嫁聞かず、姑に訴えると、姑「あの糞じじいめ、手癖のわるいところは、あいつのおやじさんとそっくりだよ」。

（笑林広記）【妙趣閑話9】

▼木の葉隠れの術

楚国の貧乏な男「淮南子《えなんじ》」を読み、「かまきりは蟬をねらうときには、葉にかくれて身を隠すことができる」とあるのを見つけ、さっそく木の下にいって上を見ていると、かまきりが葉の下から蟬をねらっていたので、その葉をたたき落とした。ところが、木の下にはその前から落葉があって、どれがどれやら区別がつかなかった。そこで数斗も掃き集めて持って帰った。そして葉を一枚一枚とって構え、妻に向かって「おい俺が見えるか？」と聞く、妻は最初のうちは「見えます」と答えていたが、そのうちだんだんうるさくなり、「見えません」とだますと、男大いに喜び、その葉を持って市場に行き、目の前で人の品物を盗った。役人がつかまえて県庁にひっぱって行った。県知事から訊問されて、顚末を白状すると知事は笑い出し、無罪放免にした。

（笑林）【妙趣閑話10】

淮南子＝紀元前一二〇年頃淮《わい》南王劉安の編著。淮南は淮河南方一帯を指す地名だが、書名としては呉音によって淮南《ええなん》と読む。天文地理、儒家、法家、陰陽、伝説神話、寓話など、内容豊富。劉安は漢の高祖劉邦の孫。

氓《ぼう》

春秋時代　衛風

ハンサムな外国人がニコニコと
それはうそ私をだます口実で
淇水《きすい》まで男を送って出てきたが
私は約束破るつもりなし
怒らずにお願いですよ約束す

崩れたる垣根にのぼり背を伸し
彼《か》の方に男の姿見えぬので
程もなく男の姿見つけては
占いが吉か凶かで決めましょう

布をいだいて絹と換えると
私を口説くそれが目的
頓丘《とんきゅう》までもついついて来た
良き仲人を立ててください
秋にはきっと結婚すると

彼《か》の男住む復関《ふくかん》望む
我れさめざめと涙とめ得ず
機嫌なおして笑って言う
凶でなければついいて行きます

あなたすぐ車を持って来てください
ヘソクリ持って随《つ》いて行きます

桑の葉がその時期が来ず落ちぬうち
ああ鳩よ忘れずにいよ忠告す
ああ女よ忘れずにいよ忠告す
男なら身勝手ながら耽《ふけ》っても
さりながら女のそれは世の中に

葉はみずみずしつややかにして
その桑の実をついばむなかれ
男と遊び耽《ふけ》るではない
何としてでも言いわけはつく
何としてでも言いわけつかぬ

桑の葉もやがてはつきて散りゆくを
私はあなたに嫁《とつ》ぎこの日まで
淇《き》の河水盛んな水流押しわけて
それなれどあなた一筋尽くせしに
あなたには真心なくて裏切りて

それは黄ばんで地に落ちてゆく
三年の間食うや食わずや
車の垂《た》れもひたすほどにも
私にそむき心をうつす
ほかの女に情《なさけ》をうつす

三年もあなたの妻となりし間
朝早く夜晩《おそ》くまで働いて
それなのに思い遂《と》げればあの人は
兄弟も知らぬ顔してかまわずに
来し方やゆく末までも苦慮すれば

あのときは偕老同穴《かいろうどうけつ》信じしが
渡り来しあの淇水《きすい》には岸があり
総角《あげまき》の少女の頃の楽しみは
真心をこめた誓いはどこへやら
まさかにも裏切られるとつゆ知らず

家事をいとわず勤めあげしが
一朝たりと楽はできずに
私につらくあらあらしくも
むしろ私を笑いものにす
我が身いとしく悔しさぞ増す

この年になり怨ましむとは
沢にはみぎわ我れ寄るべなし
あなたの笑いそしてやさしさ
まさかあなたが裏切ろうとは
ああ何もかももうおしまいだ

氓＝逃れて来た外来人。亡民。他国から帰化した民。**衛風**＝衛国今の河北、河南の民謡。**桑の実**＝鳩が食べすぎると酔うという。**偕老同穴**＝生きては共に老い、死しては同じ穴に入る、夫婦仲のよい譬え。**総角**＝古代の子供の髪の結方、頭髪を左右に分けて頭上に巻きあげて、双角状に両輪をつくったもの、また双角に結う年頃、またその子供。

他国の男にだまされて結婚し、捨てられた女の嘆き、怨みの歌。

諸子百家の学説には、純中国系の知識以外に、種々の形で遠くバビロン、イラン、ギリシャ、インド系文化の影が宿っているという。ということは、当時すでに、それらの地域からの人的交流もかなりあったものと思われる。知識人のみならず、それらに附随して、かなりいかがわしい男たちも、入り込んできたのではなかろうか。

それら鼻の高い、エキゾチックな男に中国の娘心は靡《なび》いたことであろう。そして弄《もてあそ》ばれて捨てられて、はじめて己れの愚かさに気付き、相手を責めても時すでに遅く一生を台なしにする。春秋時代（前七七〇年から前四〇〇年頃まで）以来このような民謡が残っているということは、多くの娘の嘆きの涙が、流れとなった証左かもしれない。

氓

氓之蚩蚩　抱布貿糸
匪来貿糸　来即我謀
送子渉淇　至于頓丘
匪我愆期　子無良媒
将子無怒　秋以為期

氓《ぼう》の蚩蚩《しし》たる　布《ぬの》を抱《いだ》いて糸を貿《か》う
来《き》たって糸を貿《か》うに匪《あら》ず　来《き》たって我れに即《つ》いて謀《はか》るなり
子《きみ》を送って淇《き》を渉《わた》り　頓丘《とんきゅう》に至る
我れ期《き》を愆《あやま》つに匪《あら》ず　子《きみ》に良媒《りょうばい》無し
将《ねが》わくは子《きみ》怒《いか》ること無かれ　秋以《あきもっ》て期《き》と為《な》さん

乗彼垝垣　以望復関
不見復関　泣涕漣漣
既見復関　載笑載言
爾卜爾筮　体無咎言
以爾車来　以我賄遷
桑之未落　其葉沃若
于嗟鳩兮　無食桑葚
于嗟女兮　無与士耽
士之耽兮　猶可説也
女之耽兮　不可説也
桑之落矣　其黄而隕
自我徂爾　三歳食貧
淇水湯湯　漸車帷裳

彼《か》の垝垣《きえん》に乗《のぼ》り　以《もっ》て復関《ふくかん》を望む
復関《ふくかん》を見ざれば　泣涕漣漣《きゅうていれんれん》たり
既に復関《ふくかん》を見れば　載《すなわ》ち笑い載《すなわ》ち言う
爾《なんじ》の卜爾《ぼくなんじ》の筮《ぜい》　体《うらかた》に咎言《きゅうげん》無くんば
爾《なんじ》の車を以《もっ》て来たれ　我が賄《たから》を以《もっ》て遷《うつ》らん
桑の未《いま》だ落ちざるに　其《そ》の葉《は》沃若《よくじゃく》たり
于嗟《ああ》鳩《はと》よ　桑葚《そうじん》を食《く》らう無かれ
于嗟《ああ》女よ　士《おとこ》と耽《ふけ》ること無かれ
士《おとこ》の耽《ふけ》るは　猶《なお》説《と》く可《べ》きなり
女の耽《ふけ》るは　説《と》く可《べ》からざるなり
桑の落つるや　其れ黄ばみて隕《お》つ
我れ爾《なんじ》に徂《ゆ》きしより　三歳《さんさい》食《しょく》貧《まず》しかりき
淇水《きすい》湯湯《しょうしょう》として　車の帷裳《いしょう》を漸《ひた》す

女也不爽　士弐其行
士也罔極　二三其徳
三歳為婦　靡室労矣
夙興夜寐　靡有朝矣
言既遂矣　至于暴矣
兄弟不知　咥其笑矣
静言思之　躬自悼矣
及爾偕老　老使我怨
淇則有岸　隰則有泮
総角之宴　言笑晏晏
信誓旦旦　不思其反
反是不思　亦已焉哉

女や爽《たが》わざるに　士《おとこ》や其の行を弐《ふたつ》にす
士《おとこ》や極《きわ》まること罔《な》く　其の徳を二三にす
三歳婦《さんさいつま》と為《な》りて　室《しつ》を労《ろう》とすること靡《な》し
夙《つと》に興《お》き夜に寐《い》ねて　朝《あした》有ること靡《な》し
言《こと》に既に遂《と》ぐるや　暴《ぼう》に至《いた》れり
兄弟《けいてい》知らず　咥《てっ》として其れ笑う
静かに言《ここ》に之れを思い　躬《み》自《みずか》ら悼《いた》む
爾《なんじ》と偕《とも》に老いんとせしに　老いて我れをして怨《うら》ましむ
淇《き》には則ち岸有り　隰《さわ》には則ち泮《みぎわ》有り
総角《あげまき》の宴《たの》しみは　言笑晏晏《げんしょうあんあん》たりき
信誓旦旦《しんせいたんたん》として　其の反《そむ》くを思わず
反《そむ》くを是れ思わず　亦《ま》た已《や》んぬる哉《かな》

蚩蚩＝おろかなさま。わらう。**期**＝期間。約束。**漣漣**＝涙のとめどなく流れるさま。**卜**＝亀の甲を焼いて占う。**筮**＝筮竹でうらなう。**体**＝占形《うらかた》、占いに現われたかたち。**咎言**＝とがめる。**賄**＝たから。財貨。**沃若**＝みずみずしくつややかなさま。**桑葚**＝桑の実、鳩が食べすぎると酔うという。**湯湯**＝水がさかんに流れるさま。**帷裳**＝婦人の乗る車にめぐらせたカーテン。**漸**＝ぬらす、ひたす。**爽**＝たがう、あやまつ。**室**＝家事。**咥**＝わらう。大いに笑うさま。かむ。くらう。**隰**＝丘のふもとの湿った土地。**泮**＝つつみ。きし。畔。**言笑**＝うちとけて笑いながら物を言うこと。**晏晏**＝平和なさま。やわらぐさま。無理のないさま。**旦旦**＝真心をこめるさま。

▼名をつける（取名）　**【妙趣閑話11】**

女房、産をするのに陣痛がひどいので、亭主に向かって、「これから決して私のそばに近寄らないでちょうだい。一生子供なんかなくてもいい」と誓う。亭主「はいはい、かしこまりました」。

さて女の子が生まれ、夫婦で名前をつける段になって、女房「招弟（弟を招く）とつけましょうよ」。

（笑林広記）

▼花嫁の接吻（新婦親嘴）　**【妙趣閑話12】**

新夫部屋にはいり、新妻が昼寝しているのを見て、近寄って接吻すると、妻は呻吟しながら「どなた？・」といった。

（笑府）

桃《とう》夭《よう》

『詩経』周南

桃のわかくてうつくしい
こんな眉目《みめ》よい娘がとつぐ
桃のわかくてうつくしい
こんなみずみずしい娘がとつぐ
桃のわかくてうつくしい
こんないとしい娘がとつぐ

光り輝くその花よ
先さまよろこびよろしかろ
この実は大きく婀《たお》やかに
先さまよろこびよろしかろ
その葉は茂り深翠《ふかみどり》
先さまよろこびよろしかろ

周南は、今日の河南省洛陽市附近の古称。周王朝の基礎を作った周公旦《しゅうこうたん》の封ぜられた地。そのあたりで歌われた民謡、祝婚歌。作者不明。手塩にかけて育てた娘を嫁がせる親御の、誇らかな、また大らかな愛情のこもった祝婚歌であろう。因《ちなみ》に桃は中国が原産地で、桃色といえば、男女間の情事に関することをいう語とされる。

桃夭

桃之夭夭　灼灼其華
之子于帰　宜其室家
桃之夭夭　有蕡其実
之子于帰　宜其家室
桃之夭夭　其葉蓁蓁
之子于帰　宜其家人

桃の夭夭《ようよう》たる　灼灼《しゃくしゃく》たり其の華《はな》
之《こ》の子于《ゆ》き帰《とつ》ぐ　其の室家《しつか》に宜《よろ》しからん
桃の夭夭《ようよう》たる　蕡《ふん》たる其の実有り
之《こ》の子于《ゆ》き帰《とつ》ぐ　其の家室《かしつ》に宜《よろ》しからん
桃の夭夭《ようよう》たる　其の葉蓁蓁《しんしん》たり
之《こ》の子于《ゆ》き帰《とつ》ぐ　其の家人に宜《よろ》しからん

夭夭＝若々しくうつくしいさま。**灼灼**＝光り輝くさま。花のさかりのさま。**室家・家室**＝家、一家、家庭。妻、夫婦。**蕡**＝実の大きいさま。**蓁蓁**＝草木の葉の盛んに茂るさま。

▼斎の字（斎字）

ある僧が「斎《チャイ》」の字を読むと、尼がそれは「斉《チー》」の字だと言いはって、あらそいになった。そこである男が中に入って、「上の方は同じだが、下の方が少しちがいます」。（笑府）

【妙趣閑話13】

三子に別る

北宋　陳《ちん》師《し》道《どう》
（一〇五三―一一〇一）

娘子《むすめご》が自分で髪が結える歳別れのつらさ悲しみを知る
我が胸に頭をのせて起こさずに我れが辞するを拒《こば》み止めんと
長男は言語を解しおじぎして着物の重さ耐えずよろめく
お父さん行って来ますと大声でよばわる言葉忘れべきなん
下の子はむつきの取れぬ赤ん坊母の慈《じ》の下懐子《ふところこ》なり
さすれども汝《なれ》が泣く声耳にあり離愁の悲哀他人の解すや

陳師道には二男一女があったが、家が貧しくして養うことができず、妻子を舅の家にあずけていた。舅が西川提刑となり、彼の妻子を伴って四川に赴くときの詩とある。

陳師道、字は無己《ぶき》、自ら後山《ござん》居士と号す。江蘇省徐州の人。江西詩派の重要詩人。苦吟をもって知られる。

別三子

有女初束髪　已知生離悲
枕我不肯起　畏我従此辞
大児学語言　拝揖未勝衣
喚爺我欲去　此語那可思
小児襁褓間　抱負有母慈
汝哭猶在耳　我懐人得知

女《むすめ》有り初めて髪を束ね　已《すで》に生離《せいり》の悲しみを知る
我れに枕して起くるを肯《がえ》んぜず　我れ此れより辞するを畏《おそ》る
大児は語言を学び　拝揖《はいゆう》して未だ衣に勝《た》えず
喚《よば》っていう「爺《ちち》よ我れ去らんとす」と　此の語那《なん》ぞ思う可《べ》けんや
小児は襁褓《きょうほ》の間　抱負《ほうふ》されて母の慈有り
汝《なれ》の哭《こく》する猶《なお》耳に在り　我が懐《おも》い人の知るを得んや

拝揖＝えしゃく、両手を上下に礼をする。**襁褓**＝むつき、赤子のうち。**生離**＝生き別れ。

【妙趣閑話14】

▼共同事業

甲乙二人が元手を出しあって、酒をつくることにした。
甲「お前は米を出せ、おれは水を出すから」
乙「米をみんなおれが出すんなら、あとの勘定はどうするんだ」
甲「お前に損はさせない。酒ができあがったら、おれに水だけ返してくれりゃいいんだ。残りはみんなお前のもんだ」

（笑府）

児に示す

南宋　陸《りく》　游《ゆう》
（一一二五―一二一〇）

死ぬなれば何事もなく無になるが　統一見ずに死ぬは悔しき
皇軍がもし中原《ちゆうげん》を平らげば　我れに知らせよ先祖の供養で

死の数日前の辞世という。憂国詩人の面目躍如たり。字は務観《むかん》、号は放翁《ほうおう》、浙江省の人。時事に慷慨《こうがい》した作多く、愛国詩人と称さる。田園閑適の作も多く、忠厚誠実な人柄が偲ばれる。

示　児

死去元知万事空　但悲不見九州同
王師北定中原日　家祭無忘告乃翁

死し去れば元より知る万事空《むな》しきを　但《た》だ悲しむ九州の同じきを見ざるを
王師北のかた中原を定むるの日　家祭忘るる無く乃翁《だいおう》に告げよ

九州＝中国の九国九野、転じて中国全土。**中原**＝中国黄河中流の南北の地域。中原に鹿を逐うという。中原を定むるの日とは、中国を平定したときをいう。

三　閑雅安住

飲酒（五）

晋　陶淵明

庵《いおり》立て人里近く住まいする
君に問う何故こんなに静かなる
一枝の菊を手折《たお》りてふと見れば
夕暮れの山の景色はさらによし
大自然すべてをつつみおおらかに

車も馬も気にはならずと
世俗をすてて名利《みようり》なければ
悠然として南山《なんざん》そびゆ
鳥は連れ立ちねぐらにかえる
いわんとすれど言葉忘れる

世俗＝世の中の風習、風俗。名利＝名聞と利欲と名誉と利得。南山＝盧山とする説と南にある山とする説がある。

「帰去来辞」を残し、官を辞して郷里に帰ったことは有名。時に彼四十一歳の頃、彭沢《ほうたく》の県令であった。
『史記』に「久しく尊名を受くるは不祥なり」とあるごとく、彼の潔《いさぎよ》さは見事というほかなし。以後田園生活の中に詩酒を楽しみ、数々の名詩を残す。

彼六十二年の生涯は、この世に生を享《う》け、悔いを残さざる生きざまをした、数少ない詩人の一人であろう。

飲　酒（五）

結廬在人境
而無車馬喧
問君何能爾
心遠地自偏
採菊東籬下
悠然見南山
山気日夕佳
飛鳥相与還
此中有真意
欲弁已忘言

廬《ろ》を結んで人境《じんきょう》に在り
而《しか》して車馬の喧《かまびす》しき無し
君に問う何ぞ能《よ》く爾《しか》るやと
心遠ければ地自《おのず》から偏《へん》なり
菊を採る東籬《とうり》の下《もと》
悠然として南山《なんざん》を見る
山気日夕に佳《か》なり
飛鳥相与《あいとも》に還《かえ》る
此中《このなか》に真意有り
弁《べん》ぜんと欲して已《すで》に言を忘る

廬＝いおり、小住宅。**人境**＝人間の住んでいるところ。**偏**＝住まいが偏地に、村はずれにある。**東籬**＝東隣の垣根。**真意**＝真実の意義。

【妙趣閑話15】

▼復恩

楚の荘王が群臣を集めて酒をふるまったときのこと、宴たけなわにして、突然明りが消えた。すると暗がりをよいことに、王の愛妾にたわむれかかった者がいる。愛妾はその男の冠のひもをちぎり取り、王に訴えた。「早く明りをつけさせ、冠のひものない男をとらえて下さい」。「いや、もとはといえばわしが酒を飲ませたために起こったこと、女の操を重んじて、士を恥ずかしめるわけにはゆかぬ」。王はただちに命令を下した。「今日は無礼講じゃ、みな冠のひもを切り捨てい」。明りが灯されたときには、群臣誰一人として冠のひもの無事な者はなかった。

三年の後、楚と晋との間に戦争が起きた。すると、常に先頭に立って、勇猛果敢に戦う家臣がいる。楚はその男の働きでついに晋を撃退し、勝利を収めることができた。王はその男を呼び出した。「そちほどの剛勇の士がいることに気づかずにきたのは、わしの不徳の至りじゃ。そのわしを恨みもせず、命を的に戦ってくれたについては、何か仔細があるのだろうか？」。

男は平伏して答えた。「私はいったん死んだ身でございます。酒に酔って無礼を働きましたおり、王様のお情けで生きながらえ、身命をなげうってご恩に報いたいと、願いつづけてまいりました。あの夜冠のひもを切られた男が、この私でございます」。

（説苑）

飲　酒（七）

晋　陶淵明

秋菊やみごとに色香よろしけれ　露をまとえる花びらをつむ
憂さわすれ酒にうかべて飲むときは　この世をへだつ想いは深し
ひとり酌みひとり想いて尽きざれば　空《から》ともなりて酒壺《しゅこ》の傾く
日は暮れて世俗の動き静かなれ　ねぐらにいそぐ鳥も林に
窓により夕陽《いりび》荘厳《そうごん》唱《うた》いあぐ　生かされてあり我れ現世《うつしよ》に

陶淵明の詩心は、我れらごときが訳し得べきことではないが、この詩からは全篇を通じて、清明《せいめい》無我の境を想わしめるものがある。
「一觴《しょう》独《ひと》り進むと雖《いえど》も、杯尽きて壺《つぼ》自《おの》ずから傾く」風雅の極みとやいわん。

飲　酒（七）

秋菊有佳色　裛露掇其英

秋菊《しゅうぎく》に佳色《かしょく》あり　露に裛《うるお》える其の英《はなびら》を掇《と》り

汎此忘憂物　遠我遺世情
一觴雖独進　杯尽壺自傾
日入群動息　帰鳥趨林鳴
嘯傲東軒下　聊復得此生

此《こ》の忘憂《ぼうゆう》の物に汎《う》かべて　我れ世を遺《わす》るるの情を遠くす
一觴《しょう》独《ひと》り進むと雖《いえど》も　杯《さかずき》尽《つ》きて壺《つぼ》自《おの》ずから傾く
日入りて群動《ぐんどう》息《や》み　帰鳥《きちょう》林に趨《おもむ》いて鳴く
東軒の下に嘯傲《しょうごう》し　聊《いささ》か復《ま》た此《こ》の生を得たり

忘憂物＝酒。**遺世情**＝世を捨てた心情。**遠**＝深める。**一觴**＝一つの杯。**群動**＝すべての動く物。**嘯傲**＝うそぶき、おごる。気ままに歌いたのしむ。超越したさま。

▼**坐禅（禅僧）**　【妙趣閑話16】

ある人、禅僧のすすめに従い、修行の道を聞いた。すると僧は「まず坐禅を習うがよい」と教えた。そこでこの人、しばらく坐禅を組んでいたが、忽《たちま》ちとび上がって、「坐禅はなるほど効験《しるし》があるものじゃ」という。「どうしてわかりました」と僧が聞くと、「十年前に人に肥料の代を貸したことがある。それをいま坐禅をして思い出した」。

（笑府）

園田の居に帰る（三）

晋　陶淵明

南山のふもとに豆を蒔《ま》きたれど
朝早く起きてぞ励む草取りに
道狭く草丈長くかぶさりて
この着物ぬれるぐらいは惜しまねど

草はよく生《は》え豆は出てこぬ
月出るを待ち鋤《すき》肩に帰路
草葉の露で着物をぬらす
我が帰田の志違わざらんを

陶淵明はその詩「子に命《なづ》く」の中で、曾祖父陶侃《とうかん》を「功遂げ辞し帰り、寵に臨んで忒《たが》わず」と、すなわち「功成り名遂げてのち、自ら官を辞して帰郷し、皇帝の寵愛を受けても矜持《きょうじ》の念は揺がなかった」という態度を貫いたと書いている。淵明帰田の心想もこれに全く同意して、「園田日に夢想す、安《いず》くんぞ久しく離析《りせき》するを得ん」というものであっただろう。

四十一歳で帰農し、日夜田夫子になりきろうとして努力している様子がよくわかる。雨過天晴、自然とともに。士太夫の農法か。

種豆南山下
草盛豆苗稀
晨興理荒穢
帯月荷鋤帰
道狭草木長
夕露沾我衣
衣沾不足惜
但使願無違

帰園田居（三）

種豆南山下
草盛豆苗稀
晨興理荒穢
帯月荷鋤帰
道狭草木長
夕露沾我衣
衣沾不足惜
但使願無違

豆を種《う》う南山《なんざん》の下
草盛んにして豆苗稀なり
晨《あした》に興《お》きて荒穢《こうわい》を理《おさ》め
月を帯び鋤《すき》を荷《にな》いて帰る
道狭くして草木長じ
夕露《せきろ》我が衣を沾《うるお》す
衣を沾《うるお》すは惜しむに足らず
但《た》だ願いをして違う無からしめんことを

晨興＝朝早く起きる。**理荒穢**＝雑草が生い茂っているのを手入れする。

【妙趣閑話17】

▼飯米

貧乏な男、女房に持ちかけると女房「飯米もすっかりなくなったというのに、まああんたはどうしたの。よくもそんなに気がはずむわね」そういわれて亭主は、たちまち元気を失ってしまう。すると女房、「そうはいっても、米櫃《こめびつ》の中のを掻き集めれば、明日、明後日《あさって》の分位はありますよ」。

（笑林広記）

夏日山中

唐　李　白

この暑さ扇を持つもかったるく　すっぱだかになり森の中
頭巾《ずきん》ぬぎ石壁に掛けつんつるてん　松風そそと夏無き年と

天衣無縫、まさにこれぞ李白の詩。玄宗の招きにも、「我れは酒中の仙」と拒む自由奔放さが、ここにもある。

夏日山中

懶揺白羽扇　裸体青林中
脱巾掛石壁　露頂灑松風

白羽扇《はくうせん》を揺がすに懶《ものう》し　裸体青林の中
巾を脱して石壁に掛け　頂を露《あら》わして松風を灑《そそ》がしむ

落魄

南宋　陸游

笑うなよおちぶれたとは思わぬを
いやなことすべては外になげすてて
たっぷりと海の量ほど酒はある
役人の責《せき》の重きを思うとき

今年昂揚《こうよう》春にそむかず
永き春の日笛吹き歌う
花うらやむか舞衣《ぶい》の紅色
閑雅《かんが》な放翁《ほうおう》世にあると知れ

落魄＝落ちぶれること。昂揚＝精神気分などを高め強くすること。

陸游六十歳の作。「落魄《らくはく》」と題しているが、実は心は錦で、酒は飲めるし、自由気儘な生活を謳歌しているさまがよくわかる。

年譜を見れば、この人は八十五歳まで生きたようだ。「游」という名のように、また「放翁」という号のように、その人生観とともに、まことによき晩年を過ごしたと思われる。

落魄東呉莫笑儂　今年要不負春風
閑愁擲向乾坤外　永日移来歌吹中
酒浪欲争湖水緑　花光却妬舞衫紅
公卿憂責如山重　肯信人間有放翁

東呉《とうご》に落魄《らくはく》す儂《われ》を笑う莫《な》かれ　今年要《かなら》ず春風に負《そむ》かず
閑愁《かんしゅう》擲《なげう》って乾坤《けんこん》の外に向《む》かい　永日移し来る歌吹《かすい》の中
酒浪《しゅろう》争《あらそ》わんと欲す湖水の緑　花光《かこう》却《かえ》って妬《と》す舞衫《ぶさん》の紅《こう》
公卿《こうけい》の憂責《ゆうせき》山の如く重し　肯《あ》えて信ぜよ人間に放翁《ほうおう》の有るを

不負春風＝負は期待をうらぎる。この春こそうまくやるぞの意。
閑愁＝閑暇と憂愁。**乾坤**＝天地。**酒浪**＝豊かな酒量。**舞衫**＝舞衣。

陸　游

▼妻の肖像（婆像）

ある恐妻家の妻が死んだ。妻の柩の前に肖像を掛け、これまでのうらみを晴らそうと手を振り上げた。そのときさっと風が吹いてきて、掛軸が動いたので、大いに驚き、ハッと手をひっこめて、「今のは冗談にしたまでだよ」。

（笑府）

【妙趣閑話18】

郊に出でて金石台に至る

南宋　陸　游

年とれば四季のうつろい早ければ遊べるうちに楽しみせんや

雪晴れて空高くしてうすみどり春めいてきて柳芽をふく

老疾《ろうしつ》は笑いばなしで吹きとばし高きに登り夕陽に浸る

渡し場に行くを急がず今少し椅子に憩いて余情《よじょう》たのしむ

郊＝郊外。台＝上が平らで高い丘。老疾＝老病。

郊外の金石台に遊び、初春の趣を味わい、多少の老衰を忘れんとする一刻であろう。「雪晴れて天は浅碧《せんぺき》に、春動いて柳は軽黄《けいこう》なり」と、陸放翁の世界か。しかし、時はようやく遼金元に移らんとする、宋にとって風雲急なるとき。蘇東坡と並び称された愛国詩人と言われた人、単に初春の一刻を歌っただけではあるまい。彼の胸中晩年の感懐やいかに。

出郊至金石台

漸老惜時節　思遊那可忘
雪晴天浅碧　春動柳軽黄
笑語寛衰疾　登臨到夕陽
未須催野渡　聊欲拠胡床

漸《ようや》く老いて時節を惜しむ　遊《ゆう》を思うこと那《なん》ぞ忘る可《べ》けん
雪晴れて天は浅碧《せんぺき》に　春動いて柳は軽黄《けいこう》なり
笑語して衰疾《すいしつ》を寛《ゆる》め　登臨《とうりん》して夕陽《ゆうよう》に到る
未《いま》だ須《もち》いず野渡《やと》を催《うなが》すを　聊《いささ》か胡床《こしょう》に拠《よ》らんと欲す

野渡＝野中にある川の渡し場。いなかの渡し場。**胡床**＝床几。腰掛け。

【妙趣閑話19】

▼余桃をくらわす

弥子瑕《びしか》という美少年が、衛の霊公の寵愛を受けていた。あるとき桃畑に遊んだおり、弥子瑕は桃をもいで食べかけたが、あまりおいしかったので、半分でやめて霊公にさしだした。霊公は「自分が食べるのを忘れてまで、わしに食べさせようというのか」といって喜んだ。

ところが何年か経ち、弥子瑕の容色がおとろえるにつれ、霊公は彼をうとんずるようになった。あるとき霊公は、かつての桃畑の出来事を思い起こしてこんなふうに弥子瑕を罵ったという。「あいつは食べかけの桃（余桃）をわしに食わせおった」。

弥子瑕の行為は一つである。だが霊公の愛情が憎悪へと転化するにおよんでその行為の評価は正反対のものとなった。（笑府）

春暁

唐　孟浩然《もうこうねん》
（六八九－七四〇）

春眠くうつらうつらと明けしらず　目覚めうながす鳥の声して
作夜来あめかぜつよく落ちし花　庭に散りしきいくばくなるぞ

孟浩然、通説では名は浩、浩然は字ともいう。湖北省襄陽《じょうよう》の人。任侠の徒と交わり、諸国を放浪したが、長安に出て、王維《おうい》、張九齢《ちょうきゅうれい》、李白らと親交した。五言詩にすぐれる。

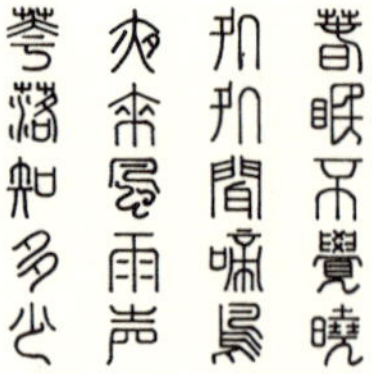

春暁

春眠不覚暁
処処聞啼鳥
夜来風雨声
花落知多少

春眠《しゅんみん》暁《あかつき》を覚えず
処処啼鳥聞こゆ
夜来《やらい》風雨の声
花落つること知らず多少《いくばく》ぞ

春眠＝春のここちよい眠り。**不覚暁**＝夜の明けたのも気がつかない。**処処**＝あちらでもこちらでも。**夜来**＝夕べ。来は助字。昨夜以来の意ではない。**知多少**＝「どれほど散ったことであろうか」と寝床の中で想像している。「不レ知二多少一」と同意。さぞたくさん散ったことであろうの意ととる。

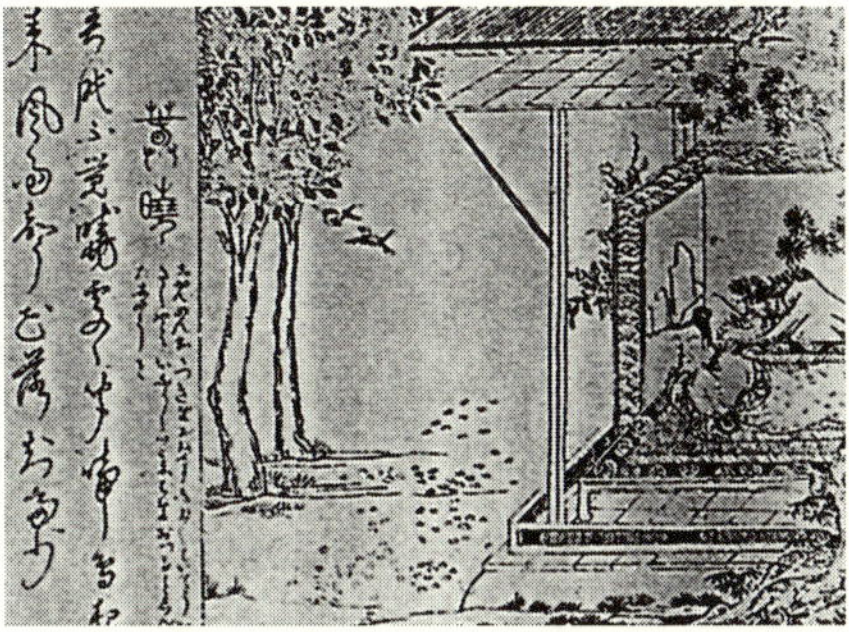

春暁（『唐詩選画本』より）

▼試してみる（試看）　**【妙趣閑話20】**

新婦、新郎とそりが合わず、寝ようとすると、蹴ったり打ったりしてそばに寄せつけぬ。新郎がそのことを父に訴えた。父が「結局お前にわるいところがあるからそうするんだろう」というと、息子「もし嘘だと思ったら、お父さんが今夜一晩寝てみて、試してごらんなさい」。

（笑府）

▼屑茶（茶屑）　**【妙趣閑話21】**

ある女房、山の物を売りに来た旅商人から、茶の葉を買うのに、商人が「おかみさんは細いのがご入り用ですか、それとも太いのがよろしいですか」と聞くと「太くても細くても、どっちでも間に合うけれど、屑になったのはごめんだよ」。

（笑林広記）

春　夜

北宋　蘇東坡《そとうば》（一〇三六－一一〇一）

寒さすぎ春の宵こそ千金ぞ　花の香りと月おぼろよし
高殿に歌声絶えてものさびし　庭のぶらんこ垂れてふけゆく

この詩の起句「春宵一刻値千金」は、すでに我が国でも名句として著名。「鞦韆院落夜沈沈」、春日の夜も更けたおぼろ夜の中庭に、乗り手のないブランコが垂直に垂れて、静まり返っている風景が目に見えるようだ。

蘇軾、字は子瞻《しせん》、号は東坡《とうば》、四川省の人。詩詞の大家。幾度か流謫の憂き目にあうも、悲哀を乗り越えた、楽天的、理知的な詩境により、宋詩の作風を確立したといわれる。詩約二四〇〇首、詞約三百首が現存するといわれる。

春　夜

春宵一刻値千金　花有清香月有陰
歌管楼台声寂寂　鞦韆院落夜沈沈

春宵一刻値《あたい》千金　花に清香有り月に陰有り
歌管楼台《かかんろうだい》声寂寂《せきせき》　鞦韆院落《しゅうせんいんらく》夜沈沈《ちんちん》

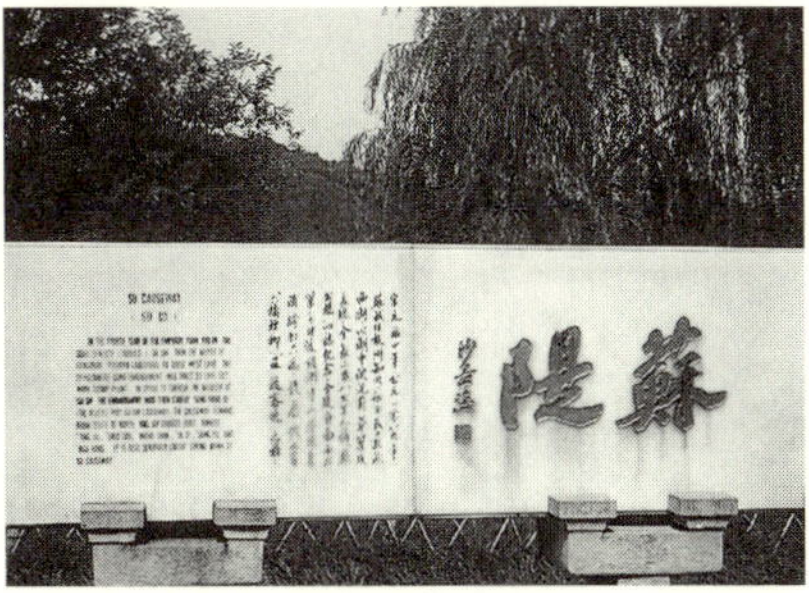

西湖蘇隄碑。蘇東坡の杭州刺史での功績を称えて建てられた（1993年８月撮）

歌管＝歌や笛の音。**寂寂**＝ものさびしいさま、ひっそりとしたさま。**鞦韆**＝ぶらんこ。**院落**＝中庭。**沈沈**＝静かなさま、特に夜が更けわたってひっそりしたさま。

蘇東坡

【妙趣閑話22】

▼靴

女房に靴を作らせたところが、小さかったので腹を立て、「お前は、小さくなくちゃならんものは大きくて、小さいのがなんと靴だ」というと女房、「あんたは大きくなくちゃならないものは小さくて、大きいのがなんと足だよ」。

（笑府）

秋日偶成

北宋　程《てい》　顥《こう》
（一〇三二—一〇八五）

閑《ひま》なればこせこせせずに落着いて
朝めざめればお日さま高し
ものすべてよくよく見れば所得て
春夏秋冬人と同じく
信ずれば無限のはてにも道はあり
雲流れゆく我が思いのせ
富貴にも傲ることなく貧とても
楽しく生きるこれぞ英雄

程顥、字は伯淳《はくじゅん》、河南省洛陽の人。北宋の大学者。五十四歳で没し、墓石に「明道先生」と刻され、『明道文集』五巻、弟伊川との合著『二程遺書』二十八巻、『二書外書』十二巻などがある。

王安石の過激な革新政策に反対して辞職したとなっているが、戦乱もなく一応安定した政治下にあったのか、従容たる閑居に安んじ、悟りきった哲学者にも似た生活信条が偲ばれる。結句の二句は「運命を甘受する者之英雄」とも言うべき、平常心として持ち続けることがなかなかできないことである。

秋日偶成

閑来無事不従容　睡覚東窓日已紅
万物静観皆自得　四時佳興与人同
道通天地有形外　思入風雲変態中
富貴不淫貧賤楽　男児到此是豪雄

閑来事として従容たらざる無く　睡《ねむ》り覚むれば東窓日已《すで》に紅なり
万物静観すれば皆自得す　四時の佳興人と同じ
道は通ず天地有形の外　思いは入る風雲変態の中
富貴にも淫せず貧賤にも楽しむ　男児此《これ》に到れば是《こ》れ豪雄

【妙趣閑話23】

▼嘘つき上手

武陵《ぶりょう》（湖南省）のある若者は、嘘つきの名人といわれた。街中で老人に出会ったところ、その老人が「お前は嘘をつくのがうまいそうじゃな。わしを一つだましてごらん」というと「さっき東湖で大勢の人が川干しをやるとかで、みんなすっぽんをつかまえに行っています。わたしも一匹つかまえに行くところですから、そんな呑気なことをいってる暇はありません」といった。老人はそれを真に受けて、さっそく東湖までわざわざ行ってみたところが、湖の水は、はるか彼方まで満々とたたえられており、はじめて若者からだまされていたと分かった。

（雪濤諧史）

▼酒好き（好飲）【妙趣閑話24】

ある酒好きの男、遺書に、「おれが死んだら裸のまま土に埋めてくれ、他日化して土となったら、ひょっとして誰かがそれで甕を作り、その中に酒を入れてくれようも知れぬ」。（笑府）

▼お寺参り【妙趣閑話25】

大勢のお婆さん連が、一隻の船に乗ってお寺参りに行っていた。そこへ徐文長が来て船に乗せてくれと頼んだのでお婆さんたちは承知した。徐文長は船に乗りこみ、へさきに腰かけ、彼女たちにお茶をわかしてあげるといった。彼は砂糖を一包み取り出し砂糖茶を入れて出すと、お婆さんたちは砂糖茶が大好物で、その上徐文長がいんぎんにすすめるので、一杯また一杯とどれほど飲んだかわからぬくらい。まもなく腹が張って小用がしたくなった。お婆さんたちがみな困りきっているとき、ふと徐文長を見ると、彼は一本の紙縒《こより》を鼻の孔に突っこんで、さも気持ちよげにくしゃみをしているではないか。お婆さんたちが「徐先生、あなたは何をしていらっしゃるんです?」と聞くと、「私は小用がしたいんだが、ここではできないでしょう、だからこうしていくつかくしゃみをしたら楽になりました」。お婆さんたちは、そんなよい方法があったと聞かされ、みな一斉に真似てそうした。ところがくしゃみを一つしたとたんに、小便がたちまち漏れてしまった。（笑林広記拾遺）

梅　村

清　呉偉業《ごいぎょう》（一六〇九―一六七一）

からたちの垣根の中のあばら家は　苔むしてあれ竹花《たけはな》装う
人が家に行くを好まず友の書《ふみ》　来るはうれしも返書は遅《おく》る
雨音を窓辺に聴きつ詩書とりて　倦《う》みては登る嘯台《しょうだい》の雲
桑落酒香《か》んばしくしてみかんよし　釣船つなげば我が庵あり

嘯台＝晋の阮籍はつねにこの台に登って長嘯したという。河南省にある。**桑落酒**＝酒の名、陰暦十月桑の葉の落ちる頃造る。

何とも閑雅隠棲の状が目にうかぶ。人の来訪や友の文は心待ちにしているが、自分からは出かけたり、書を出したりはしない。一旦引退すればみんなこうなってくる。

呉偉業、字は駿公《しゅんこう》、号は梅村《ばいそん》。江蘇省太倉県の人。清代の代表的詩人。『梅村集』四十巻。

梅　村

枳籬茅舎掩蒼苔　乞竹分花手自栽
枳籬《きり》茅舎《ぼうしゃ》蒼苔《そうたい》掩《おお》う　竹を乞《こ》い花を分かち手自《みずか》ら栽《う》う

不好詣人貧客遇　慣遅作答愛書来
閑窓聴雨攤詩巻　独樹看雲上嘯台
桑落酒香盧橘美　釣船斜繫草堂開

人に詣《いた》るを好まず客の遇《よぎ》るを貧《むさぼ》り　遅《おそ》く答を作《な》すに慣れて書の来たるを愛す
閑窓に雨を聴きつつ詩巻を攤《ひろ》げ　独樹に雲を看《み》つつ嘯台に上る
桑落酒香《かんば》しくして盧《ろ》橘《きつ》美《うま》し　釣船斜めに繫《つな》いで草堂開く

枳籬＝からたちの垣根。**茅舎**＝かやぶきの家。

【妙趣閑話26】

▼減税

魯の哀公が有若にたずねた。「この凶作では税もとれず、国庫の財源も確保できそうもないが、何かうまい対策はないものであろうか」。「むしろ減税なさることです」、「とんでもない。ただでさえ足りないのに、もっと減らせというのか」、「そのとおりです。人民の暮らしに余裕があること、それが財源です。人民の暮らしに余裕がなければ、あなただって余裕のあるはずはありますまい」。

（論語）

【妙趣閑話27】

▼十八羅漢

地を掘って黄金の羅漢を見つけた男、羅漢様の頭をつづけさまに拳固でなぐりつけて「これ、あと十七人はどこにいる」。

（笑府）

山居雑詩（三）

金　元好問《げんこうもん》
（一一九〇―一二五七）

樹樹寄って秋の気満ちてさやかなり　村さびれしが暮景《ぼけい》のどかに
虹は消えなお夕立は残れども　雲過ぎゆけば青き山見ゆ

元好問、字は裕之《ゆうし》、号は遺山《いざん》。金から元代の詩人。遺著に『元遺山全集』がある。

山居雑詩（三）

樹合秋声満　村荒暮景閑
虹収仍白雨　雲動忽青山

樹合《あつま》って秋声《しゅうせい》満ち　村荒れて暮景閑《ぼけいのどか》なり
虹収《おさ》まって仍《なお》白雨　雲動けば忽《たちま》ち青山

▼ころぶ（跌）　【妙趣閑話28】

ある男、たまたま蹴つまずいてころび、やっと起き上がったと思ったらまたころんだ。そこで「またころぶとわかっていれば、起きるんじゃなかった」。（笑府）

鷓《しゃ》鴣《こ》天《てん》

南宋　辛《しん》棄《き》疾《しつ》
（一一四〇－一二〇七）

歳とれば今の自分が嘆かわし　春風吹けど髭鬚《ししゅ》は染まず
策たてて外敵を討《う》つ万字の書　今は換えたり農事の書に

鷓鴣＝鳩の一種。やまうずらとも。

辛棄疾、字は幼安《ようあん》、号は稼軒《かけん》居士、山東省済南市の人。その詞は蘇軾の流れをうけた豪放派の大家といわれる。

鷓鴣天

追往事　歎今吾　春風不染白髭鬚
却将万字平戎策　換得東家種樹書

往事《おうじ》を追い今の吾《わ》れを嘆ず　春風も染めえず白髭鬚《はくししゅ》
却《かえ》って万字の平戎《へいじゅう》の策を将《もっ》て　換え得たり東家の種樹《しゅじゅ》の書

髭鬚＝口ひげとあごひげ。**平戎**＝外敵平定。

袁《えん》氏の別業に題す

唐　賀《が》知《ち》章《しよう》（六五九－七四四）

この主人誰かは知らず失礼し庭の見事についお邪魔する

気づかわず酒など構うことなかれ銭ならあるよわしの財布に

賀知章、字は季真《きしん》、浙江省紹興市の人。則天武后のとき進士に及第。酒を好み、「四明狂客」と自称す。李白を「謫仙人」と称す。

題袁氏別業
主人不相識
偶坐為林泉
莫謾愁沽酒
囊中自有銭

主人相識《し》らず
偶坐するは林泉《りんせん》の為なり
謾《まん》に酒を沽《か》うを愁《うれ》うる莫《なか》れ
囊中《のうちゅう》自ら銭有り

別業＝別荘。**林泉**＝林や池（庭）。**謾**＝みだりに、むやみに。**囊中**＝財布。

賀知章（『唐詩選画本』より）

▼獬豸　　　　　　　　　　　　　　　　　　　　【妙趣閑話29】

斉の宣王が艾子《がいし》に問うていうには、「いにしえに獬豸《かいち》という者があったそうじゃが、それは何者じゃね」。艾子が答えていった。「堯の時代に、獬豸という神獣がいて、朝廷の中に住み、群臣の中から邪僻《じゃへき》な者を見つけると、それに突っかかって行って、取って食ったそうであります」。艾子は答え終わって、また進んでいった。「今日その獣がいましたら、多分別に餌をやることはいりますまい」。

（艾子雑説）

＊朝廷の中に邪僻な臣が沢山いることを風刺したもの。

▼草書　　　　　　　　　　　　　　　　　　　　【妙趣閑話30】

張丞相は草書を好まれた。ある日、紙にいっぱい字を書いて、その甥に清書するようにいいつけた。ところが甥は読めないので丞相に聞くと、丞相にも読めず、「なんで早く聞かないいんだ。忘れてしまったではないか」といって叱られた。

（笑賛）

＊知りもせず問いもせぬものが「玄の又玄」（玄妙不可思議、孝子の語）。

完《かん》渓《けい》沙《さ》

北宋　晏《あん》殊《しゅ》
（九九一—一〇五五）

新しく歌詞をつくりてまず一杯　去年《こぞ》の天気も四阿《あずまや》おなじ
夕べの陽西に下《お》つればいつもどる　花散りゆくをとめるすべなし
古くから識りあいに似て燕来る　小庭の径《みち》をそぞろ愉しむ

晏殊、字は同叔《どうしゅく》、江西省撫州市の人。少年時代は神童と称され、後北宋屈指の名宰相となる。

完渓沙

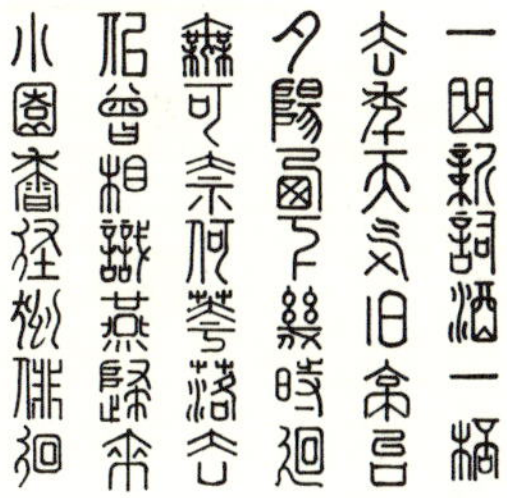

一曲新詞酒一杯
去年天気旧亭台
夕陽西下幾時廻
無可奈何花落去
似曾相識燕帰来
小園香径独徘徊

一曲の新詞酒一杯
去年の天気旧亭台
夕陽西に下《お》つれば幾時か廻らん
奈何《いかん》ともすべき無く花は落ち去《ゆ》くを
曾《かつ》ての相識に似て燕は帰り来たる
小園の香径独り徘徊す

柳巷

唐　韓《かん》愈《ゆ》
（七六八―八二四）

柳町柳の綿が飛び交いて　時はうつろい春のなごりか
役人よ仕事のことはあとにおけ　春を惜しんでわしは詩詠《うたよ》む

韓愈、字は退之、号は昌黎《しょうれい》。河北省通県（昌黎）の人という。少年時代は不遇であったが、二十五歳で進士に合格、後累進して吏部《りぶ》侍郎となる。唐宋八大家の第一人者であり、『韓昌黎集』四十巻がある。

柳巷

柳巷還飛絮　柳巷還《ま》た絮《じょ》を飛ばす
春余幾許時　春余幾許時《いくばくじ》ぞ
吏人休報事　吏人《りじん》事を報ずるを休《や》めよ
公作送春詩　公春を送るの詩を作る

韓　愈

架＝柳のわた。新しいのを綿といい、古いのを絮という。吏人＝下っぱの役人。公＝韓愈が部下に対し、自分のことをいう。

▼現実　**【妙趣閑話31】**

晋の明帝（司馬紹）が五、六歳のときのこと。父の元帝の膝に坐っていると、長安から人がやってきた。「長安とお日さまと、どちらが遠いと思うかね」元帝がたずねると、明帝はすぐ「お日さまです」と答えた。「どうして」、「お日さまから人が来た話は聞いたことがありませんから」。「なるほど」、元帝はその答に満足した。翌日、群臣を集めて宴を張ったとき、元帝は昨日のことを話して、もう一度同じことを明帝にたずねた。すると明帝は、「長安です」と答えた。「どちらが遠いかと聞いているのだよ」、「長安です」。「それではどちらが近い」、「お日さまです」。「どうしてだ」、「眼をあげるとお日さまは見えますが、長安は見えませんから」。（世説新語）

鹿《ろく》柴《さい》

唐　王《おう》維《い》
（七〇一－七六一）

人気なき寂しい山に分け入りて　かすかに聞こゆ人の声あり
夕映《ゆうば》えの照り返しいる深林に　その光浴ぶ若き青苔

鹿柴＝鹿垣に同じ、茨の枝を逆立てて鹿の角のようにして、猪や鹿の侵入を防ぐための垣。逆茂木《さかもぎ》とも。戦場で敵を防ぐのにも用いた。

あたりが静まり返っているのに、かすかに人語が聞こえれば、聞き耳を立てることにより、余計静けさが強調される。また、王維には「竹里館」という作品がある。竹林の中に建てた離れ座敷で、禅琴長嘯《ちょうしょう》し、明月を賞《め》でるというこれも「鹿柴」に似た、静寂忘我の心境を詠った作品である。

王維、字は摩詰《まきつ》、山西省太原の人。年少の頃から文学の才があり、進士に及第、安禄山の乱の後、尚書右丞《ゆうじょう》となる。山水画が得意で、南画の祖といわれる。蘇東坡の有名な評語として「摩詰の詩を味わえば、詩中に画あり、摩詰の画を観れば画中に詩あり」という。

鹿柴

空山不見人　空山人を見ず
但聞人語響　但《た》だ人語の響きを聞くのみ
返景入深林　返景深林に入り
復照青苔上　復《ま》た照らす青苔の上を

空山＝人気のないさびしい山。

【妙趣閑話32】

▼男児が多い（多男児）

ある人、続けざまに数人の男の子をもうける。医師がこれにへつらって、「欲が少ないと男の子が沢山出来ると申します。あなたはまだお若いのに似合わず、大そうに生真面目で、身体を大事になさり過ぎます。それよりは元気で若いうちに、うんと楽しい思いをなすった方がようございますよ」というのを、屏立《ついたて》の蔭で聞いていたその妻が、「先生の仰る通りよ。わたしも男の子を産むのはもうあきあきしたわ」。（笑府）

山中諸生に示す

明　王陽明《おうようめい》
（一四七二―一五二八）

谷川の流れに坐せば静けさに　水音あれど心耳《しんじ》のどかに
いつのまに月山の上に昇る見ゆ　我が衣を見れば松影うつす

流水耳に聞こえれども聞こえず、山月目に見えれども見えず、之《これ》忘我の境。高雅風流にして、透徹閑雅な作品か。王陽明、字は伯安。浙江省余姚《よよう》の人。文臣にしてよく武功を立て、「知行合一《ちこうごういつ》」を唱えて、朱子の学説に対した。その唱えた儒学を「陽明学」と言う。

山中示諸生

渓辺坐流水　渓辺流水に坐し
水流心共閑　水流れて心共に閑《かん》なり
不知山月上　知らず山月の上るを
松影落衣斑　松影衣に落ちて斑《はん》なり

渓辺＝谷川のほとり。**斑**＝まだら、ぶち。

夏日悟空上人の院に題する詩

唐　杜荀鶴《とじゅんかく》
（八四六―九〇七）

暑き日に門を閉ざして僧衣着て　庭に陽を避く樹々もなければ
山水も静寂いらず坐禅する　無念無想で火もまたすずし

凡庸は、心頭を滅却できないで、諸種の欲望をかかえているが、九年間面壁《めんぺき》坐禅した達磨《だるま》大師もいれば、火の中の山門に坐して「心頭滅却すれば火もまた涼し」と唱え、非業の死を遂げた快川国師もいる。杜荀鶴、字は彦之《げんし》、九華山人と号す。安徽省青陽県の人。進士に合格し、後梁《こうりょう》に仕えて翰林《かんりん》学士となる。

夏日題悟空上人院詩

三伏閉門披一衲
兼無松竹蔭房廊
安禅不必須山水

三伏《さんぷく》門を閉じて一衲《いちのう》を披《き》る
兼ねて松竹の房廊《ぼうろう》を蔭《かげ》する無し
安禅必ずしも山水を須《もち》いず

山梨県恵林寺山門。快川国師がここに坐して，武田家の滅亡とともに火焰の中を「心頭滅却すれば……」と唱えて業死したことで有名

滅却心頭火亦涼

心頭を滅却すれば火も亦《また》涼し

三伏＝夏の酷暑の期間。衲＝ころも「暑げなるもの衲の袈裟《けさ》」。房廊＝部屋の中の廊下。

【妙趣閑話33】

▼教訓

ある男、娘を嫁にやるときに、ねんごろに言いきかせた。

「夫婦というものはよほど運がよくなければ長く添いとげることはむずかしい。運が悪いときには離縁されるかもしれない。だから嫁に行ったら必ずこっそりへそくりを貯めるようにしなさい」

嫁に行った娘は、父のいいつけを守ってせっせとへそくりを貯めた。やがてそれが姑に知れて娘は離縁された。実家に帰ってきた娘は、かなりのたくわえを持っていた。父はそれを見ていった。「やっぱりわしのいったことに間違いはなかったろう。たくわえもなしに離縁されたら、どんなにみじめなことか」

（韓非子・淮南子）

四　神仙憧憬

山中問答

唐　李白

何憶う深山に栖もう一人にて　答えられずも心清明
桃の花はるかに遠く流れゆく　俗世間とは違う天地が

仙界とか仙境とかいう処に栖むものに「何の意」と問うても答えはない。「心自ら閑なり」ですべての答えは出ている。人為は瞬間性なれど、自然は永遠性。「別天地」という語は、この詩から生まれたものという。

山中問答

問余何意栖碧山　　余に問う何の意か碧山に栖むと
笑而不答心自閑　　笑って答えず心自ずから閑なり
桃花流水杳然去　　桃花流水杳然として去る
別有天地非人間　　別に天地の人間に非ざる有り

杳然＝はるかに遠いさま。

古風（五）

唐　李白

太白山《たいはくざん》あおあおとしてとこしえに　星はかがやき広く列《つら》なる
天を去る遠くはなれて三百里　はるかかなたの此《こ》の世の外《そと》に
この山に黒髪をした老翁《おきな》あり　雲の衣を着て松雪に臥《ふ》す
笑わずに愛想もなくて語らずに　暗き巌穴《いわあな》住家となして
我れここに真人に逢い来たりたり　ひざまずいては秘法をたずねる
仙人は急ににっこり愛想よく　秘す仙薬の製法を説く
肝《きも》に銘じて聞いているうち忽然《こつぜん》と　身をすくまして大空に消ゆ
仰ぎみるいずかたなるか見えざるを　うすぐらき中五情《ごじょう》みなぎる
これからは丹砂《たんさ》を練りて仙薬を　仙人となり世人と別る

真人＝まことの道を体得した人。**五情**＝喜、怒、哀、楽、怨。**丹砂**＝赤色の砂。

かなわぬ夢を見るのが詩人としたら、李白はその第一人者であろう。月と飲み、影と舞い、そして大自然の永遠性の中に、不老不死を羨望する。他書に、李白の詩は「道教的世界」と表現されているが、元丹丘との交遊にもあるように、仙人の世界、仙境にあこがれることの強烈なものがある。詩人晩年の余生を生きる覚悟といえようか。

古風（五）

太白何蒼蒼　星辰上森列
去天三百里　邈爾与世絶
中有緑髪翁　披雲臥松雪
不笑亦不語　冥棲在巌穴
我来逢真人　長跪問宝訣
粲然忽自哂　授以錬薬説
銘骨伝其語　竦身以電滅
仰望不可及　蒼然五情熱
吾将営丹砂　永与世人別

太白《たいはく》何《なん》ぞ蒼蒼《そうそう》たる　星辰《せいしん》上《かみ》に森列《しんれつ》す
天を去ること三百里　邈爾《はるか》に世と絶《へだ》つ
中《うち》に緑髪《りょくはつ》の翁有り　雲を披《き》て松雪に臥《ふ》す
笑わず亦《ま》た語らず　冥棲《めいせい》して巌穴《がんけつ》に在り
我《わ》れ来たりて真人《しんじん》に逢い　長跪《ちょうき》して宝訣《ほうけつ》を問う
粲然《さんぜん》として忽《たちま》ち自《みずか》ら哂《わら》い　授《さず》くるに錬薬《れんやく》の説を以《もっ》てす
骨に銘じて其の語を伝うるに　身を竦《すく》まして以《もっ》て電《いなずま》のごとく滅《き》ゆ
仰ぎ望むも及ぶ可《べ》からず　蒼然《そうぜん》として五情熱す
吾《わ》れ将《まさ》に丹砂《たんさ》を営《いとな》みて　永く世人と別《わか》れんとす

星辰＝星座。**長跪**＝両膝を並べて地につけ、ふくらはぎを上にむけ、上半身を直立させる礼法。**粲然**＝笑うさま、あざやかなさま。**錬薬**＝ねりぐすり。**竦**＝すくむ、身が縮まる。**蒼然**＝夕暮の薄暗いさま。

すごろくに興じる仙人

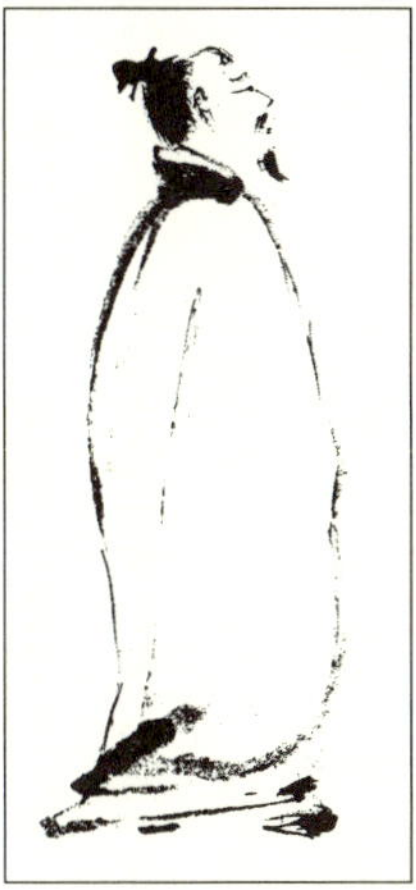

梁楷画「李白吟行図」

【妙趣閑話34】

▼死体を煽ぐ（煽屍）

亭主に死なれたばかりのところへ、親類の者がお悔やみに行った。するとその女房が、夫の屍体を団扇で煽いでいるので、訳をたずねると、「やれ悲しや。あの人はいまわの際に『再婚するのは、わしの身体がひえきってからにせよ』といいつけましたので」。（笑府）

古風（七）

唐　李白

仙人は鶴の上から誇らかに　大空高く飛びに飛び上ぐ
大声で碧雲《へきうん》の中呼ばわりて　我れ今名のる安期《あんき》であるぞ
両わきに白玉のごと仙童を　二人で吹くは紫鸞《しらん》の笙《しょう》を
突然にその影消えて早や見えず　つむじ風吹き天声の楽
顔あげて遠くをじっと見つめれば　流星が来てまた消えていく
願わくは不老長寿の草食し　天と斉《ひと》しきいのち欲しけれ

安期＝古代の仙人の名『史記　列仙伝』。**紫鸞の笙**＝紫の鸞《おしどり》の形をした笙の笛。

もはや李白は、自らを「安期」と名のる仙人になり切っている。童心というべきか、純粋というべきか。陶淵明に、「我れに騰化《とうか》の術無ければ、必ず爾《しか》らんこと復《ま》た疑わず」この私には天に昇って仙人になる術なんてないんだから、やがて死ぬのは必定だ、云云というのがある。李白は多分に、陶淵明のこの他の作品からも影響を受けたであろうと察せられる。

古風（七）

客有鶴上仙　飛飛凌太清
揚言碧雲裏　自道安期名
両両白玉童　双吹紫鸞笙
去影忽不見　回風送天声
挙首遠望之　飄然若流星
願餐金光草　寿与天斉傾

客《かく》に鶴上《かくじょう》の仙有り　飛び飛んで太清《たいせい》を凌《しの》ぐ
言を揚ぐ碧雲《へきうん》の裏《うら》　自《みずか》ら道《い》う安期《あんき》の名
両《りょうりょう》両たり白玉の童《わらべ》　双《なら》び吹く紫鸞《しらん》の笙《しょう》
去影忽《こつ》として見えず　回風《かいふう》天声を送る
首を挙げて遠く之《これ》を望めば　飄然《ひょうぜん》として流星の若《ごと》し
願わくは金光の草を餐《さん》し　寿《よわい》天と斉《ひと》しく傾《かたむ》けん

太清＝道教の用語で大空のこと。**飄然**＝ただよって居所の定まらぬさま。ふらりと来てまたふらりと去るさま。**回風**＝つむじ風、旋風。

▼借金を返した夢（**説夢**）　**【妙趣閑話35】**

金を借りた男、借金取りに向かい、「わたしの寿命ももう長いことはありますまい。昨夜死んだ夢を見たのです」というので、借金取りが「夢は逆夢というから、死んだ夢を見たら逆に長生きするでしょう」というと「そうそう、もう一つ見ました。あなたに借金を返した夢を」。

（笑府）

元丹丘の歌

唐　李白

元丹丘《げんたんきゅう》神仙道の世を愛す
朝《あした》は穎川《えいせん》の清き水飲み
三十六峰隈なく廻りもやの中
暮《ゆうべ》の嵩山《すうざん》越えてぞ還る
峰峰や星や虹をも下に見て
飛竜《ひりゅう》に跨《また》り風のうなりを
河を越え海を跨《また》いで空高く
君が遊心尽きざるを知る

この詩もまた、友人元丹丘に託して、神仙の世界に遊ぶ李白の感懐を述べたものであろう。俗事を離れ、自由の仙境に遊び、かなわぬ夢を見る詩人李白の内面の一部を見る思いがする。李白自身にすれば、もう一つ仙境に撤しきれぬ自分がはがゆかったのではなかろうか。

元丹丘歌

元丹丘　愛神仙
朝飲穎川之清流　暮還嵩岑之紫煙

元丹丘《げんたんきゅう》　神仙を愛す
朝《あした》には穎川《えいせん》の清流を飲み　暮《ゆうべ》には嵩岑《すうしん》の紫煙《しえん》に還る

三十六峰長周施　長周施
躡星虹　身騎飛竜耳生風
横河跨海与天通　我知爾遊心無窮

三十六峰長《とこし》えに周施す　長《とこし》えに周施し
星虹を躡《ふ》む　身は飛竜に騎《の》って耳には風を生じ
河を横ぎり海を跨《また》いで天と通ず　我知る爾《なんじ》が遊心窮《きわ》まり無きを

嵩岑＝嵩山の嶺。**紫煙**＝夕もや。

李白故里「詩無敵」(2001年6月撮)

山房春事(『唐詩選画本』より)

詩一首

唐　寒《かん》山《ざん》
（六八〇？－七九三？）

寒山に住みついてよりいくばくぞ　幾万年もまたそのむかし
天運に任せて棲もう林泉《りんせん》に　ゆったりと棲み世のうごきみる
山中に人尋ねこぬ白雲《しらくも》の　流れてやまぬいずこ目ざして
細草を敷布《しきふ》となして青空を　ここちぞよけれ掛布《かけふ》とぞすれ
ここちよく石を枕に天地《あめつち》が　いかに変わるも我れは関せず

諸法＝宇宙間に存在する有形無形のあらゆる事物。

寒山のことはよく分かっていない。天台山中に棲み、奇行が多く、文殊《もんじゅ》の化身とも称される。生没年未詳。拾得《じっとく》とともに「寒山拾得」としてよく画題にされる。寒山は拾得とともに、その飄飄たる生きざまは謎が多く、実在を疑問視する人も多いという。

寒山詩は、壁や竹木に書き残した詩を集めたもので、この詩も無題である。人間的な悩み、教訓、生の悦楽の謳歌《おうか》など、多様な内容が含まれ、一人の作者の手になったものとは思われないともいわれる。

粤自居寒山　曾経幾万載
任運遯林泉　棲遅観自在
巌中人不到　白雲常靉靆
細草作臥褥　青天為被蓋
快活枕石頭　天地任変改

粤《ここ》寒山に居《す》みてより　曾《かつ》て幾万載を経たるか
運に任せて林泉《りんせん》に遯《のが》れ　棲遅《せいち》して自在に観ずる
巌中人到らず　白雲常に靉靆《あいたい》たり
細草を臥褥《がじょく》と作《な》し　青天を被蓋《ひがい》と為《な》す
快活に石頭に枕《まくら》し　天地の変改するに任す

棲遅＝ゆっくりと休息すること、官に仕えず世を避けて田野にすむ。**靉靆**＝雲の盛んなさま、暗いさま。**臥褥**＝寝床。

蘇州寒山寺寒拾殿（1993年8月撮）

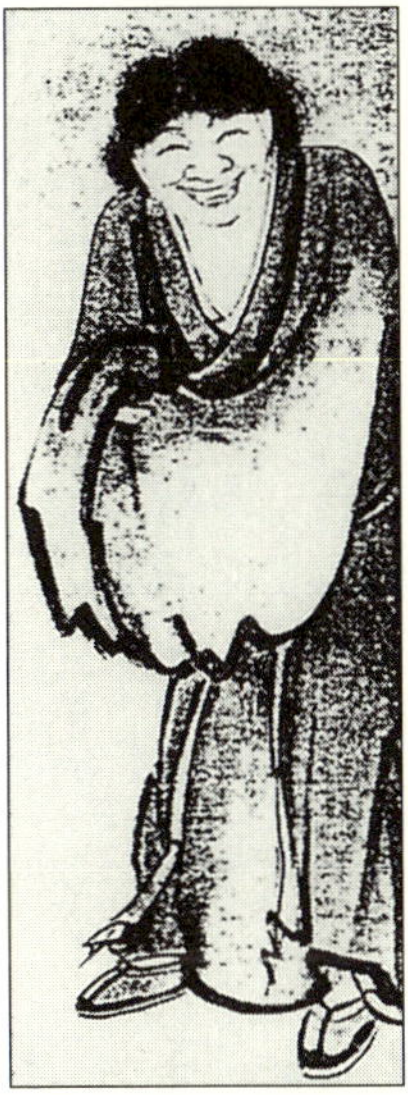
伝顔輝画「寒山図」

寒山に世を捨ててより今日までを　山菜喰らい木の実を喰らい
何憂い何を病むことあるべきや　生かされるままさからわず生く
日月は川の流れの如く過ぐ　光陰速く火花のごとし
さもあれば天地がままよ変わろうと　我れは我れなれ洞穴《どうけつ》に坐す

一自遁寒山　養命餐山果
平生何所憂　此世随縁過
日月如逝川　光陰石中火
任你天地移　我暢巌中坐

一《ひと》たび寒山に遁《のが》れてより　命を養うに山果を餐《くら》う
平生何の憂うるところぞ　此《こ》の世は縁に随《したが》いて過ぐ
日月逝川《せいせん》の如く　光陰石中の火
任你《さもあらばあれ》　天地の移るを　我は暢《ちょう》として巌中に坐す

逝川＝川の流れゆくごとく。暢＝のびのびとする。

寒山拾得像拓本

酔うて祝融峰を下る

南宋　朱《しゅ》熹《き》
（一一三〇―一二〇〇）

我れは来た千里万里を風に乗り　谷底からは雲湧き出ずる
どぶろくを三杯飲めば仙人だ　祝融峰《しゅくゆうほう》を一息に翔ぶ

「少年老い易く学成り難し」の起句に始まる「偶成」と題す著名な詩がある（一八〇ページ参照）。朱熹、字は元晦《げんかい》、のちに仲晦《ちゅうかい》、号は晦庵《かいあん》、文公と諡《おくりな》された。宋代の大学者。安徽省婺源《むげん》の人。その学問は宋の理学を集大成し、理気二元論を主張し、居敬窮理《きょけいきゅうり》を旨とした。宋学または朱子学といわれ、我が国には後醍醐天皇の頃に伝わり、江戸幕府の公認の学問となった。彼による朱子学は、江戸幕府の公認により、本郷湯島に聖堂を建て、林羅山《はやしらざん》をして幕臣の子弟を学ばせた。朱子学派としては、藤原惺窩《ふじわらせいか》、木下順庵《きのしたじゅんあん》、室鳩巣《むろきゅうそう》、山崎闇斎《やまざきあんさい》らがいる。

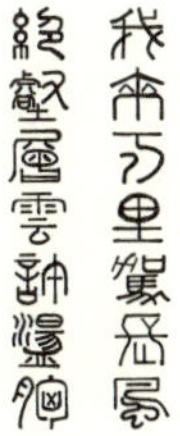

酔下祝融峰

我来万里駕長風　我れ来たって万里長風に駕《が》す
絶壑層雲許盪胸　絶壑《ぜつがく》の層雲《そううん》胸を盪《うご》かす許《ばか》り

濁酒三杯豪気発
朗吟飛下祝融峰

濁酒三杯豪気発
朗吟飛下祝融峰

濁酒《だくしゅ》三杯豪気を発す
朗吟《ろうぎん》して飛び下る祝融峰《しゅくゆうほう》

層雲＝霧のような雲で雲底が地面についていないもの。**絶壑**＝深くけわしい谷。

朱　熹

▼ふたまたかける（両坦）　**【妙趣閑話36】**

娘の婿をえらぶのに、同時に二軒から申し込みを受けた。東の家のは男前がわるくて金持、西の家のは、男前はよいが貧乏である。両親に「どちらにゆきたいかえ」と聞かれ、娘「どちらへも」という。「どうして」、「東の家でご飯を食べて、西の家へ行って寝たいわ」。

（笑林広記）

海に泛かぶ

明　王陽明

難易など我が胸になしこだわらず　大空に泛《う》く雲のごとくに
三万里今宵静かに船泛《う》かべ　錫《しゃく》飛ぶごとく天風に乗り

錫＝錫杖。地に引くときに錫《シャク》、錫《シャク》と音を立てるからという。インドで僧侶が山野を遊行するときに、これを振り鳴らして毒虫などを追い、また行乞の際に、人の門に立ったのを知らせた。また誦経の際の調子取りにも用いた。

王陽明は、兵を率いて出陣したが、戦い利あらず、海上を船でのがれたときの詩。彼は武臣としても数々の功績を残したが、何といっても陽明学の大家として、朱子学に対して知行合一の学派を唱え、我が国思想史の上にも大いなる影響を残した。中江藤樹《なかえとうじゅ》、熊沢蕃山《くまざわばんざん》らは彼の流れをくむ学者である。『伝習録』三巻は王陽明の語録および書簡を集めたもの。

泛海

険夷原不滞胸中　何異浮雲過太空
夜静海濤三万里　月明飛錫下天風

険夷《けんい》は原《もと》胸中に滞《とどこお》らず　何ぞ異《こと》ならん浮雲の太空《たいくう》を過ぐるに
夜は静かなり海濤《かいとう》三万里　月明《げつめい》錫《しゃく》を飛ばして天風に下る

険夷＝土地のけわしい所とたいらな所。難しいことと、たやすいこと。

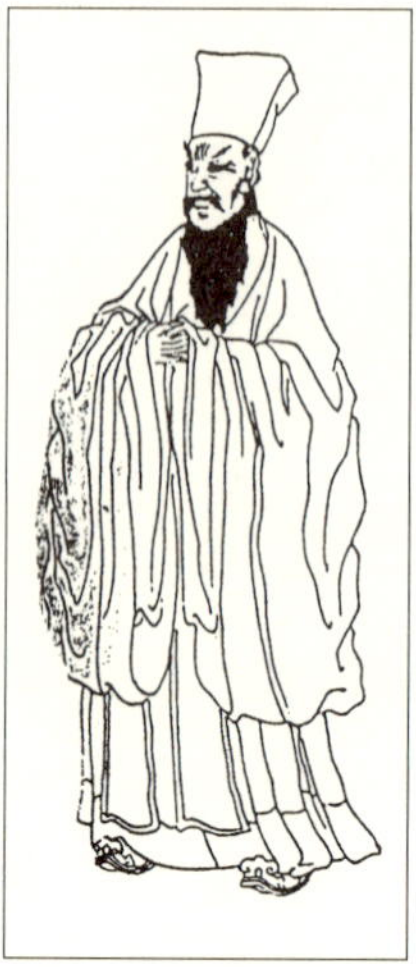

王陽明

【妙趣閑話37】

▼矛盾

楚の男が盾《たて》と矛《ほこ》を売っていた。盾を手に取っていうには「この盾の岩乗《がんじょう》なことといったら、どんなものでもこれを突きとおすことはできない」。また、矛を手に取っていうには、「この矛の鋭いことといったら、どんなものでも突きとおせないものはない」。それを見ていた者が、「それじゃ、お前のその矛でお前のその盾を突いたら、いったいどういうことになるのだね」。

（韓非子）

五　雲漢浪漫

臨終の歌

唐　李　白

八方《はつぽう》に大空高く飛ぶ大鵬《たいほう》
のちのちに大風吹かせ送れども
この鵬《ほう》をたとえ後世《のちょ》に伝えても

中空に折れ自ら飛べず
袖《そで》を欠ぎてはいかんともせん
孔子なき世に誰《た》が泣きぞすれ

大鵬＝『荘子』にある、一飛び九万里ものぼるという、想像上の大鳥。「大鵬の志」ともいう（「荘子逍遙遊」より「鯤之大不知其幾千里也、化而為鳥、其名為大鵬」）。**孔子なき世に**＝孔子が、魯の人が西方で麒麟《きりん》を獲たことを聞いて悲しんだ故事により、李白は鵬を自分に喩え、麒麟が霊獣であることを認める孔子のような人がいなければ、自分が今や臨終を迎えるにあたっての心想を、だれが理解してくれようか。だれが悲しんでくれるのか。残念でならないということであろう（小尾郊一著『中国の詩人　その詩と生涯6』集英社、一九八二年より）。

難解な詩ではあるが、李白が仙道にあこがれたことを念頭におけば理解できる気がする。しかし、酒を詠い神仙の世界を詠い、また興に乗じて花鳥風月を詠い上げる李白の詩才の華麗さは、他の追随を許さざるものがあるが、これが李白臨終の歌であれば、なんとも哀れで、くやしさが伝わってくる。大志も希望も何一つなすことなく、放浪に明け暮れ、大鵬は中天に摧《くだ》けた。彼が死を前にして彼の胸に去来するものは何か、おそらく中央政界においての済世救民の悲願を達することではなかったか。「仲尼亡《ちゅうじ》びたり誰《た》が為に涕《なみだ》を出ださん」。為すことを為し得ざる無念が伝わる。羽化登仙《うかとうせん》のごとき、かなわぬ夢を見て、終にかなわぬを悔いて死す。

「万象消え行く秋の日の、朧《おぼろ》の光ぞいや美しき。そは友のわかれを告ぐるに似たらずや、そは永へに閉じなむとする唇の、臨終《いまわ》の微笑《ほほえみ》に似たらずや」（永井壮吉著『荷風全集』第三巻、岩波書店、一九九三年、「フランス物語秋のちまた」より）

臨路（終）歌

大鵬飛兮振八裔　中天摧兮力不済
余風激兮万世　遊扶桑兮挂左袂
後人得之伝此　仲尼亡乎誰為出涕

大鵬飛んで八裔《はちえい》に振るい　中天に摧《くだ》けて力済《すく》えず
余風《よふう》万世に激《げき》するも　扶桑《ふそう》に遊んで左の袂《そで》を挂《か》く
後人之《これ》を得て此《これ》を伝うるも　仲尼亡《ちゅうじ》びたり誰《た》が為に涕《なみだ》を出ださん

八裔＝八代の末裔まで。**扶桑**＝中国の東方にあるという国。日本の異称。**仲尼**＝孔子。

▼差別を殴る（打差別）　**【妙趣閑話38】**

山西省の趙世傑という人が、夜中に眠りから覚めて、その妻に向かい「おれは夢の中で他家の女と愛しあった。一体女もこんな夢を見るものだろうか」というと、その妻が「男と女と何の差別がありましょう」といったので、世傑はその妻をしたたか殴りつけた。（笑賛）

李白衣冠塚（安徽省馬鞍山市）

李白墓（安徽省当塗県青山）

李白が水に映る月影を捉えようとして川に落ちて水死した伝説の聯壁台

挽歌の詩

晋　陶淵明

生きてれば必ず死ぬは道理なり
早く死すとも天寿ちぢまぬ
昨夜まで元気に集い談笑す
今朝は早くも過去の人とは
魂は体《たい》から離れいずくにか
亡骸《なきがら》だけが棺に残れる
いとし子は父をもとめて泣きつづき
朋友《とも》は私を撫でてぞ泣ける
死せる身は利害得失さらになし
是非善悪もまたわからずや
千年も万年もの後の世に
誰か知らんや栄《えい》と辱《じょく》とを
棺桶に入りて悔やむは此の世にて
思う存分酒飲みたらぬを

仏教に「逆修《ぎゃくしゅう》」という語がある。死後の冥福を祈るために、生前にあらかじめ死後に修すべき仏事をすませることで、生きているうちに建てた自分の墓を逆修塔という。また、生きているうちに自分の葬儀をして、それを棺桶の中に横たわって見ているという落語があったように思う。客観の世界といっても、これほどの悪ふざけはあるまい。

これは陶淵明の晩年の作であれば、彼の死生観の一端が窺《うかが》える。「早く終うるも命の促《うなが》さるるには非ず」とある。また人間臭さそのものも、よく散見することができる。

淵明の「五柳先生」なる自伝にしても、この「挽歌の詩」や「形影神」にしても、不思議な世界が展開されている。また結句の「但《た》だ恨《うら》む在世の時、酒を飲むこと足るを得ずを」とあるのを見ると、どこか李白の酒詩や神仙の世界に通じるものがあるように思えてならぬ。李白は多分に淵明の影響を受けていたのではなかろうか。

挽歌詩

有生必有死　早終非命促
昨暮同為人　今旦在鬼録
魂気散何之　枯形寄空木
嬌児索父啼　良友撫我哭
得失不復知　是非安能覚
千秋万歳後　誰知栄与辱
但恨在世時　飲酒不得足

生有《あ》れば必ず死有《あ》り　早く終うるも命の促《うなが》さるるには非《あら》ず
昨暮は同じく人為《た》りしに　今旦は鬼録《きろく》に在り
魂気は散じて何《いず》くにか之《ゆ》く　枯形を空木に寄す
嬌児《きょうじ》は父を索《もと》めて啼き　良友は我れを撫して哭く
得失復《ま》た知らず　是非安《いず》くんぞ能《よ》く覚《さと》らんや
千秋万歳の後　誰か栄《えい》と辱《じょく》とを知らんや
但《た》だ恨《うら》む在世の時　酒を飲むことを足るを得ずを

陶淵明

鬼録＝鬼籍。枯形＝亡骸。空木＝棺桶。嬌児＝愛らしい男の子、愛児。

【妙趣閑話39】

▼巣がひっくりかえったのに

孔融《こうゆう》が逮捕されたと聞いて、朝廷の内外は震えあがった。ただ孔融の子どもだけは、当時大きい方は九歳、小さい方は八歳で、まだ頑是《がんぜ》なかったが、二人ともいつものように釘刺し遊びをやっていて、いっこうにうろたえた様子を見せなかった。

「なにとぞ、罪の及ぶのはわたしだけにお止めください。二人の子どものいのちは、保証していただけるでしょうな」。捕吏に向かって、孔融が頼みこむのを聞いて、子どもたちは進みでた。「父上、巣がひっくりかえったのに、卵がこわれずに済むでしょうか」

やがて捕吏がやってきて、二人の子どもを捕らえていった。

（世説新語）

孔融＝孔子二十世の孫。一五三～二〇八年。後漢の儒者、諫臣。献帝に仕え忠誠を尽くしたが、曹操に忌まれて誅された。

▼唐三蔵

【妙趣閑話40】

艾子《がいし》は酒が好きで、醒めている日は少なかった。門弟たちが相談した。「これはぜひともやめていいただくようにお諌めしなくてはいけない。それには酒がどんなに身体に毒かということで、先生をこわがらせたら、きっと慎みなさるにちがいない」。

ある日、したたかに飲んでへどを吐いた。門人たちはひそかに、豚のはらわたを抜いてへどの中に入れておき、それを艾子に見せて、「人間は五臓があればこそ生きておられるのです。いま先生は、お酒を召し上がったために、五臓のうちの一つを吐き出してしまわれ、あと四臓しかありませぬ。これでどうして生きられましょう」。

艾子はつくづくと見て笑っていった。「唐三蔵さえ生きておられたのだ。まして四つもあるじゃないか」。

（艾子雑説）

▼禿の字

【妙趣閑話41】

ある秀才が僧侶に向かっていった。

「禿という字は、どう書くか知ってるかい」

禿とは僧侶に対する蔑称である。僧侶はすまして答えた。

「秀才の秀という字の尻尾を曲げたらいいんですよ」

（笑林広記）

六　旅愁寂寂

楓橋《ふうきょう》夜泊

唐　張《ちょう》継《けい》
（七二〇？〜七八〇？）

月は西烏《からす》は啼けり霜満ちて
漁火《いさりび》映えて旅に眠れぬ
姑蘇《こそ》城外古きいわれの寒山寺
夜半の鐘を我が舟に聞く

楓橋＝江蘇省蘇州西郊の水路にかかる橋。**姑蘇城**＝蘇州、春秋時代の呉の居城。**寒山寺**＝唐僧、寒山と拾得が住んでいたという伝説と、張継のこの詩により名所となる。

蘇州の歴史は古く、紀元前五〇〇年頃の春秋時代に遡る。呉県平江とも呼ばれる。旧跡多く、クリーク（小運河）に舟は行き交い、歌や詩が似合う街だ。また、旅情をそそられて、しばらく滞留してみたいとも思った。「上に天堂あり、下に蘇杭あり」（『呉郡志』）といわれる。

張継、字は懿孫《いそん》、湖北省襄陽県の人。詩一巻あり。

月落烏啼霜満天
江楓漁火対愁眠

楓橋夜泊

月落烏啼霜満天　　月落ち烏《からす》啼いて霜天《しもてん》に満つ
江楓漁火対愁眠　　江楓の漁火 愁眠《しゅうみん》に対す

姑蘇城外寒山寺
夜半鐘声到客船

姑蘇城外寒山寺
夜半鐘声到客船

姑蘇《こそ》城外寒山寺
夜半の鐘声《しょうせい》客船に到る

霜天＝霜のおりた冬の空。**愁眠**＝うれいに沈んだ気持ちで眠ること。

寒山寺門前の水路

蘇州寒山寺鐘楼
（上下とも1993年８月撮）

秦淮に泊す

唐　杜《と》牧《ぼく》
（八〇三－八五二）

夕もやは河面《かわも》を籠《こ》めて月砂州《さす》に
酒楼に近し今宵秦淮《しんわい》
亡国のふかき恨みを妓女《きじょ》知らず
川向こうから後庭歌《こうていか》流る

秦淮＝江蘇省の川の名。南京市内を流れ揚子江に注ぐ。その両岸に酒家多し。**後庭歌**＝陳の後主が作った曲、この天子は日夜歌舞宴席に侍り、ついに隋に滅ぼされた。亡国の曲といわれる。

杜牧、字は牧之《ぼくし》、号は樊川《はんせん》、長安の人。杜甫を「大杜」というに対し、「小杜」といわれる。二十五歳で進士に及第。『樊川集』二十巻がある。

泊秦淮

煙籠寒水月籠沙
夜泊秦淮近酒家
商女不知亡国恨
隔江猶唱後庭花

煙は寒水《かんすい》を籠《こ》め月は沙《すな》を籠《こ》む
夜《よる》秦淮《しんわい》に泊して酒家に近し
商女は知らず亡国の恨み
江を隔てて猶《なお》唱う後庭歌《こうていか》

商女＝宴席に侍る妓女。

早《つと》に白帝城を発す

唐　李白

夜明け前朝焼け雲を仰ぎみて　一日に千里江陵につく
両岸の猿啼く声のやまぬうち　舟足はやく山山を過ぐ

白帝城＝四川省揚子江三峡下りの起点、四川省東端にある古城。蜀漢の劉備はここで崩じた。**千里江陵**＝白帝城から遠く千里の下流江陵（湖北省）まで。

朝辭白帝彩雲間
千里江陵一日還
兩岸猿聲啼不住
輕舟已過萬重山

早発白帝城

朝辞白帝彩雲間
千里江陵一日還
両岸猿声啼不住
軽舟已過万重山

朝《あした》に辞す白帝《はくてい》彩雲《さいうん》の間《かん》
千里の江陵《こうりょう》一日にして還《かえ》る
両岸の猿声《えんせい》啼いて住《や》まざるに
軽舟《けいしゅう》已《すで》に過ぐ万重《ばんちょう》の山

彩雲＝緑などが美しく色づいた雲。**軽舟**＝舟足の軽い舟。**万重山**＝幾重にも重なっている山。

早発白帝城（『唐詩選画本』より）

李白の旅（『唐詩選画本』より）

▼文字学（字学）

王安石は文字学を研究していたが、あるとき、「波は水の皮だ」といった。すると蘇東坡が、「じゃ、滑は水の骨というわけですかな」。

（笑賛）

【妙趣閑話42】

廬山の瀑布を望む

唐　李白

香炉峰《こうろほう》朝日浴びれば紫《し》煙《えん》出《い》ではるけき川に滝落つる見ゆ
流れ飛び真下《ました》に下る三千尺空より落つる銀河の雨かと

廬山＝江西省九江南の名山。銀河＝天の川。

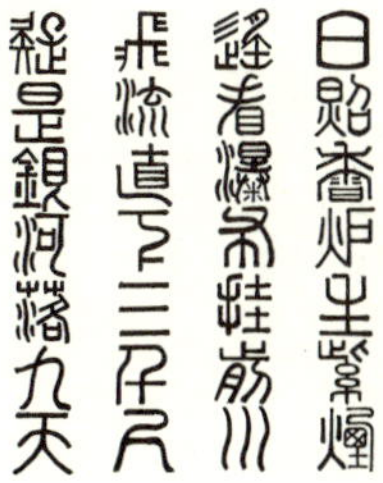

望廬山瀑布
日照香炉生紫煙
遙看瀑布桂前川
飛流直下三千尺
疑是銀河落九天

日は香炉《こうろ》を照《て》らし紫煙《しえん》を生ず
遙《はる》かに看《み》る瀑布《ばくふ》の前川《ぜんせん》に桂《か》かるを
飛流直下三千尺
疑うらくは是《こ》れ銀河の九天より落つるかと

香炉＝廬山の一峰、香炉峰。前川＝目の前の川。桂＝掛。九天＝中国で天を九方位に分かった称。きわめて高い所、天上。

泰山に遊ぶ

唐　李白

春四月いま泰山に登りたり
万壑《ばんがく》を六頭立ての車過ぎ
馬の跡碧《みどり》の峰を登り行き
流れ飛び山峰を落ちすさまじく
北の方絶壁の峰眺むれば
洞門は石扇《せきせん》をもて閉じるごと
高見より仙人の住む蓬瀛《ほうえい》を
頂上の南天門でうそぶけば
仙人に仕える少女四、五人が
素手を出し笑みをふくんで会釈して

石平らかに玄宗御道《みどう》
谷川に副《そ》いめぐりめぐりて
いまその跡に青苔の生《お》う
水勢増して松風寂し
東に摧《くだ》く奇なる崖見ゆ
地の底からは雲雷《うんらい》の湧《わ》く
想いを馳せる天帝の御書《ごしよ》
万里のかなた清風の吹く
ひらりひらりと天より降りる
我れに遺《おく》るか流霞《りゅうか》の盃を

頭《あたま》地に再拝《さいはい》して盃をうけ我れ才なきを媿《は》じて悔いるを
我が心ひろびろとして宇宙は小俗塵を捨て悠々たるぞ

泰山＝山東省泰安の北。五岳の一つ。高さ一五二四メートル。古来天子が封禅の儀を行う大切な山とされ、また道教を奉ずる仙道の山ともいわれる。七千の階段があるが、昨今ロープウェイが出来て、老若を問わず登れる。頂上近くに玄宗皇帝の「紀泰山銘碑」や則天武后その他の石刻がある。**玄宗御道**＝玄宗が泰山に登るため改修した道路。**万壑**＝多くの谷。**蓬瀛**＝仙人が住むという想像上の島。蓬萊と瀛州。**御書**＝詔書。**流霞**＝霞は仙人の飲みもの。

七四二年、李白四十二歳。かねての念願である泰山登頂を実行する。道教信仰の中心地ともいうべき泰山に登り、その仙境を存分に味わい、仙界に遊んだ李白得意の作品であろう。なお、この年に待望の長安入りを果たし、玄宗の治に参加することになる。

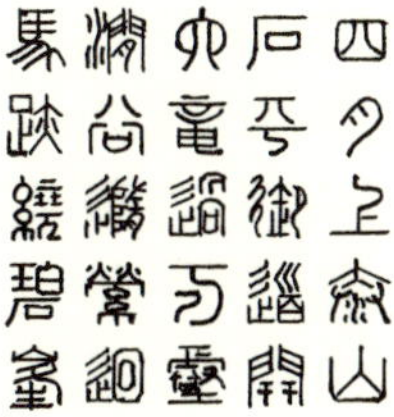

遊泰山

四月上泰山
石平御道開
六竜過万壑
澗谷随栄廻
馬跡繞碧峰

四月泰山に上る
石平かにして御道《みどう》開く
六竜万壑《ばんがく》を過ぎ
澗谷《かんこく》随って栄廻《えいかい》す
馬跡《ばせき》碧峰《へきほう》を繞《めぐ》り

于今満青苔
飛流灑絶巘
水急松声哀
北眺崿嶂奇
傾崖向東摧
洞門閉石扇
地底興雲雷
登高望蓬瀛
想像金籙台
天門一長嘯
万里清風来
玉女四五人
飄颻下九垓
含笑引素手
遺我流霞盃
稽首再拝之
自媿非仙才

于今満青苔
飛流灑絶巘
水急松声哀
北眺崿嶂奇
傾崖向東摧
洞門閉石扇
地底興雲雷
登高望蓬瀛
想像金籙台
天門一長嘯
万里清風来
玉女四五人
飄颻下九垓
含笑引素手
遺我流霞盃
稽首再拝之
自媿非仙才

今に于《おい》て青苔《せいたい》に満つ
飛流《ひりゅう》絶巘《ぜつけん》に灑《そそ》ぎ
水急にして松声哀し
北を眺むれば崿嶂《がくしょう》奇《き》なり
傾崖《けいがい》東に向かって摧《くだ》く
洞門石扇《せきせん》を閉じ
地の底より雲雷を興《おこ》す
高きに登って蓬瀛《ほうえい》を望み
想像す金籙台《きんろくだい》
天門に一たび長嘯《ちょうしょう》すれば
万里より清風来たる
玉女が四五人
飄颻《ひょうよう》として九垓《きゅうがい》より下る
笑《え》みを含んで素手《すで》を引《ひ》べ
我れに流霞《りゅうか》の盃を遺《おく》る
稽首《けいしゅ》して之《これ》を再拝し
自ら仙才に非《あら》ざるを媿《は》ず

曠然小宇宙
棄世何悠哉

曠然小宇宙
棄世何悠哉

曠然《こうぜん》として宇宙を小とす
世を棄《す》つる何ぞ悠なる哉《かな》

澗谷＝谷川。**絶巘**＝けわしい山。**崿嶂**＝絶壁の連なる峰。**金籙台**＝道教でいう天帝の出す詔書をわたす台。**天門**＝泰山の頂上近くにある南天門。**長嘯**＝長く声をひいて歌を吟ずること。**稽首**＝首が地につくまで体を屈して拝すること。**曠然**＝さえぎるものがない。ひろい。

南天門

紀泰山碑（高13メートル）。左は則天武后筆「雲峯」
（上下とも1997年８月撮）

洛より越にゆく

唐　孟浩然

おちつかぬあたふたと過ぐ二十年　学もならずに剣またならず
山水の呉越《ごえつ》を尋ね美を愛《め》でん　俗塵を避け都を離る
小舟をば湖海《こかい》にうかべ清遊《せいゆう》す　高位高官つつしんで謝《しゃ》す
しばらくは酒など酌《く》んで楽しまん　世上の批判名誉も気にせず

清遊＝風流な遊び、上品な遊び。

この詩は孟浩然が、当時の東の都といわれた洛陽から、山水美の呉越へ出掛けたときのもの。二十年もの間勉学に励んだが報われず、ついには洛陽にいることに堪えられず、脱出して精神の解放を求めたものであろう。「長揖《ちょうゆう》して公卿《こうけい》を謝《しゃ》し」にこの時の心情が凝縮しているのではあるまいか。

孟浩然は王維とともに山水詩にすぐれ、また五言詩を得意としたとある。

自洛之越

皇皇二十載
書剣両無成
山水尋呉越
風塵厭洛京
扁舟泛湖海
長揖謝公卿
且楽杯中物
誰論世上名

皇皇たること二十載《さい》
書剣両《ふた》つながら成《な》る無し
山水呉越を尋ねん
風塵洛京を厭《いと》う
扁舟《へんしゅう》湖海《こかい》に泛《う》かべ
長揖《ちょうゆう》して公卿《こうけい》を謝《しゃ》し
且《しば》らく杯中の物を楽しまん
誰か論ぜん世上の名を

皇皇＝あわただしいさま。**風塵**＝俗塵。**扁舟**＝小舟。**長揖**＝両手をこまぬいて上から下におろした形。**杯中物**＝酒。

▼着物をぬぐ（解衣）　**【妙趣閑話43】**

新婦、婿に着物をぬげといわれて、「わたしは、母からぬいではならぬとさとされました。だのにあなたはぬげとおっしゃる。夫のいいつけにも背くわけに参らぬとすれば……」とじっと考えこむ。婿がまたせめると「わかりました。では下半身だけぬいで、両方へ義理を立てましょう」。（笑府）

悶を解く

唐　杜甫

故国出て早や十年を経たれども　秋瓜《しゅうか》を見ればふるさと憶《おも》う
今日もまた南湖のほとりわらびとる　都の鄭審《ていしん》いかに暮らすか

故国＝故郷、長安。南湖＝四川省在。鄭審＝長安にいる友人鄭瓜州《ていかしゅう》のこと。

十年の歳月をふりかえり、望郷の念やまず、友人の鄭瓜州の事どもを想い、いつ帰れるともしれぬ都長安への憶いも募る煩悶か。

解悶

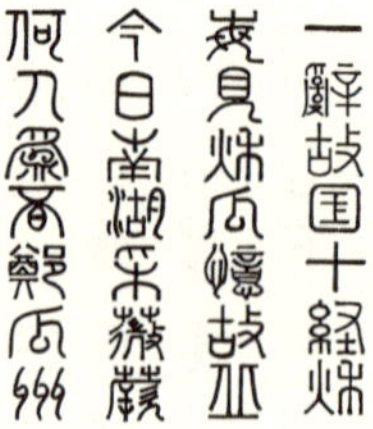

一辞故国十経秋
毎見秋瓜憶故丘
今日南湖采薇蕨
何人為覓鄭瓜州

一たび故国を辞して十たび秋を経《へ》
秋瓜《しゅうか》を見る毎《ごと》に故丘《こきゅう》を憶《おも》う
今日南湖に薇蕨《びけつ》を采《と》る
何人か為に覓《もと》む鄭瓜州《ていかしゅう》

薇蕨＝ぜんまいとわらび。

杜　甫

望郷旅愁

▼江心の賦（江心賦）　【妙趣閑話44】

ある俄分限者《にわかぶげんしゃ》、夜も昼も賊《どろぼう》の心配をしていた。ある日、友人とともに江心寺に遊んだところ、その壁に「江心《こうしん》の賦」と題してあった。彼は「賦」の字を「賊」の字と読み違え、驚いて逃げ隠れようとするので友達がわけを聞くと、「江心の賊がここにいる」という。友達が「賦ですよ、賊じゃない」といっても「賦は賦でしょうが、やっぱり少し賊の形をしている」。（笑府）

杜甫生家（鞏県南窯湾村）

浣花渓草堂（2001年７月撮）

【妙趣閑話45】

▼借金（借債）

借用証書を書いて金借りに来た男に、「証文はいらぬ。それより君が笑っているところを描いた絵を持ってきておくれ」というので、「なぜ」と聞けば、「後で借金取りに行ったときには、そんな顔じゃあるまい」。（笑府）

七　寂寞介意

秋風の辞

漢　武《ぶ》帝《てい》
（前一五六－前八七）

秋風ぞ吹きおこりきて白雲の　草木黄ばみて雁《かり》は南に
花は蘭香りは菊ぞそれぞれに　我れにたまわれ絶後の臣を
汾河《ふんが》をば渡らんとして屋形船　流れにとどめ簫鼓《しょうこ》賑わし
楽しみがきわまりて吹く秋風の　さけて通れぬ老《おい》を思えば

汾河＝山西省の北部から黄河に合流する大河。**簫**＝竹管を並べて作る笛。

武帝、名は劉徹《りゅうてつ》、漢朝七代の天子。時に十六歳であった。その翌年には、張騫《ちょうけん》を抜擢《ばってき》して月氏国へ送り匈奴《きょうど》を包囲しようとする戦略を立て、また、衛青《えいせい》、霍去病《かくきょへい》ら若き人材を適材適所に起用するなど、その能力は天才的なものであった。

蘭に秀あり、菊に芳あるごとく、強い個性をもった「賢臣」、「良臣」を得て、専心北の憂を除かんとして三十年、今ふっと肩の力を抜いたときに忍びよるこの哀感は何か。「国は一人を以て興り、一人を以て亡ぶ」という。独裁者の孤独感を如実に思い知らされる一詩ではあろう。

宴のあとの空しさと、後世、英明、豪胆と称えられた武帝の、秘めたる側面を見る思いがする。

秋風辞

秋風起兮白雲飛　草木黄落兮雁南帰
蘭有秀兮菊有芳　懐佳人兮不能忘
泛楼船兮済汾河　横中流兮揚素波
簫鼓鳴兮発棹歌　歓楽極兮哀情多
少壮幾時兮奈老何

秋風起こりて白雲飛び　草木黄落《こうらく》して雁《かり》南に帰る
蘭に秀有り菊に芳有り　佳人《かじん》を懐《おも》うて忘るる能《あた》わず
楼船《ろうせん》を泛《う》かべて汾河を済《わた》り　中流に横たえ素波《しらなみ》を揚《あ》ぐ
簫鼓《しょうこ》鳴って棹歌《とうか》を発す　歓楽極《きわ》まりて哀情《あいじょう》多し
少壮幾時ぞ老を奈何《いかん》せん

佳人＝美人、ここでは賢臣。**楼船**＝二階のある屋形船。**棹歌**＝船歌。

秋風楼

▼まにあわせ

【妙趣閑話46】

短気な男、下男があやまちをしたといってひざまずかせて笞《むち》で打とうとし、「早く笞を持ってこい」とどなったが、誰も持ってこないのでいらだってじだんだを踏んでいる。それを見た下男、主人を見上げながらいった。「旦那さま、ひとまずわたしの頬を平手打ちにして、急場をしのいではいかがですか」。

（笑府）

▼強情

【妙趣閑話47】

負けず嫌いの親子がいた。ある日父親は客を招くために、息子に町へ肉を買いに行かせた。息子は肉を買って城門を出ようとしたとき、向こうからやってくる男に出会った。二人は互いに道をゆずらず、相手を遮りあって、とうとう二人とも突っ立ったまま動かなくなってしまった。息子の帰りが遅いので町へ捜しに行った父親は、それを見ると息子にいった。「おまえは肉を持って帰って、わしが帰るまでお客さんの相手をしていてくれ。ここはおまえの代わりにわしが立ってやる」。

（笑府）

偶然作

屈《くつ》　復《ぷく》

百金でよく走る馬買わんとす　千金あれば美人を買うて
万金で地位や名誉を買わんとす　尽きず出しても青春欲しや

偶然作＝たまたま作った詩。

さしずめ現代では、百金あれば高級車を買い、千金あれば美人を買ったのは昔の話。万金では高位高官を買う、古来より現在でも贈収賄のニュースは絶えず。次にこれが問題、青春が買えるものなら、いくら出しても欲しいという人は多い。しかし今では、高齢者でも心の持ち方次第で〝幸齢者〟として老安老春を愉しむ弾んだ生活はいくらでもできるのではあるまいか。

偶然作

百金買駿馬　千金買美人
万金買高爵　何処買青春

百金駿馬《しゅんめ》を買い　千金美人を買い
万金高爵《こうしゃく》を買う　何処《いずれのところ》に青春を買わん

高爵＝高位、高官。

幽州の台に登る歌

唐　陳子昂《ちんすごう》
（六六一―七〇二）

われよりも先に生きたる人知らず　後に生きくる人も分からず
この天地悠悠たるぞ無限なり　儚《はかな》き人世《ひとよ》涕流るる

幽州＝今の北京市をふくむ東北の地。

有限の人命と、無限の天体の運行。ここに万古の愁いあり。一四〇〇年も前の陳子昂も、二十一世紀を生きる人々も共有する心想であろう。

陳子昂、字は伯玉《はくぎょく》、四川省射洪県の人。二十四歳で進士に及第。『陳伯玉文集』十巻がある。

登幽州台歌

前不見古人　後不見来者
念天地之悠悠　独愴然而涕下

前《さき》に古人を見ず　後《うしろ》に来者《らいしゃ》を見ず
天地の悠悠たるを念《おも》い　独《ひと》り愴然《そうぜん》として涕《なみだ》下る

愴然＝いたみかなしむさま。

蘇台覧古

唐　李白

古き苑《にわ》台も荒れしが柳萌え　菱《ひし》とる娘《こ》の歌春愁《しゅんしゅう》つのる
明月は西江の上に輝やきて　これぞ曽《かつ》ては呉宮の西施《せいし》を

蘇台＝姑蘇台の略。春秋時代、呉王闔閭が姑蘇山上につくった。**覧古**＝旧跡を見て昔を思う。**西江**＝呉宮の西を流れる河。

春秋時代の呉王夫差《ふさ》は、南の越との戦いでこれを敗った。紀元前五世紀の初めである。敗れた越王勾践《こうせん》は再起を秘して、絶世の美女「西施《せいし》」を呉に贈り、夫差の心を虜にする。

西施がいかに美女であったかの一つの伝説として、あるとき、西施が頭痛の病に罹り、故郷越に帰り街中を眉根をひそめて歩いたところ、街中の女たちがその姿がいかにも嫋嫋《じょうじょう》としてよいと、皆その真似をした。その事から「顰《ひそみ》に倣《なら》う」という成句ができたと言われるほどの美女であったという。

その西施の容色に溺れた呉王夫差は「嘗胆《しょうたん》」の越王勾践（敗れた勾践が、その屈辱を晴らすため胆を嘗めた故事）に敗れた。のちにいたずらに人の物真似をして世の物笑いになることを「ひそみにならう」ともいう。

旧苑荒台楊柳新
菱歌清唱不勝春
只今惟有西江月
曾照呉王宮裏人

蘇台覧古

旧苑荒台楊柳新
菱歌清唱不勝春
只今惟有西江月
曾照呉王宮裏人

旧苑《きゅうえん》荒台《こうだい》楊柳《ようりゅう》新たなり
菱歌《りょうか》清唱《せいしょう》して春に勝《た》えず
只今惟《ただ》西江の月のみあり
曾《かつ》て照らす呉王宮裏《きゅうり》の人

荒台＝旧苑、姑蘇台。**菱歌**＝菱をとるときの歌。**宮裏**＝宮殿の中。

【妙趣閑話48】

▼年を隠す（蔵年）

ある人、年増の妻をめとり、婚礼の夜つくづくと見るのに、顔の皺が多いので「お前の年はいくつか」と聞くと「四十五、六でございます」。「婚書（結婚契約書）には三十八歳となっていたぞ。それにわしが見たところ、四十五、六じゃきくまい、ほんとのところ隠さずにいいなさい」といわれて「実は五十四歳でございます」。亭主は再三問いつめたが、やっぱり同じことをくりかえす。亭主床に入ってもまだ得心がゆかず、そのうちふとよい考えが浮かんだので「ちょっと起きて塩甕《しおがめ》の蓋をしてくる。そうしないと鼠に食われてしまうでな」というと、女房「可笑《おか》しなことをいいなさる。わたしは六十八まで生きたが、鼠が塩を盗んで食ったなんて話はついぞ聞いたことがありませぬ」。

（笑林広記）

越中覧古

唐　李白

越《えつ》王は呉《ご》を滅ぼして本懐を　将士凱旋皆恩賞《がいせんみなおんしょう》を
殿中《でんちゅう》は宮女着飾り華やぎし　今では鷓鴣《しゃこ》の飛ぶぞ哀しき

嘗胆《しょうたん》二十年の後、越王は范蠡《はんれい》の扶《たす》けを得て呉を破り、晴れの凱旋を果たした。

越王勾践破呉帰
義士還家尽錦衣
宮女如花満春殿
只今惟有鷓鴣飛

越中覧古

越王勾践破呉帰
義士還家尽錦衣
宮女如花満春殿
只今惟有鷓鴣飛

越王勾践《こうせん》呉を破って帰る
義士《ぎし》家に還りて尽く錦衣《きんい》す
宮女花の如《ごと》く春殿に満つ
只今惟《た》だ鷓鴣《しゃこ》の飛ぶ有るのみ

義士＝忠義の士。**錦衣**＝晴着を着る。

越中覧古（『唐詩選画本』より）

汴河の曲

唐　李《り》益《えき》
（七四八？―八二七？）

汴水《べんすい》は東に流れて春同じ
隋家《ずいけ》亡びて離宮跡なし
旅人よ堤《つつみ》に上り見る莫《な》かれ
楊花の飛べば愁いに耐えず

汴河＝河南省栄陽県で黄河から分かれる。隋の煬帝の築いた運河。**楊花**＝やなぎの花

一栄一落、僅か四十年たらずの隋王朝（五八一―六一八年）の滅亡を懐《おも》い詠んだもの。
李益、字は君虞《くんぐ》、甘粛省武威《ぶい》県の人。七六九年の進士。礼部尚書に至る。

汴河曲

汴水東流無限春　　汴水《べんすい》東に流れて無限の春
隋家宮闕已成塵　　隋家《ずいけ》の宮闕《きゆうけつ》已《すで》に塵《ちり》と成《な》る
行人莫上長堤望　　行人《こうじん》長堤に上って望む莫《な》かれ
風起楊花愁殺人　　風起こって楊花《ようか》人を愁殺《しゆうさつ》す

宮闕＝宮城、皇居。**行人**＝旅人。**愁殺**＝ひどく憂え悲します。殺は助字

耽溺（『唐詩選画本』より）

岳陽楼に登る

唐　杜甫

洞庭湖《どうていこ》すばらしきこと昔から
その昔呉楚《ごそ》はこの湖で東南に
親せきも朋友《とも》からも手紙なく
ふるさとで尚《なお》も兵乱《へいらん》ありという

今念願の岳陽楼《がくようろう》に
天地をうつす宇宙の神秘
老病の身に小舟が一艘《そう》
手すりによれば泪《なみだ》とめえず

洞庭湖＝湖南省北部にある中国最大の淡水湖。**岳陽楼**＝唐の開元年間に張説《ちょうえつ》（六六七－七三〇年、盛唐の人。字は道済。中書令となり燕国公に報ぜらる）が建てたもの。**呉楚**＝春秋時代の呉と楚。

杜甫五十七歳、死の三年程前の作。すでに病を得て心身ともに人生の晩年を意識していたのか、「親朋《しんぽう》一字無く、老病孤舟有るのみ」と実に淋しい。

登岳陽楼

昔聞洞庭水

昔聞洞庭水　　昔聞く洞庭《どうてい》の水

今上岳陽楼
呉楚東南坼
乾坤日夜浮
親朋無一字
老病有孤舟
戎馬関山北
憑軒涕泗流

今上岳陽楼
呉楚東南坼
乾坤日夜浮
親朋無一字
老病有孤舟
戎馬関山北
憑軒涕泗流

今上る岳陽楼《がくようろう》
呉楚《ごそ》東南に坼《さ》け
乾坤《けんこん》日夜浮かぶ
親朋《しんぼう》一字無く
老病孤舟有るのみ
戎馬《じゅうば》関山の北
軒《のき》に憑《よ》れば涕泗《ていし》流る

昔聞＝かねてから耳にしていた。**乾坤**＝日月、天地。**無一字**＝手紙が一通もこない。**戎馬**＝軍馬。**関山**＝故郷のことをさす。

岳陽楼に登る
（『北斎唐詩選画本』より）

杜甫の旅（『唐詩選画本』より）

行宮

唐　元《げん》稹《しん》
（七七九―八三一）

ひっそりと昔の栄華なき離宮　花は咲けども紅さびし
白髪の宮女一人我れ迎え　静かに坐り玄宗を説く

行宮＝天皇行幸のときの仮の宮居。

「春来たりまたひらく旧時の花」（岑参《しんじん》）
元稹、字は微之《びし》、河南省洛陽の人。十五歳で明経《めいけい》に及第。『元氏長慶集』六十巻がある。

行　宮

寥落故行宮　宮花寂寞紅
白頭宮女在　閑坐説玄宗

寥《りょうらく》落たり故行宮《こあんぐう》　宮花寂寞《きゅうかせきばく》として紅《くれない》なり
白頭《はくとう》の宮女在り　閑坐《かんざ》して玄宗を説く

寥落＝まばらでものさびしいこと。**寂寞**＝ものさびしい。ひっそりしたさま。**玄宗**＝唐の第六代皇帝。在位四十五年。楊貴妃とのロマンで有名。晩年安祿山の変で蜀に走る。

宣州の謝朓楼《しゃちょう》にて校書の叔雲《しゅくうん》に餞別す

唐　李白

刀を持ち水を切れども水更《さら》に
杯を挙げれど愁いは消えず
人の世は意のままならず悔やむなし
明朝《みょうちょう》辞してささ舟にのる

謝朓＝字は玄暉《げんき》、斉の人。宣城の太守であったとき、役所の後ろの高台に書斎を作り、北楼と呼んだ。後人これを謝公楼と呼んだ。**校書**＝宮中の文書の校正にあたる職。**辞して**＝官職を辞める。**ささ舟にのる**＝小舟に棹さして、放浪の旅に出る。

原詩全十二句より、四句を掲出する。

宣州謝朓楼餞別校書叔雲

抽刀断水水更流
挙杯消愁愁更愁
人生在世不称意
明朝散髪弄扁舟

刀を抽《ぬ》きて水を断《た》てば水更《さら》に流れ
杯を挙げて愁いを消せば愁い更に愁う
人生世に在《あ》って意に称《かな》わず
明朝《みょうちょう》髪を散じて扁舟《へんしゅう》を弄《ろう》せん

扁舟＝ささ小舟。

鏡を覧るの詩

清　毛奇齢《もうきれい》（一六二三―一七一三）

このところ急にめっきりおとろえた　このやつれをば誰《た》が慰める
吾《わ》とともに泣いてくれるは吾が家の　鏡の中にうつる人のみ

憐れ憐れ、年は取りたくないものだが、一寸神経質すぎるように感じる。何歳頃の作品か知れぬが、九十歳も生きた人の作とは解しかねるようにもある。陸放翁に「不痴不聾不作翁」（愚かにならず耳も遠くならないのは老人ではない）というのがある。多少やつれたとて悔やむに足らず。この時代「老春」という語がなかったのかも。

毛奇齢、字は大可、号は西河。浙江省蕭山の人。清初の学者、清朝考証学の基礎を作った。

覧鏡詩

漸覚鉛華尽　誰憐顦顇新
与余同下涙　只有鏡中人

漸《ようや》く覚《おぼ》ゆ鉛華《えんか》の尽くるを　誰《だれ》か憐れむ顦顇《しょうすい》の新たなるを
余《よ》と同じく涙を下《お》とすは　ただ鏡中の人有るのみ

鉛華＝おしろい。若く華やかな顔を譬える。**顦顇**＝やせ衰えたさま。

登　高

唐　杜甫

風急《いそ》ぎ天高き秋猿《さる》ぞ泣く　流れは清く鳥の舞う見ゆ
果てしなく枯葉は落ちて樹樹寒し　尽きることなく長江流る
故里《ふるさと》を遠くはなれて旅にあり　不治の病を今日ぞ高きに
艱難《かんなん》を重ねて鬢《びん》は白髪に　老いさらばえば酒断つも憂《う》し

九月九日の重陽の節句には、中国では小高い山に登り菊の花を浮かべた菊酒を飲み、頭にぐみの小枝をさして禍《か》を払う習俗のあるのは、他の項でも述べたが、この詩は七六七年九月の節句のもので、杜甫五十六歳のときであるとすれば、死の三年前のものである。この詩からは、すでに体力気力ともに衰えて、尾聯《びれん》の「艱難苦《かなんはなは》だ恨む繁霜《はんそう》の鬢《びん》、潦倒《ろうとう》新たに停《とど》む濁酒《だくしゅ》の杯」と絶望的な悲愁がただよう。重陽の節句に詠んだ詩というに、ただ老いを嘆く愁いのみが強調されているのが侘しい。

風急天高猿嘯哀

登　高

風急天高猿嘯哀　風急《きゅう》に天高うして猿嘯《うそぶ》く哀し

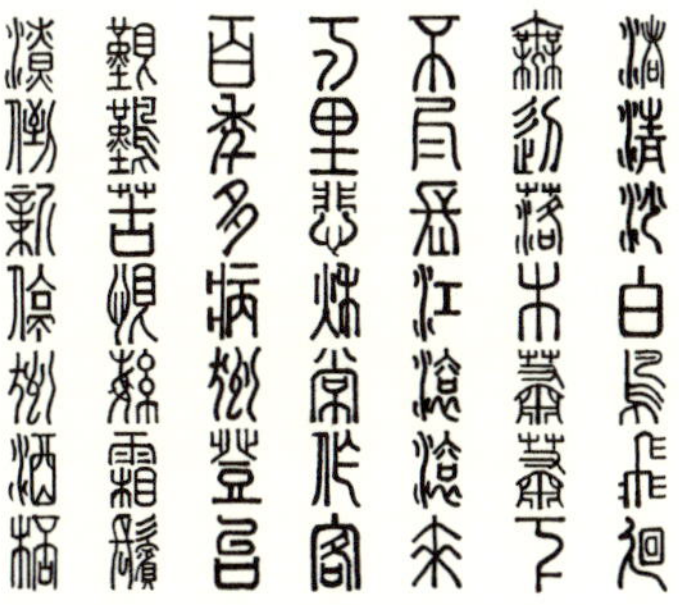

渚清沙白鳥飛廻
無辺落木蕭蕭下
不尽長江滾滾来
万里悲秋常作客
百年多病独登台
艱難苦恨繁霜鬢
潦倒新停濁酒杯

渚《なぎさ》清く沙《すな》白くして鳥は飛び廻《めぐ》る
無辺《むへん》の落木《らくぼく》は蕭蕭《しょうしょう》として下り
長江は尽きずして滾滾《こんこん》として来る
万里の悲秋《ひしゅう》常に客と作《な》り
百年多病《たへい》独り台に登る
艱難《かんなん》苦《はなは》だ恨む繁霜《はんそう》の鬢《びん》
潦倒《ろうとう》新たに停《とど》む濁酒《だくしゅ》の杯

無辺＝果てしない広がり。**落木**＝落葉する樹木。**蕭蕭**＝物寂しいさま。**長江**＝揚子江。**滾滾**＝水の盛んに流れるさま。**悲愁**＝物悲しい秋。**百年多病**＝不治の病。**潦倒**＝老衰したさま、何もなしえないさま。

▼足が観音様に似ている（脚像観音）　**【妙趣閑話49】**

女房の美貌が自慢の男、童子に「うちの奥さんは生きた観音様のようだろうがな」といえば、童子、「大変似ていらっしゃいます」。「どのへんが似ている？」、「足がそっくりでございます」。（笑府）

燕子楼

唐　白居易

窓の月簾《すだれ》の霜を光らせて　冷《ひ》えた布団の臥床《ふしど》を輝《て》らす
霜月の明月を浴び燕子楼《えんしろう》　秋の夜長は我が身限りか

霜月＝陰暦十一月。燕子楼＝唐の張建封の死後、その愛妾の関盼盼《かんけいけい》が節操を守って住んでいた楼の名。

愛する人を喪《うしな》って、一人寂しく暮らす女性にも、秋月は耿耿《こうこう》と輝らす。秋の夜長はこの女性のためのものか。

燕子楼

満窓明月満簾霜
被冷灯残払臥床
燕子楼中霜月夜
秋来只為一人長

満窓《まんそう》の明月《めいげつ》満簾《まんれん》の霜
被《ひ》冷《や》やかに灯《ともしび》は残《うす》れ臥床《ふしど》を払《はら》う
燕子楼《えんしろう》中霜月《しもつき》の夜
秋来只《たた》一人の為《ため》に長し

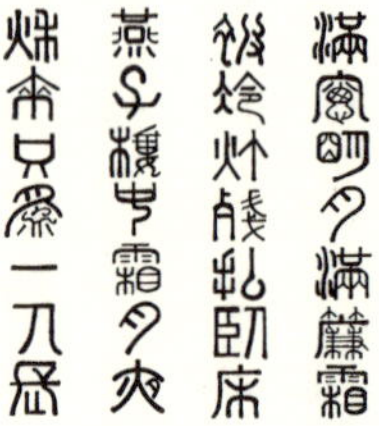

月見れば

春晩懐を詠じて皇甫朗之に贈る

唐　白居易

よき春も過ぎて今年もむなしけり　老いにははやき時のうつろい
一年《ひととせ》をならせば憂き日多かりき　百年ならせば悲傷多し
その多き中にも愁いに引きずられ　少なき春も老いの病に
憂い消し悶《もん》を治するの薬あり　貴家《きか》のうまざけ我れが狂歌と

老詩人、晩年の正直な感懐であろう。白楽天ならではの、楽天的な結句がうれしい。

春晩詠懐贈皇甫朗之

艶陽時節又蹉跎　遅暮光陰復若何
一歳平分春日少　百年通計老時多
多中更被愁牽引　少処兼遭病折磨
頼有銷憂治悶薬　君家濃酎我狂歌

艶陽《えんよう》の時節又蹉跎《さだ》たり　遅暮《ちぼ》の光陰復《ま》た若何《いかん》せん
一歳平分《へいぶん》すれば春日少なく　百年通計《つうけい》すれば老時多し
多中更に愁いに牽引《けんいん》せられ　少処《しょうしょ》兼ねて病に折磨《せつま》せらる
頼《さいわ》いに憂《うれ》いを銷《しょう》し悶《もん》を治するの薬有り　君が家の濃酎《のうちゅう》と我《わ》が狂歌と

艶陽＝華やかな晩春の季節をいう。蹉跎＝つまずいて進み得ぬさま。不遇で志を得ぬ。遅暮＝徐徐に年をとる。折磨＝琢磨、玉石をみがくように、道徳、学問に励むこと。銷＝とかす、けす。

【妙趣閑話50】

▼こわがらない

女房をおそれている男がいた。その友人が入れ知恵をしていった。

「奥さんをこわがらないようになるまじないがあるから、やってみるがよい。奥さんの肖像を掛けておいて、毎朝それに水を吹きかけ、指をさして『お前をこわがらない！　お前をこわがらない！』というのだ。そうすればだんだん奥さんがこわくなくなってくる」

男がそれを真に受けて、

「お前をこわがらない！　お前をこわがらない！」

といっていると、女房がそれを聞きつけ、いきなり殴りかかってきた。

男は逃げまわりながら、「待ってくれ。おれの祈りにはまだあとがあるのだ。殴るのはあとの文句を聞いてからでもよかろう」。「あとの文句って何よ」、「お前をこわがらない！　お前をこわがらないで、いったい誰をこわがろう！」。

（笑府）

九日

唐　杜甫

今日佳節《かせつ》独り酌《く》めどもむなしくて　病をおして高みの台へ
酒ははや無用のものになりしいま　菊花も咲くをよしとせざるを
ここ異国日暮《ひぐれ》には哭《な》く黒い猿　渡る雁《かり》にもふるさと想う
弟妹は何処《いずこ》にありやさびしくも　いくさと老いに命削らる

「老いて悲傷が多いのが常である」（陸放翁）

この詩は杜甫の晩懐である。中国では古来、めでたい重陽《ちょうよう》の佳節には、菊花を浮かべて菊酒を飲み、ぐみの小枝を髪にさして災いを払う風習があった。しかし杜甫にはもはや、酒も無用、菊花も咲かずともよし、加えて弟妹の行方知れず、世の中は戦が絶えず（この時分は安祿山の変）。日々老いは重なると。まさに老いて悲傷多きか。ここで前作の白楽天の詩の結句と比べてみると面白い。

九日

重陽独酌盃中酒　重陽《ちょうよう》独り酌《く》む盃中の酒

抱病起登江上台
竹葉于人既無分
菊花従此不須開
殊方日落玄猿哭
旧国霜前白雁来
弟妹蕭条各何在
干戈衰謝両相催

病《やまい》を抱《いだ》き起《た》って登る江上の台
竹葉《ちくよう》は于人《うじん》に既《すで》に分無し
菊花は此《これ》より開くを須《もち》いず
殊方《しゅほう》日落ちて玄猿《げんえん》哭《な》き
旧国霜前白雁来たる
弟妹《ていまい》蕭条《しょうじょう》各《おのおの》何《いず》くに在りや
干戈《かんか》衰謝《すいしゃ》両《ふた》つながら相催《あいもよお》す

竹葉＝酒の異称。**于人**＝世事にうとい人、ここでは作者。**殊方**＝他国、異国。**旧国**＝ふるさと、故国。**蕭条**＝ものさびしい、しめやか。**干戈**＝たてとほこ、戦争。**衰謝**＝老衰、老いさらばえる。

杜甫画像

▼虎を射る（射虎）

ある人、虎に銜《くわ》え去られようとする。その息子弓を取ってこれを追いかけ、満月に引きしぼって射ようとする。おやじ、虎の口からはるかにせがれを見て、「これこれ、足をねらって射るんだぞ、皮に疵《きず》がつけば値が下がる」。

（笑府）

【妙趣閑話51】

八　怨恨思服

悲愁の歌

漢　烏《う》孫《そん》公《こう》主《しゅ》
（前一一〇頃）

われを嫁す天のはてなる国にきて
天幕がわが家なりとて布《ふ》を下げて
朝昼夜故国《くに》を憶《おも》いて胸いたむ
わが身をまかす烏孫《うそん》の王に
肉を食《くら》いて乳を飲みける
鳥《とり》にぞなりて故郷《くに》に帰らん

これはまた悲しくも哀れなことである。何不自由もない、漢の武帝の甥の子でありながら、政略結婚の犠牲になり、遠く西域遊牧民の王に嫁す。天幕の家に毛布で壁がわりにした部屋で、獣肉を常食とし、乳汁を飲み、毎日故国の空を偲び涙する。結句の「願わくは黄鵠《こうこく》と為って故郷に帰らん」にその念いが凝縮している。旅人がふと故郷を想う望郷詩とは全く異質のものである。

烏孫公主、名は細君。公主とは内親王くらいの意。漢武帝の甥にあたる江都王劉建の娘。烏孫国は西域のトルコ系遊牧民族の国で、天山山脈の北方からイリ河流域に至り、政略結婚のためその王昆莫《こんばく》に嫁した。

悲愁歌

吾家嫁我兮天一方　遠託異国兮烏孫王
穹廬為室兮旃為牆　以肉為食兮酪為漿
居常土思兮心内傷　願為黄鵠兮帰故郷

吾《わ》が家我《わ》れを嫁す天の一方に　遠く異国に託す烏孫王
穹廬《きゅうろ》を室と為し旃《せん》を牆《しょう》と為す　肉を以て食と為し酪《らく》を漿《しょう》と為す
居常《きょじょう》土《ど》をば思うて心内に傷む　願わくは黄鵠《こうこく》と為って故郷に帰らん

穹廬＝まるいドーム型の天幕。**旃**＝毛布の敷物、毛旃。**牆**＝かべ。**酪**＝牛、羊の乳汁。**漿**＝飲みもの。**居常**＝平常、日頃。**黄鵠**＝黄色を帯びた白鳥。渡り鳥。鵠はくぐい。

【妙趣閑話52】

▼へちま（糸瓜）

来客をもてなして、あれこれ話しているうち、へちまは腎を弱める、それよりにらの方が腎を強めてよいという話が出た。そのうちに亭主が、酒を持ってこいと呼んだが、なかなか持ってこないので、子供にどうしたと聞くと「かあさまは畑にゆきました」という。「何しに」、「へちまを抜いて、にらを植えるといっています」。

（笑府）

王昭君

唐　李白

王昭君《おうしょうくん》白き手をもて鞍《くら》払い　馬に上れば涙は頬に
今日までは漢の宮人誇りあり　明日ともなれば胡《えびす》の妾と

　王昭君、名は嬙《しょう》、昭君は字。前詩「悲愁の歌」の烏孫公主から約七十年後の、前三十三年前漢元帝の頃、匈奴の呼韓邪単于《こかんやぜんう》にこれを与えるに際して、いとまごいにきた王昭君を見て、絶世の美人なるを知ったがどうすることもできず、昭君は胡地に赴き、二子を生んだが、のち服毒自殺した（『後漢書』南匈奴列伝）。
　これもまた、何ともやりきれない、悲愁を通りこして、まさに怨恨思服そのものである。

　王昭君
昭君払玉鞍　　昭君玉鞍《しょうくんぎょくあん》を払い

王昭君墳（フフホト）

上馬啼紅頬　馬に上って紅頬に啼《な》く
今日漢宮人　今日漢宮の人
明朝胡地妾　明朝は胡地《こち》の妾

▼二つの斧で　【妙趣閑話53】

ある男、酒と色の度がすぎて寝こんだ。医者が「酒と色と、まるで二本の斧で攻めたてるようなもの。今後はきっぱり断ちなされ」。

妻がそばからジロリと睨む。医者はその意を察して、「色を断つのは無理としても、酒だけは断ちなされ」。

「色は酒より害が大きい。やはりこれをまず断ちましょう」と病人がいうと、妻がすかさず、「先生の言いつけ通りにしなければ病気はなおりませんよ」。（笑府）

▼酒好き（好酒）　【妙趣閑話54】

酒好きの男、酒一升徳利に入ったまま拾い、「これはありがたい」と、早速燗をつけているうちに、目が覚めてみれば夢、「ええ、冷やで飲めばよかった」。（笑府）

怨情

唐　李　白

後宮《こうきゅう》の美女はすだれの奥深く　眉をひそめて何をか憂う
眼に涙落ちんとすれどうるおいて　妾《わ》れ知らずなに誰をか怨む

唐代の盛期には、各地から集められた美女が、「後宮三千人」と形容されるほど居たといわれる。それらの女性すべてに天子の手がつくとは限らない。多くの女性が天子を待てども望みなく、あたら一生を籠《かご》の鳥で過ごすしかない。中には個性の強い女性もいたであろう。それらの女性ほど、年を経るにつれて、失せていく色香を想っていよいよ怨みはつのるばかりであったであろう。

怨　情

美人巻珠簾　深坐顰蛾眉
但見涙痕湿　不知心恨誰

美人珠簾《しゅれん》を巻き　深く坐して蛾眉《がび》を顰《ひそ》む
但《た》だ見る涙痕《るいこん》の湿《うる》うを　知らず心に誰を恨むを

珠簾＝珠玉で飾ったすだれ。たますだれ。**蛾眉**＝三日月形の眉。美人の眉の形容。美人の称。

七歩の詩

魏　曹《そう》植《しょく》
（一九二―二三二）

豆を煮るのに　豆がら燃やす
豆は泣いてる　釜のなか
同じ親から　どちらも生まれ
燃えて煎られて　どちらも立たず

作者・曹植は、兄の魏の文帝・曹丕から憎まれて、七歩歩く間に詩を一篇作れ、さもなくば死刑にするとおどされて、作らされたのがこの詩であると。骨肉相争うことの愚かさのたとえとして、よく引用される。

曹植、字は子建、曹丕に憎まれ、四十一歳で不遇のうちに世を去る。思と謚《おくいな》されて陳思王植ともいう。『曹子建集』十巻がある。

七歩詩

煮豆燃豆萁　豆を煮るに豆萁《とうき》を燃やす

豆在釜中泣
本是同根生
相煎何太急

豆在釜中泣
本是同根生
相煎何太急

豆は釜中に在って泣く
本《もと》是《こ》れ同根より生ず
相煎《い》る何ぞ太《はなは》だ急なる

豆萁＝豆を取ってしまったあとの茎や枝。豆がら。
急＝はげしい。どんどん豆がらを燃やすこと。

曹植は七歩歩む間に詩を作ったといわれる

▼**祈禱** 【妙趣閑話55】

けちんぼうの家で、祈禱を行うことになり、神様を招くよう道士に頼んだところ、東西両京の神様ばかり招いたので、「どうしてそんなに遠方からばかり招くんだ」と聞くと、「近くの神様はみなあなたのことをご存じで、呼んだところで信用なさりませぬ」。(笑府)

貧交の行《うた》

唐　杜甫

手のひらをかえすごとく善と悪　軽薄多しとるに足らざる
君知るや貧時の仲の管《かん》と鮑《ほう》　この教え草棄《す》てて愧じざる

管と鮑＝中国春秋時代の人で、斉の管仲《かんちゅう》と鮑叔牙《ほうしゅくが》。貧困時代に互いに扶けあい仲のよかったことで有名。

この詩は杜甫が進士の試験に落ちて、長安の都にいた当時旧友を頼ったが相手にされず、当時の人情の薄さを嘆いて作った慷慨《こうかい》詩。このように相手の態度がころっと変わるのを、この詩から「飜《はん》雲覆雨《うんぷくう》」という。

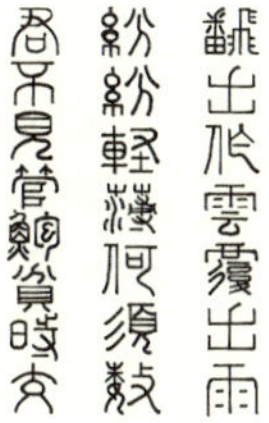

貧交行

飜手作雲覆手雨
紛紛軽薄何須数
君不見管鮑貧時交

手を飜《ひるがえ》せば雲と作《な》り手を覆《おお》えば雨となる
紛紛《ふんぷん》たる軽薄何ぞ数うるを須《もち》いん
君見ずや管鮑《かんぽう》貧時の交わりを

此道今人棄如土

此道今人棄如土

此《こ》の道今人《こんじん》棄《す》てて土の如し

飜手＝手のひらを上にむける。覆手＝手のひらを下にむける。紛紛＝入りまじってみだれるさま。

杜甫の生地窰洞《ヤオトン》（山腹を掘って住居とした所）にある画像

【妙趣閑話56】

▼足で蹴って下され（願脚踶）

薪をかついだ木こりが、誤って医師に突きあたる。医師腹を立てて拳をふり上げようとしたので、木こりひざまずいて、「いっそ足で蹴って下されませ」という。そばで見ていた人が不思議に思って聞くと、「あの人の手にかかっては、とても助かる見込みはありませぬ」。（笑府）

長安主人の壁に題す

唐　張《ちょう》謂《い》
（七二一―七七九？）

世の中のつきあいはみな金次第　たっぷり出せばたっぷりかえる
金あれば仲よくできてしばらくは　金のきれめが縁のきれめに

張謂が進士の試験を受けるために長安に下宿していたときのこと。試験に落第したために下宿屋の主人が手のひらを返すごとく冷たくなったのを憤慨して、宿屋の壁に書いたという。先の杜甫の「貧交行」の詩に共通する。張謂は東北の辺塞《へんさい》に十年余り、さらに西域にも勤務し、「辺塞詩人」ともいわれる。

張謂、字は正言、河南の人。天宝二年の進士。万巻の書を読み、権勢に屈せず。

題長安主人壁

世人結交須黄金　世人《せじん》交わりを結ぶに黄金を須《もち》う
黄金不多交不深　黄金多からざれば交わり深からず

縦令然諾暫相許
終是悠悠行路心

縦令然諾暫相許
終是悠悠行路心

縦令《たとい》然諾《ぜんだく》して暫《しばら》く相許すも
終《つい》には是《こ》れ悠悠《ゆうゆう》たる行路《こうろ》の心

然諾＝承諾、うべなうこと。引き受けること。**悠悠**＝遠くはるかなさま。**行路**＝面識のない他人。

題長安主人壁（『唐詩選画本』より）

▼塚を扇ぐ 【妙趣閑話57】

ある日、荘子が南華山の麓を散歩していると、まだ盛り土の乾かない新しい塚の前に喪服を着た若い女が坐って、白絹の団扇《うちわ》で塚を扇いでいた。不思議に思って訳をたずねると、「塚の中の主はわたしの夫で、生きていたときには死んでも離れられないほど愛しあっておりましたが、死ぬときわたしに、もし再婚するなら葬式がすんで、墓の土が乾いてしまってからならしてもよいと遺言しました。それでわたしは、新しく盛ったこの土を何とか早く乾かそうと思って、こうして扇いでいるのです」。

（警世通言）

九　春愁念念

浴を詠ず

唐　韓《かん》偓《あく》
（八四四—九二三）

もう一度翡翠《ひすい》 笄《こうがい》 よせあつめ　衣服を脱げばゾッと寒気が
燭《しょく》をとり妾《わ》が裸身《み》を見てははずかしい　湯をかきまぜて深きがこわい
妾《わ》が花（顔）を洗えばうれし満ちたりて　湯は肌に散り至福のときぞ
なぞ知らん簾《すだれ》の外で妾《わ》が侍女が　天子を手引き黄金《かね》貰うとは

韓偓、字は致堯《ちぎょう》、号は玉山樵人《ぎょくざんしょうじん》。西安市の人。八八九年の進士。女性の艶情を詠じた詩を得意とした。

詠　浴

再整魚犀攏翠簪　解衣先覚冷森森
教移蘭燭頻羞影　自試香湯更怕深

再《ふたた》び魚犀《ぎょさい》を整え翠簪《すいしん》を攏《よせあつ》めて　衣《ころも》を解《と》けば先《ま》ず覚ゆ冷森森《れいしんしん》たるを
蘭燭《らんしょく》を移さしめて頻《しき》りに影に羞《は》じ　自《みずか》ら香湯《こうゆ》を試《ため》して更に深きを怕《おそ》る

初似洗花難抑按　終憂沃雪不勝任
豈知侍女簾帷外　賸取君王幾餅金

初《はじ》めは花を洗って抑按《おさ》え難きに似《に》たり　終《つい》には雪に沃《そそ》いで勝任《たえ》ざるを憂《うれ》う
豈《あ》に知らんや侍女簾帷《じじょれんい》の外にて　賸《おお》く君王の幾餅《いくへい》の金を取りしを

魚犀＝魚の模様の犀角の笄であろう。**翠簪**＝ひすいのかんざし。**蘭燭**＝蘭麝《らんじゃ》の香を入れたローソク。

▼周公さま（周公）　**【妙趣閑話58】**

嫁入りする若い娘が、泣き泣き兄嫁に「こんな制度をいったい誰が定めたんでしょう」。「周公というえらいお方よ」。娘はさんざん周公に悪態をついた。やがて娘は里帰りで兄嫁に「周公って方、どこにいらっしゃるのかしら」。「どうしてそんなことをきくの？」、「わたし、お礼に靴を作ってさし上げたいの」。

（笑府）

▼無題の詩　**【妙趣閑話59】**

唐人の詩に「無題」と題したのがあるのは、大抵は芸奴と酒を飲んで遊ぶ詩である。それと指して言うわけにはいかないために「無題」としたのであって、真に題がないわけではない。

（陸游『老学庵筆記』）

春の思い

唐　李　白

君が征《ゆ》く燕地《えんち》の草はまだ萌えず　ここ長安の桑の木繁る
故郷へ帰るを願う君が意を　妾《わ》れも切なく待ちわびるとき
春風ぞ妾《わ》れ知りもせにふらちにも　寝所の羅帷《らい》にしのびこむとは

心地よい春風が、識《し》りあいでもないのに、浮気もののように、これは何事ぞ、閨怨《けいえん》の婦のとばりに入ってくるとは。

春　思

燕草如碧糸　秦桑低緑枝
当君懐帰日　是妾断腸時
春風不相識　何事入羅帷

燕草碧糸《えんそうへきし》の如く　秦桑緑枝《しんそうりょくし》を低《た》る
君が帰るを懐《おも》うの日に当たりては　是《こ》れ妾《わ》が断腸の時
春風相識《し》らず　何事ぞ羅帷《らい》に入《い》る

燕草＝燕の地方（現在の北京地方）の草。**秦桑**＝長安地方の桑の木（長安は昔秦の主都であった）。**羅帷**＝うすぎぬのとばり、カーテン。

春怨

唐　李白

わが夫《つま》は白馬《はくば》金羈《きんき》で遼海に
春風に臥《ふ》す羅帷《らい》繍被《しゅうひ》にて
月は西妾《わ》れをのぞくか燭《しょく》消えて
飛花《ひか》入り笑う一人寝の妾《わ》を

遼海＝遼寧省南部、遼東半島一帯。金羈《きんき》＝金のたずな。繍被《しゅうひ》＝ぬいとりのあるふとん。

白馬金羈とあれば若者の騎馬武者を想像する。その妻とあれば、まだ結婚間もない若妻であろう。西に傾いた月が軒端《のきば》低くさしこんで、あたかも部屋の灯の尽きるのを待ち、飛び散る花びらが戸のすき間からしのびこんで、ベッドに夫のいないのを笑うとは。

春　怨

白馬金羈遼海東
羅帷繍被臥春風
落月低軒窺燭尽
飛花入戸笑床空

白馬《はくば》金羈《きんき》遼海の東
羅帷《らい》繍被《しゅうひ》もて春風に臥《ふ》す
落月《らくげつ》軒に低《た》れて燭《しょく》の尽くるを窺《うかが》い
飛花《ひか》戸に入りて床《とこ》の空《むな》しきを笑う

閨怨篇

梁・陳　江《こう》総《そう》
（五一八―五九〇）

大道《たいどう》の側《そば》にひっそり建つ高楼　白雪は舞う飾り窓辺に
池の中鴛鴦《おしどり》いつも番鳥《つがいどり》　帳《とばり》の中の香消えもせで
妾《わ》が意得て屏風は明月障《さえぎ》りぬ　ともし灯無情寝姿照らすな
君います遼西《りょうせい》寒く春浅し　北よりの鴻《がん》幾千里翔び
願わくは一時も早く関所越え　妾《わ》が艶なるうち帰らんことを

遠征した夫を想う若妻の閨怨《けいえん》の嘆き。
江総、字は総持《そうじ》、河南省蘭考県の人。梁・陳に仕え、艶詩を得意とした。

閨怨篇

寂寂青楼大道辺　紛紛白雪綺窓前
池上鴛鴦不独自　帳中蘇合還空然

寂寂《せきせき》たる青楼大道《せいろうたいどう》の辺《ほとり》　紛紛《ふんぷん》たる白雪綺窓《はくせつきそう》の前
池上の鴛鴦独自《えんおうどくじ》ならず　帳中《ちょうちゅう》の蘇合還《そごうま》た空しく然《も》ゆ

屏風有意障明月　灯火無情照独眠
遼西水凍春応少　薊北鴻来路幾千
願君関山及早度　念妾桃李片時研

屏風《びょうぶ》意有りて明月を障《さえ》ぎり　灯火情無く独眠《どくみん》を照らす
遼西水凍って春応《まさ》に少なかるべし　薊北鴻《けいほくがん》来たる路《みち》幾千
願わくは君関山を早きに及んで度《わた》れ　念《おも》え妾《しょう》が桃李《とうり》の片時《へんじ》研《あでや》かなるを

寂寂＝ものさびしいさま、ひっそりとしたさま。**紛紛**＝入りまじってみだれるさま。**綺窓**＝細工のある飾り窓。**蘇合**＝蘇合香の略。マンサク科の楓と同属の落葉喬木。古く沈香に配合して種々の香を作った。**遼西**、**薊北**＝東北、河北一帯の総称。**桃李片時**＝桃李の花と同じくほんの一時でしかないですよ。

【妙趣閑話60】

▼**将棋の助言**（**教棋**）

碁や将棋で一番困るのはそばの者が口出しすることである。甲乙二人が将棋をさしているとき、そばで見ていた一人がしきりに甲に助言するので、乙が怒って拳骨でその頬を殴った。その男、ひどく痛がって逃げ出したが、右手で顔をさすりながらも、左手で遠くから指さして、「早くその士で突っこむんだ」。「なんでまた助言をするんだ」、「奴がおれを殴ったからさ、けしからん！」。

（笑府）

＊中国の将棋は、我が国の行軍将棋に似ている。将、士、相、車、炮、卒などの駒を使って、中央の黄河を境にして両方に陣地を布き、早く適地を占領したほうが勝ちとなる。

燕歌行

魏　曹《そう》丕《ひ》
（一八七－二二六）

秋風はさびしく吹いて大気澄み　木々の葉落ちて露霜となる
燕《つばめ》去り雁《かり》は北から南へと　君いつ帰る憂《うれ》い断腸
君もまた故郷を想い恋い憂《う》うる　永くとどまり帰らぬはなぜ
わたくしは頼る人なく家まもり　愁いはつのり君を忘れず
思わずも涙とまらず衣をぬらし　琴弾き清く澄んだ音出す
君想い長く歌えず感むせぶ　明るき月は妾《わ》が床《とこ》照らす
天の川西に傾き夜は明けず　牽牛織女《けんぎゅうしょくじょ》はるか遠くに
河へだて離ればなれのお前たち　何の罪にてへだてられしや

北征してかえらぬ夫を憶《おも》い、孤閨《こけい》の怨情を訴えたもの。漢代燕地方（河北省）に歌われたものといわれる。

曹丕、字は子桓《しかん》、曹操の次子。曹操の後を継ぎ、のち後漢の献帝を禅譲により退位させ、魏朝初代皇帝文帝となった。

燕歌行

秋風蕭瑟天気涼　草木揺落露為霜
群燕辞帰雁南翔　念君客遊思断腸
慊慊思帰恋故郷　君何淹留寄他方
賤妾煢煢守空房　憂来思君不敢忘
不覚涙下霑衣裳　援琴鳴絃発清商
短歌微吟不能長　明月皎皎照我牀
星漢西流夜未央　牽牛織女遥相望
爾独何辜限河梁

秋風蕭瑟《しょうしつ》として天気涼し　草木揺落《ようらく》して露霜《つゆしも》と為《な》る
群燕《ぐんえん》辞し帰り雁《かり》南へ翔《と》び　君が客遊《かくゆう》を念《おも》えば思い腸《はらわた》を断つ
慊慊《けんけん》として帰らんと思い故郷を恋《こ》わん　君何ぞ淹留《えんりゅう》して他方に寄るや
賤妾《せんしょう》煢煢《けいけい》として空房を守り　憂《うれ》い来たって君を思い敢《あえ》て忘れず
覚えず涙下って衣裳を霑《うるお》すを　琴《きん》を援《ひ》き絃《げん》を鳴らして清商《せいしょう》を発し
短歌微吟《びぎん》すれども長くする能《あた》わず　明月皎皎《きょうきょう》として我が牀《しょう》を照らす
星漢西に流れて夜未《いま》だ央《きわま》らず　牽牛織女《けんぎゅうしょくじょ》遥かに相望む
爾《なんじ》独《ひと》り何の辜《つみ》ありてか河梁《かりょう》に限《かぎ》らる

燕＝河北省。**蕭瑟**＝秋風がものさびしく吹くさま。**揺落**＝ゆれ落ちる。**客遊**＝他郷または外国に旅行すること。**慊慊**＝うらみ憂うるさま。**淹留**＝久しくとどまること。**煢煢**＝孤独で頼りどころのないさま。**空房**＝人のいない部屋。**清商**＝清く澄んだ音。**皎皎**＝光の明るいさま。**河梁**＝河にかけた橋。

閨怨

唐　王昌齢《おうしょうれい》
（六九八－七五五）

ねやにいる若き妻女は愁いなし　粧《しょう》をこらして春高楼《こうろう》に
道の辺に柳芽ぶけば夫《つま》恋し　手柄立てよと送りしを悔ゆ

夫を勇ましく戦場に送り出した若き人妻が、春の一日、柳の芽ぶきを見て、夫恋しの情を催し、手柄を立てて帰ってこいと送り出したのを悔いている。

王昌齢、字は少伯《しょうはく》、長安の人。また太原、南京の人ともいう。礼法を無視する奔放な性格と相俟って、官吏としては不遇で、また安禄山の乱のとき勝手に故郷に帰ったため、刺士の某に殺された。

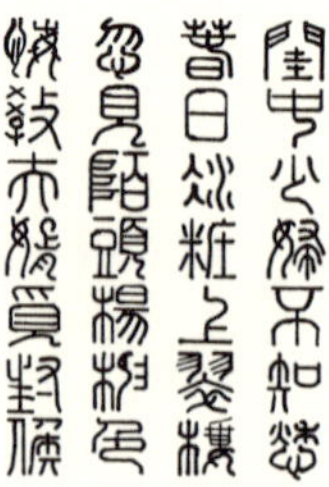

閨怨

閨中少婦不知愁
春日凝粧上翠楼
忽見陌頭楊柳色
悔教夫婿覓封侯

閨中《けいちゅう》の少婦愁いを知らず
春日粧《しょう》を凝《こ》らして翠楼《すいろう》に上《のぼ》る
忽ち陌頭《はくとう》楊柳の色を見て
悔《く》ゆらくは夫婿《ふせい》をして封侯《ほうこう》を覓《もと》めしめしを

閨中＝ねやのうち。寝床のうち。婦人の部屋。**少婦**＝若い人妻。**翠楼**＝青く塗ってある高殿。**陌頭**＝道のほとり、道ばた。**夫婿**＝婿養子の夫。

遺懐

唐　杜牧

ここ江南身を持ちくずし酒びたり　美女の柳腰《りゅうよう》手のひらに乗る
揚州に遊びし十年夢寐《むび》の間　ただ色里《いろざと》に浮名残せり

杜牧、弱冠二十五歳で進士に及第、揚州淮南節度使となる。連夜妓楼《きろう》に遊び、美貌の風流才子の一面、豪放磊落で、詩作の上でも、杜甫を「大杜」としたのに対し、「小杜」と呼ばれた。

遺懐

落魄江湖載酒行　江湖に落魄《らくはく》して酒を載せて行く
楚腰纖細掌中軽　楚腰纖細《そようせんさい》掌中《しょうちゅう》に軽し
十年一覚揚州夢　十年一たび覚《さ》む揚州の夢
贏得青楼薄倖名　贏《か》ち得たり青楼薄倖《せいろうはくこう》の名

落魄＝おちぶれること。**楚腰**＝婦人の細い腰。楚の霊王が細腰の美人を好んだ故事による。

杜牧

細腰の女たち（壁画）

金縷の衣

作者不詳

こころぞえ金糸の服は惜しむなし　まこと惜しむは青春の日々
花開き手折《たお》るが惜しきその時ぞ　花過ぎ去れば折りて詮無し

こころぞえ＝忠告、注意。**詮無し**＝しかたない、無益である。

杜秋娘の作とする書もある。生没年不詳、唐の金陵（現南京）の娼家の女。歳十五のとき、鎮海の節度使李錡《りき》の妾となったが、八〇七年李錡が反乱を起こして滅びてのちは、宮中に入り、憲宗の寵を受けた。他説では、この詩は秋娘の作ではなく、李錡が好んで、これを秋娘に歌わせたとなっている。

金縷衣

勧君莫惜金縷衣　君に勧《すす》む惜《お》しむ莫《な》かれ金縷《きんる》の衣《い》
勧君須惜少年時　君に勧《すす》む須《すべか》らく惜《お》しむべし少年の時

花開堪折直須折
莫待無花空折枝

花開いて折るに堪えなば直《ただ》ちに須《すべか》らく折るべし
花無きを待って空しく枝を折る莫《な》かれ

▼お詣り　【妙趣閑話61】

夫婦で寝ていて、亭主がその気になったが、女房が「いけないよお前さん、明日はお寺へお詣りするんだろ。まじめにしてなくちゃ」。亭主はそのまま寝入り、女房はえらく後悔した。と、窓の外で雨の音がする。女房、亭主を蹴《け》りおこして、「ね、聞こえるだろ、ご利益があったんだよ」。（笑府）

▼腰掛の足（脚）　【妙趣閑話62】

田舎では腰掛はたいていい木の股を取ってきてそのまま足にする。足が一つこわれたので、主人しもべに、林に行って伐ってくるように命じた。しもべ斧を持って出ていったが、夕方になって手ぶらで帰ってきたので、「どうした」と聞くと、「木の股はいくらもあるだが、どれもこれも上向きに立っておって、一つも下向きのが見つかりません」。（笑府）

玉階怨

唐　李白

宮殿のきざはしに待ち白露下《お》り　夜も更けゆきて羅襪《らべつ》侵さる
帝《てい》来ずに御簾《みす》を下《お》ろせばうるわしく　照りかがやける秋月を見る

玉階＝宮殿の階段。**羅襪**＝うす絹のくつ下。

帝の招きを待つ、後宮女性の悲哀。

玉階怨

玉階生白露　夜久侵羅襪
却下水晶簾　玲瓏望秋月

玉階に白露生じ　夜久しくして羅襪《らべつ》を侵《おか》す
水晶の簾《すだれ》を却下すれば　玲瓏《れいろう》秋月を望む

玲瓏＝うるわしく照りかがやくさま。

江南の春

唐　杜牧

はるけきも鶯は鳴き春は燃ゆ　あちこちの村酒家《しゅか》の旗見ゆ
南朝の名残りの寺の四百八十　多くの堂塔《どうとう》雨にけむりて

江南の春はかくやと思われる。鶯啼いて柳は緑花の紅、水あり山あり名酒あり。加えて南朝名残りの寺塔は煙雨《えんう》に浮きあがって見える。

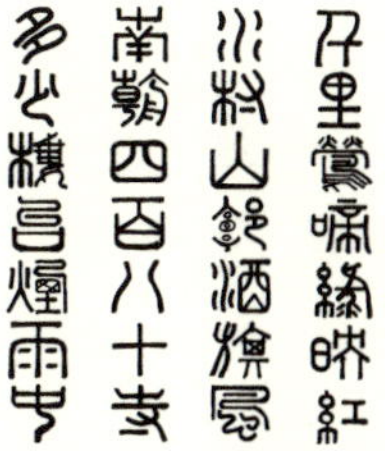

江南春

千里鶯啼緑映紅
水村山郭酒旗風
南朝四百八十寺
多少楼台煙雨中

千里鶯啼いて緑紅《りょくこう》に映ず
水村山郭《すいそんさんかく》酒旗《しゅき》の風
南朝四百八十寺
多少の楼台煙雨の中

千里＝千里四方。距離ではなく広さ。**緑映紅**＝緑は柳、紅は桃か。**水村山郭**＝水辺の村と山里。郭は廓、外囲のある部落。**酒旗**＝酒屋の看板がわりの旗。**南朝**＝現在の南京に都した宋、斉、梁、陳の四王朝（四二〇－五八九年）をいう。仏教、文学が盛んであった。**多少**＝多い意。少は帯字でそえてあるだけ。**楼台**＝多くの堂塔。

南朝時代の隆盛をしのばせる霊谷寺《れいこくじ》

【妙趣閑話63】

▼無駄骨

秦は強大国であり、韓は弱小国であった。韓は秦を嫌っていたが、親しんでいると見せかけるために、金を贈ることにした。しかし韓には金がない。そこで後宮の美女を売って金にかえることにしたが、美女の値が高いので諸侯は買えなかった。韓が美女を売ろうとしていることを知った秦は、三千金で買い取った。そこで韓はその三千金を友好のしるしとして秦に贈った。韓の美女は身売りされた怨みから、「韓は秦をおそれ嫌っている」と告げた。韓は美女と金を失った上に秦を嫌ってしたことであることまでつつぬけになってしまった。

（戦国策）

十　無常迅速

前に樽酒あるの行

唐　李白

春風は東より来て過ぎゆくを　樽に満ちたる酒は波立つ
花びらはひらひらとして春は過ぐ　美人は酔うて顔を紅《あか》らむ
軒先に残る桃李《とうり》の花いくつ　うつろい早くなすすべもなし
君よ起《た》って舞え　日は早や西に沈まんとす
まだ早い衰えたなど思うまい　白髪になり歎くもせんなし

桃李＝桃とすもも。

李白、ようやく血気盛んなるときを過ぎ、老病死の翳《かげ》を意識してきたのではあるまいか。「流光《りゅうこう》人に欺《そむ》きて」、「当年の意気傾くを肯《がえん》ぜず」など、本音であろう。

前有樽酒行

春風東来忽相過　金樽淥酒生微波

春風東より来たって忽《たちま》ち相過ぐ　金樽の淥酒《りょくしゅ》微波《びは》を生ず

落花紛紛稍覚多　美人欲酔朱顔酡
青軒桃李能幾何　流光欺人忽蹉跎
君起舞　日西夕
当年意気不肯傾　白髪如糸歎何益

落花紛紛《ふんぷん》として稍《やや》多きを覚ゆ　美人酔わんと欲して朱顔《しゅがん》酡《くれない》なり
青軒の桃李《とうり》能《よ》く幾何《いくばく》ぞ　流光《りゅうこう》人に欺《そむ》きて忽《たちま》ちに蹉跎《さだ》たり
君起《た》って舞え　日《ひ》西に夕《ゆうべ》なり
当年の意気傾くを肯《がえん》ぜず　白髪糸の如くんば歎《なげ》くも何の益かあらん

渌酒＝澄んだ酒。**酡**＝酒の酔いがまわった赤さ。**蹉跎**＝つまずいて進み得ぬさま。不遇で志を得ぬさま。**流光**＝流れゆく時間。

【妙趣閑話64】

▼薑

ある人に「薑《はじかみ》という字はどう書きますか」と聞かれ、「まず草かんむり、次に一の字、次に田の字、また一の字、また田の字、また一の字です」と教えると、その人「草壹田壹田壹」と書き、ためつすがめつしていたが、「なんでわしをばかにするんだ、どこにこんな字があるものか。これじゃまるで塔のようではないか」。

（笑府）

薑＝ショウガまたはサンショウの古称。

偶　成

南宋　朱　熹

若き日は矢のごとく過ぎ学いまだ　寸時のおろか悔いをのこせり
春草の夢見心地の覚めぬ間に　きざはし前の桐の葉落ちる

宋時代の大学者。いわゆる朱子学の大成をなし、この詩が我が国に伝わるや、青少年の勉学の指針としての手本となる。

偶　成

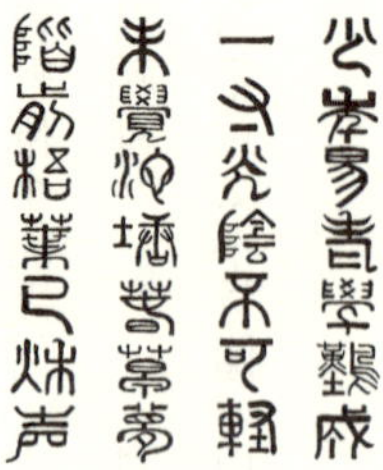

少年易老学難成
一寸光陰不可軽
未覚池塘春草夢
階前梧葉已秋声

少年老い易く学成り難し
一寸の光陰軽《かろ》んず可《べ》からず
未《いま》だ覚めず池塘《ちとう》春草の夢
階前《かいぜん》の梧葉《ごよう》已《すで》に秋声

池塘＝池の土手。**階前**＝階段の前。**梧葉**＝青桐の葉。

左：朱熹の石刻画像（白鹿洞書院）
上：白鹿洞書院。宋代四大書院の一つ，朱熹はここでも学を講じた（江西省）

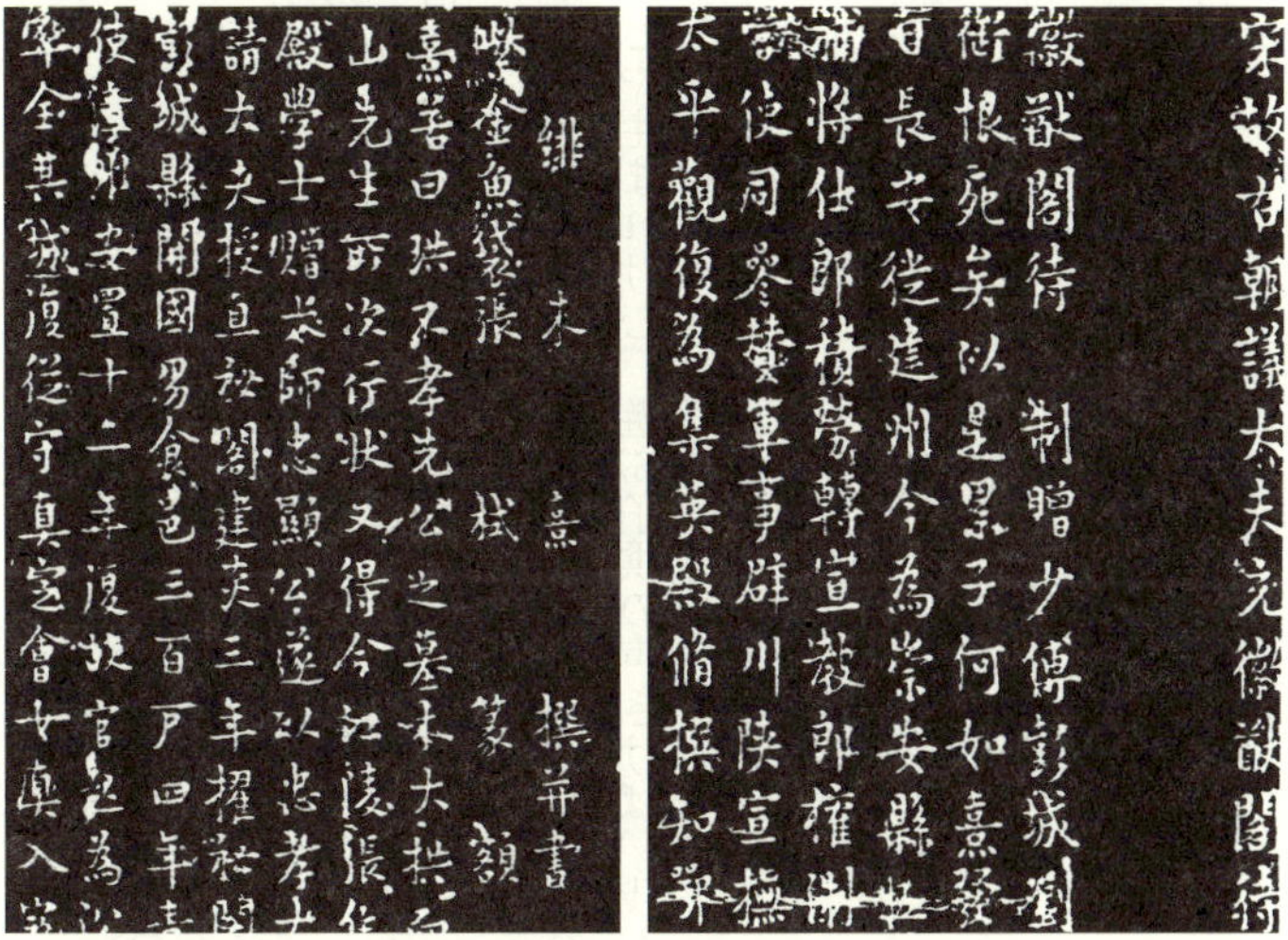

劉子羽神道碑。朱熹三十歳のときの書（福建省）

酒に対す

唐　白居易

狭きとこ何を争う人生は　石の火花が消える一瞬
それぞれの分《ぶん》に応じて楽しまん　大口開《あ》いて笑わぬは痴人《ちじん》

ここでも白楽天らしい結句がうれしい。我が国に伝わる『梁塵秘抄《りょうじんひしょう》』（後白河法皇撰、今様歌謡集）の「遊びをせんとや生まれけむ。戯《たわぶ》れせんとや生まれけむ。遊ぶ子供の声きけば、我が身さえこそ動《ゆる》がるれ」が浮かんでくる。石火光中の身にしあれば。

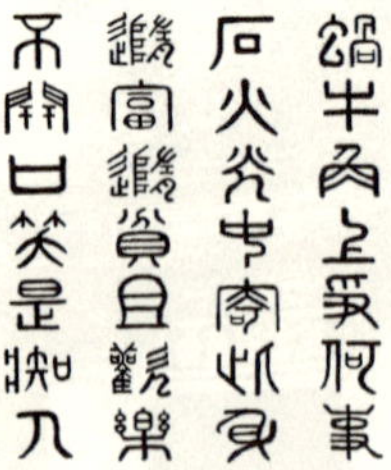

対酒

蝸牛角上争何事
石火光中寄此身
随富随貧且歓楽
不開口笑是痴人

蝸牛角上《かぎゅうかくじょう》何事をか争う
石火光中此《こ》の身を寄す
富に随い貧に随い且《しば》らく歓楽せん
口を開いて笑わざるは是《こ》れ痴人《ちじん》

蝸牛角上＝かたつむりの角の上、小さい功名を争うこと。石火光中＝石をぶっつけ合ったときに出る火花。瞬間的な時間。

白居易

交友（『唐詩選画本』より）

【妙趣閑話65】

▼肖像画

ある男肖像画をかいてもらうのに、紙や墨の代から謝までこめて、たった三分しか出さなかった。さて絵師がかいてきた絵を見ると、荊川紙《けいせんし》に水墨で後向きの像がかいてあった。男がむっとして、「肖像画というものは顔が大事なんだ。どうして後向きにしたんだ」というと、「あなたには面子《めんつ》などというものはございません」。

（笑府）

荊川紙＝とげのある小木で造った粗悪な紙。

雑詩十二首（六）

晋　陶淵明

そのむかしお年寄りから聞きしうち　お説教は耳ふさぎ聞く
早すぎし五十年をも経てみれば　いつとは知らず我れも説教
若かりしときの楽しみやろうとは　さらさらないがときに偲ばる
光陰はかくも早きか矢のごとく　人生二度とかえることなし
財産をはたいて楽し此の世をば　馳《は》せゆくときに合わせてすごす
子供には金など残すことはなし　我が死後のこと誰か思わん

陶淵明には、先に「子を責む」と題する子煩悩な作品がある（三四ページ参照）。

子供が成長し、親も自身の老いを案ずる頃ともなれば、子供に対する思案も変わるものと思われる。できる限り多くのものを残してやろうとするのが、世間一般の親の心情のごとく、自然の愛憐のごとく思われるが、子や孫のどれほどの者がその愛情を正しく受け継ぐことか。なまじっか財産を残したがために、児孫が懶惰薄志《らんだはくし》に惰《だ》した例は多い。我が国にも、西郷隆盛が、「児孫のために美田を買わず」という言葉を残した。
この詩の結句「子有るも金《きん》を留めず、何ぞ用《もち》いん身後《しんご》の置《はか》いを」を無情とみるか有情とみるか、立場の違いで分かれるところか。

雑詩十二首（六）

昔聞長者言　掩耳毎不喜
奈何五十年　忽已親此事
求我盛年歓　一毫無復意
去去転欲速　此生豈再値
傾家持作楽　竟此歳月駛
有子不留金　何用身後置

昔聞いた長者《ちょうしゃ》の言は　耳を掩《おお》って毎《つね》に喜ばず
奈何《いかん》ぞ五十年　忽《たちま》ち已《すで》に此《こ》の事を親《みずか》らす
我が盛年の歓《かん》を求むること　一毫《いちごう》も復《ま》た意無し
去り去りて転《うた》た速《すみや》かならんと欲す　此《こ》の生豈《あ》に再び値《あ》わんや
家を傾けて持《もっ》て楽しみを作《な》し　此《こ》の歳月の駛《は》するを竟《お》えん
子有るも金《きん》を留めず　何ぞ用《もち》いん身後《しんご》の置《はか》いを

盛年＝若いさかりの年頃。**一毫**＝ごくわずかなこと。
転＝いよいよ、ますます。**身後**＝死んだのち、死後。

雑詩十二首（一）

晋　陶淵明

人生はふわり舞い飛ぶ根なし草ただよい浮かぶ塵のごとくに
あちこちに風に飛ばされ定めなくこの身はもはや捨小舟とも
舞い尽きてやがて地に落ち兄弟に血縁だけが類とはならぬ
うれしくば隣近所の区別なく酒はたっぷりみんな集いて
若き日の弾むごときは二度とない一日に朝は二度とは来ない
努めては時のがさずに楽しみて歳月過ぎて人を待たざる

詩題の「雑詩」は、どう理解すればよいか。時に応じて、また詩心の湧くままにと解してもよいとも思われる。この詩もふっと我が来し方を省みて、その人生観とともに、自戒反省の想いをまとめたものか。

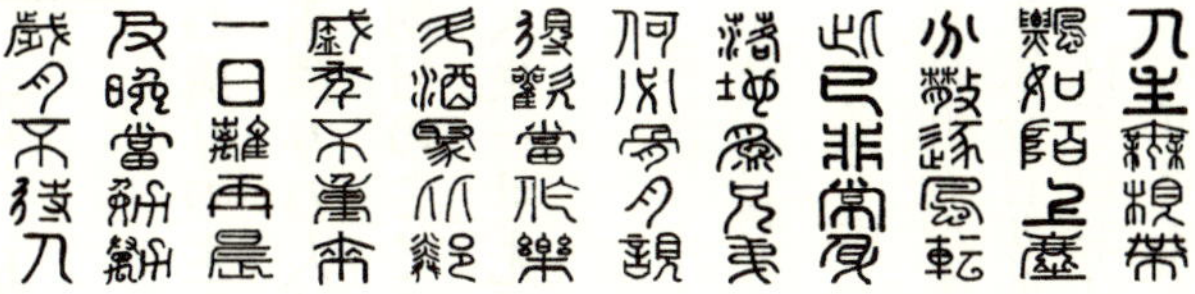

人生無根蔕
飄如陌上塵
分散逐風転
此已非常身
落地為兄弟
何必骨肉親
得歓当作楽
斗酒聚比隣
盛年不重来
一日難再晨
及時当勉励
歳月不待人

人生根蔕《こんたい》無く
飄《ひょう》たること陌上《はくじょう》の塵《ちり》の如し
分散し風を逐《お》って転じ
此《こ》れ已《すで》に常の身に非《あら》ず
地に落ちて兄弟《けいてい》と為《な》る
何ぞ必ずしも骨肉の親《しん》のみならん
歓《かん》を得ては当《まさ》に楽しみを作《な》すべし
斗酒《としゅ》比隣《ひりん》を聚《あつ》む
盛年重ねて来《き》たらず
一日再び晨《あした》なり難し
時に及んで当《まさ》に勉励すべし
歳月は人を待たず

根蔕＝根とへた。物事の土台。ねもと。**飄**＝ただよう。さまよう。
陌上＝街中。**斗酒**＝一斗の酒、多量の意。**比隣**＝隣近所の人。

漫成

元　楊《よう》維《い》楨《てい》
（一二九六－一三七〇）

西隣りの主人が昨夜突然亡くなったで　家人が泣いているだ
東隣りの人は今日お役所をクビになったで　悲しんでいるだ
明日のことは今日わからねえだ
人生一寸先は闇だ　いろいろ考えず飲めるときに飲んだがいいだ

漫成＝とりとめのない。

陽維楨、字は廉夫《れんぷ》、号は鉄崖《てつがい》、また東維子。浙江省紹興市の人。性自由奔放、乱を避けて杭州に住み、明朝になっても仕えなかった。

漫　成

西隣昨夜哭暴卒
東家今日悲免官
今日不知来日時
人生可放杯酒乾

西隣《せいりん》昨夜暴卒《ぼうそつ》を哭《こく》し
東家《とうか》今日免官《めんかん》を悲しむ
今日知らず来日《らいじつ》の時
人生杯酒の乾《かわ》くに放《まか》す可《べ》し

来日＝今より後に来る日。明日。将来。

十一　志操堅剛

暮春

南宋　陸游

ささやかなあばら家を建つ鏡湖《きようこ》の辺《へ》　万の書籍は貧を救わず
燕《つばめ》来てまた去りゆきて月日過ぎ　花開落《かいらく》し幾歳《いくとし》を経《へ》し
書を開き心の友と語れるが　我が水影《みずかげ》の老いにおどろく
自嘲する胡《こ》を滅《めつ》せんの心なお　高きに登り悲憤慷慨《ひふんこうがい》

悲憤慷慨＝社会の不義や不正を憤って嘆くこと。うれいなげくこと。

第七句の「自ら笑う胡《こ》を滅《めつ》せんの心尚在《なおあ》りて」と。若き日の志操を持ち続ける、老いた愛国詩人の心意気か。

暮　春

数間茅屋鏡湖浜　万巻蔵書不救貧

数間の茅屋鏡湖《ぼうおくきようこ》の浜　万巻の蔵書貧を救わず

燕去燕来還過日　花開花落即経春
開編喜見平生友　照水驚非曩歳人
自笑滅胡心尚在　憑高慷慨欲忘身

燕《つばめ》去り燕《つばめ》来たって還《ま》た日を過《す》ごし　花開き花落ちて即《すなわ》ち春を経《へ》たり
編を開いて見るを喜ぶ平生《へいぜい》の友　水に照らして驚く曩歳《のうさい》の人に非《あら》ざるを
自ら笑う胡《こ》を滅《めっ》せんの心尚《なお》在《あ》りて　高きに憑《よ》れば慷慨《こうがい》身を忘れんとする

茅屋＝かやぶきの屋根の家。あばらや。自宅の謙称。**曩歳**＝昔、以前。

【妙趣閑話66】

▼大声

兄弟二人で畑仕事をしていたが、兄が飯を炊くために先に帰り、やがて飯ができると、畑の弟に向かって大声で、帰ってこいと呼んだ。すると弟も大声で「鍬《くわ》を畦《あせ》のところへ隠しておいてから帰るよ」と答えた。飯を食べながら兄は弟に「物を隠すときには、人にわからないようにするものだよ。あんな大きな声でいったら人が聞いていて盗んで行くかもしれないじゃないか」といった。弟はなるほどそうかと思い、飯がすむとすぐ畑へ行ってみたが、鍬はもうなくなっていた。そこであわてて家へ帰り、兄の耳もとへ口を寄せて声をひそめていった。「兄さん鍬はもう盗まれていたよ」。（笑府）

柔石を悼む

清　魯《ろ》迅《じん》
（一八八一―一九三六）

人目をばはばかり暮らしまた春が　妻子とかくれ白髪もふえ
夢に見る涙をためた母の顔　憎さも憎し為政者《いせいしや》の顔
朋友《とも》多く彼らの手にて殺されし　我らは詩にてこれに向かわん
詩は成《な》れど世間に問わんすべもなし　月白くして黒衣を照らす

魯迅、字は豫才《よさい》、本名は周樹人。魯迅という名は、百以上の筆名の中の最も有名な一つ。浙江省紹興市の人。一九〇二年日本に留学。仙台医学専門学校（現・東北大学医学部）中途退学。文学に転じ、一九一八年「狂人日記」により有名になる。以後著作活動をつづけて世界的に知られる。

この詩は一九三一年、蔣介石の国民政府によって虐殺された、若い左翼作家柔石《じゆうせき》を悼んで作ったもの。当時、魯迅は当局のきびしい追及の目をのがれて、上海の旅館を転々としていた。

悼柔石

慣於長夜過春時　挈婦将雛鬢有糸
夢裏依稀慈母涙　城頭変幻大王旗
忍看朋輩成新鬼　怒向刀叢覓小詩
吟罷低眉無写処　月光如水照緇衣

長夜《ちょうや》に慣《な》れて春時を過《す》ごし　婦《つま》を挈《たずさ》え雛《こ》を将《ひき》いて鬢《びん》に糸有《しらが》り
夢裏《むり》に依稀《いき》なり慈母の涙　城頭《じょうとう》に変幻《へんげん》す大王の旗
看《み》るに忍びんや朋輩《ほうばい》の新鬼《しんき》と成《な》るを　怒って刀叢《とうそう》に向かって小詩を覓《もと》む
吟じ罷《おわ》って眉《まゆ》を低《た》れ写す処無し　月光は水の如く緇衣《しい》を照らす

雛＝婦に対して子供。**依稀**＝ぼんやりとして明らかでないこと、ほのかなこと。**城頭**＝城のほとり、城の上。**新鬼**＝最近死んだ人。鬼は霊魂。**刀叢**＝剣の林。**緇衣《しい》**＝しえとも。黒色の衣、墨染の衣。転じて僧。

魯迅（上海，1930年９月29日）

【妙趣閑話67】

▼西瓜

新夫婦そろって嫁の家へ里帰りし、昼寝から起きると西瓜が出た。婿が手を出すと、嫁が驚いて「あら！」と止める。「うん！」と婿が手を引っ込める。「えッ？」と妹が聞くと「おお！」と母がうなずいた。

（笑林広記拾遺）

＊周作人（魯迅の弟）の私信による。男子が房事の後で冷たいものを食うと立ちどころに死ぬと信ぜられている。

放言

唐　白居易

泰山は些細《ささい》なものもあなどらず
千年の松樹《しょうじゅ》もいつかは朽《く》ち果てる
生命《せいめい》の長短などにとらわれず
生まれきて人生すべて幻ぞ

顔子《がんし》は彭祖《ほうそ》をうらやむはなし
槿花《きんか》は一日《ひとひ》を生命《いのち》かぎりに
身を嫌悪して厭《いと》うもあしき
執着するは愚かならんや

放言＝思いのままに。**泰山**＝山東省にある高山。山岳信仰で最も尊い山と考えられていた。**顔子**＝顔回、孔子の愛弟子。三十二歳で死す。

八一五年、白楽天が江州（江西省九江市）へ左遷されていく舟中での作品という。のち八二二年に召喚され、杭州刺史、蘇州刺史など歴任し、八四二年に引退した。

放　言

泰山不要欺毫末　顔子無心羨老彭

泰山《たいざん》は毫末《ごうまつ》を欺《あなど》るを要せず　顔子《がんし》は心に老彭《ろうほう》を羨《うらや》むなし

松樹千年終是朽　槿花一日自為栄
何須恋世常憂死　亦莫嫌身漫厭生
生去死来都是幻　幻人哀楽繫何情

松樹《しょうじゅ》は千年なるも終《つい》には是《こ》れ朽《く》ち　槿花《きんか》は一日なるも自ら栄を為す
何ぞ須《もち》いん世を恋いて常に死を憂《うれ》うるを　亦《また》身を嫌《きら》いて漫《みだり》に生を厭《いと》うこと莫《な》かれ
生去り死来たる都《すべ》て是《こ》れ幻《まぼろし》なり　幻人《げんじん》の哀楽何の情をか繫《つな》がん

毫末＝毛すじの先ぐらいのわずかなこと。**老彭**＝彭祖、八百歳まで生きたと伝えられる古代の仙人。**槿花**＝インド、中国の原産。あさがお、むくげ、はちす。**幻人**＝幻の人生。

【妙趣閑話68】

▼ばか息子の留守番（問令尊）

ある人、遠くに出かけるとき、息子に「もし誰か来て、お父さまはと聞かれたら、ちょっとした用事で出かけました。どうぞお上がり下さって粗茶を召しあがって下さい、と挨拶するのだ」と教え、ばか息子のことゆえ、忘れてはいけないと思って、紙に書いて渡した。息子はそれを袖に入れて、時々出して見ていた。ところが三日たっても誰もたずねてこないので、書付はもういらぬものと思い、火にくべて焼いてしまった。と四日目に、突然客が来て「お父さまは？」と聞いた。袖の中の紙をさがすが見つからぬので「なくなりました」と答えると、客おどろいて、「いつなくなられました？」、「昨日焼きました」。（笑府）

古《いにしえ》に擬《ぎ》す（八）

晋　陶淵明

若きとき野望もあれば情熱も
誰かいう行遊《こうゆう》するは近くのみ
腹へれば伯叔《はくしゅく》の故事蕨《わらび》食い
それなれど腹うちわける友を得ず
そのなかで路辺に高き古墳あり
これほどの壮士再び得難《がた》けり

剣を持ちてぞ独り各地を
西は張掖《ちょうえき》東は幽州《ゆうしゅう》
のどがかわけば易水《えきすい》の水
ただ昔時《いにしえ》の丘を見るのみ
伯牙《はくが》荘周《そうしゅう》二人の墓ぞ
わが行く先は何をもとめて

行遊＝諸方を旅してまわる。**張掖**＝甘粛省張掖県。当時の中国の最西端。**幽州**＝河北省の東北。当時の中国の最東端。**伯叔の故事**＝伯夷・叔斉の兄弟は、殷が亡び、周の時代になると、周の粟を食《は》むをいさぎよしとせず、首陽山に隠れ、わらびを食って生き延びたという故事。**易水**＝秦の始皇帝の暗殺を依頼された荊軻《けいか》は、「風蕭蕭として易水寒し、壮士一たび去って復《ま》た還らず」と詠って、易水をわたり出立したという故事による。**伯牙荘周**＝春秋戦国時代の人、どちらも心友として、生涯友義を貫いたという故事。

「少《わか》き時壮《さか》んにして且《か》つ厲《はげ》し」の心情を回顧してこのような詩を残したものであろう。五十六、七歳の作となっている。

擬古（八）

少時壮且厲　撫剣独行遊
誰言行遊近　張掖至幽州
飢食首陽蕨　渇飲易水流
不見相知人　惟見古時丘
路辺両高墳　伯牙与荘周
此士難再得　吾行欲何求

少《わか》き時壮《さか》んにして且《か》つ厲《はげ》し　剣を撫《ぶ》して独り行遊《こうゆう》す
誰か言う行遊《こうゆう》すること近しと　張掖《ちょうえき》より幽州《ゆうしゅう》に至る
飢《う》えては食《く》らう首陽《しゅよう》の蕨《わらび》　渇《かつ》しては飲む易水《えきすい》の流れ
相知《そうち》の人を見ず　惟《た》だ古時の丘を見るのみ
路辺に両《ふた》つの高き墳《はか》　伯牙《はくが》と荘周《そうしゅう》となり
此《こ》の士再び得難《がた》し　吾《わ》が行《こう》何をか求めんと欲する

【妙趣閑話69】

▼塩豆

徽州の人はけちんぼが多い。蘇州に逗留中の徽州の男、塩豆を作って甕に入れ、箸で一粒ずつつまみあげ、一食に四、五粒以上はならぬと自分で決めていた。ある人がこの男に向かって「ご子息が某処で豪儀《ごうぎ》に浮かれて遊んでいらっしゃいましたぞ」と告げると、この男、いたく腹を立て甕の中の豆をあけると、手のくぼ一杯そっくり口の中に入れて、どなった。「ええい、こっちも思い切って身代をつぶしてやれ」。（笑府）

暮《ゆうべ》に河の隄の上を行けば

唐　韓　愈

夕暮れに河のつつみの上行けば　どちらを見ても人の影なし
枯れかけた草ははるかな雲に尽き　寒き景色に心沈《しず》もる
暮れなずみ小さき舟に臥《ふ》したれど　寝つかれぬまま夜は明けにけり
世のために吾《わ》がなすべきは何事ぞ　ああ人の世に吾《わ》が身立つるは

詩人韓愈の若き日の苦悶は深い。十九歳にして進士の試験を受けに行く途中、ある小さな舟着場に宿《とま》ったときの作。この苦悶があればこそのちの大成につながる。大事な時期であったといえよう。

暮行河隄上

暮行河隄上　四顧不見人
衰草際黄雲　感歎愁我神
夜帰孤舟臥　展転空及晨
謀計竟何就　嗟嗟世与身

暮《ゆうべ》に河の隄《つつみ》の上を行けば　四方《よも》を顧《かえり》みて人を見ず
衰えたる草は黄ばみたる雲に際《つらな》り　感歎《かんたん》我《わ》が神《たましい》を愁えしむ
夜孤舟《こしゅう》に帰りて臥《い》ね　展転《てんてん》と空しく晨《あした》に及びぬ
謀計《ぼうけい》して竟《つい》に何をか就《な》さんや　嗟嗟《ああ》世と身と

感歎＝なげき悲しむ。**謀計**＝計畫。

門を出でて

唐　韓　愈

門を出でても行くところなし
世の常の意と我が意異なる
書《ふみ》読み尋ねその辞《ことば》を知らん
我が意と合し千歳《ちとせ》隔《へだ》たず
わが行く道は平らならざる
天命あればわれを捨てざる

長安に百万もの家あれど
ことさらに独り居好みおらざれど
古き人すでにあらねど残された
書を開きつぶさに読みて思考する
世に出ればそれぞれ生きる道はある
それならばしばらく古書に学びなん

出　門

長安百万家　出門無所之
豈敢尚幽独　与世実参差
古人雖已死　書上有其辞

長安には百万の家あれど　門を出でて之《ゆ》く所無し
豈《あ》に敢《あ》えて幽《しず》かなる独りを尚《この》まんや　世と実に参差《しんし》なればなり
古人は已《すで》に死すと雖《いえど》も　書《ふみ》の上に其の辞《ことば》有り

開巻読且想　千載若相期
出門各有道　我道方未夷
且於此中息　天命不我欺

巻を開きて読み且《か》つ想《おも》えば　千載相期《せんざいあいき》するが若《ごと》し
門を出《い》ずれば各《おのおの》道有り　我が道は方《まさ》に未《いま》だ夷《たい》らかならず
且《か》つは此中に於《お》いて息《いこ》わん　天命は我れを欺《あざむ》かず

参差＝長短の不斉であるさま。互いに入りまじるさま。**千載**＝千年、千歳。

▼すれちがい船（両来船）　【妙趣閑話70】

船と船とすれちがうとき、手を窓の外にもたせかけていたために、指をはさまれて怪我をした男、帰ってから女房にその話をすると女房がびっくりして、「これから船と船とすれちがうときには、決して小便をしちゃいけませんよ。よく覚えておいてね」。（笑林広記）

▼長靴を買う（買靴）　【妙趣閑話71】

兄弟二人で金を出し合わせて長靴を一足買ったところ、兄がいつも履いているので、弟はせっかく金を出して履かぬのもつまらぬと思い、兄が夜寝てから、それを履いて方々歩きまわり、とうとう長靴をボロボロにしてしまった。兄が、「もう一度金を出し合わせて長靴を買おうじゃないか」というと、弟「長靴を買ったら寝る暇がないよ」。（笑賛）

長安に交遊する者

唐　韓愈

長安でつきあいをする者たちは　貧富それぞれ徒《むれ》をつくりて
親わしき朋《とも》同志にはそれぞれに　またお互いに娯《たの》しみをもつ
むさくるし貧しい部屋に書籍あり　金持ちの部屋貴《たか》き楽器が
何《な》ぞすれば富と貧とに分かたんや　分かたんとせば賢と愚とに

この当時の長安は、一百万近くの人口を持つ世界最大の都市であったという。今も昔も大都会では富と貧との格差ができる。韓愈はその現象を、若者の社会に当てて考えている。若者の社会では、可能性を無限に秘めているので貧富の区分はない。それは親たちの世界のことであって、これから伸びゆく若者たちにはそんな意識があってはならず、もし区分するとすれば、それは努力する者であるか否かとに、すなわち、賢か愚かに区分すべきであり、学が成るか否かでなくてはならぬと考えていたようである。

長安交遊者

長安交遊者　貧富各有徒
親朋相過時　亦各有以娯
陋室有文史　高門有笙竽
何能辨栄悴　且欲分賢愚

長安に交遊《こうゆう》する者は　貧しきと富めると各《おのおの》に徒《むれ》有り
親しき朋《とも》の相《たが》いに過《よ》ぎる時には　亦《ま》た各《おのおの》に娯《たの》しみを以《なす》有り
陋室《ろうしつ》に文史《ぶんし》有り　高門に笙竽《しょうう》有り
何《なん》ぞ能《よ》く栄悴《えいすい》辨《わか》たんや　且《か》つ賢と愚とに分たんと欲す

陋室＝狭くてむさくるしい部屋。**文史**＝書籍。**笙竽**＝竹製の笛。

▼葡萄棚が倒れる　**【妙趣閑話72】**

恐妻家の役人が女房に顔をひっ掻かれた。翌日役所へ出勤すると、知事が「その傷はどうした」と聞いたので、「昨晩外で涼んでおりましたところ、葡萄棚が倒れてきて怪我をいたしました」とごまかしたが、知事は信用せず「その傷はおまえの女房がつけたにちがいない。主人の顔に傷をつけるとは不埒《ふらち》な女だ。さっそく捕手をつかわし、捕らえてこさせて処罰しよう」といったが、そのとき衝立《ついたて》のかげで立ち聞きをしていた知事夫人、大いに腹を立てて、「あなたッ！」と呼んだ。知事はびっくりして恐妻家の役人にいった。「危ないから逃げろ、わしの家の葡萄棚も倒れてきそうじゃ」。

（笑林広記）

君見ずや蘇徯《そけい》に簡す

唐　杜　甫

道の辺に忘れ去られた池の水
百年の歳経て桐は琴になり
世を去りて棺を蓋《おお》いて真価見ゆ
痩《や》せこけて何を恨まん山中の
雷鳴《らいめい》や怪物もおり狂風も

昔折られて挫《くじ》かれた桐
古き池水《ちすい》に竜のかくるる
君まだ若く翁《おきな》に遠し
奥深き谷に君が若さで
早く世に出よ才が惜しまる

蘇徯＝杜甫の友人の子。簡＝手紙。

杜甫死の三年前の作。友人の若い息子に対して、人間の真価は棺を蓋ってのちはじめて決まるものであるから、若いうちからそんなところでくすぶっていないで、世に出てこいといっている。

君不見簡蘇徯

君不見道辺廃棄池　　君見ずや道辺廃棄《どうへんはいき》の池

君不見前者摧折桐
百年死樹中琴瑟
一斛旧水蔵蛟竜
大夫蓋棺事始定
君今幸未成老翁
何恨憔悴在山中
深山窮谷不可処
霹靂魍魎兼狂風

君見ずや前者摧折《さいせつ》の桐
百年の死樹琴瑟《きんしつ》に中《あた》り
一斛《いっこく》の旧水《きゅうすい》蛟竜《こうりゅう》を蔵す
大夫《たいふ》棺《かん》を蓋《おお》いて事始めて定まる
君今幸《さいわい》に未《いま》だ老翁と成らず
何《なん》ぞ恨《うら》まん憔悴《しょうすい》して山中に在《あ》るを
深山窮谷《しんざんきゅうこく》処《お》る可《べ》からず
霹靂魍魎《へきれきもうりょう》兼《か》ねて狂風《きょうふう》

摧折＝くじき折る。打ちこわす。**琴瑟**＝琴と瑟《おおごと》。**蛟竜**＝想像上の動物。まだ竜とならぬ蛟《みずち》。水中にひそみ、雲雨に会して天に上るという。**霹靂**＝急激な雷鳴。はげしい音響のたとえ。**魍魎**＝水の神、山川の精。木石の怪。

▼役人の誕生日　　**【妙趣閑話73】**

ある役人が誕生祝いをした。役人はネズミ年生まれなので、下役たちは金を出しあい、金のネズミの置物を贈った。役人は大喜びで、「貴公たち、家内の誕生日ももうすぐだが、知っておるか、家内はウシ年生まれだぞ」。

（笑府）

舌詩

五代　馮《ふう》　道《どう》
（八八二－九五四）

おしゃべりは禍《わざわい》のもと口閉ざせ　おしゃべりの舌吾《わ》れを斬る舌
口閉じてその奥深く舌蔵《しま》え　身の安全はいつも保てる

政道を批判して、流謫《るたく》の刑を受けた者が如何に多くあったか。たとえ後世それが正道であっても、そのために失脚し、一生を棒にふった人の多きことを思えば、諫言することの是非、方法をも問うたもののようでもある。

作者自身、波瀾興亡の五代十国の時代、五カ国の王朝の宰相として仕え、善政につとめたとされているが、後世一部の人からは、その処世は無節操と非難された。この詩は、彼自身の保身のための自戒であったのかも。

馮道、五代の後唐－後周の宰相。字は可道。学を好み文をよくし、後唐の明宗の長興三（九三二）年建議して九経を印行した。これは中国における彫板の最初といわれて、印刷史上功績が大きい。

舌詩

口是禍之門　舌是斬身刀
閉口深蔵舌　安身処処牢

口は是《こ》れ禍《わざわい》の門　舌は是《こ》れ身を斬る刀
口を閉《とざ》して深く舌を蔵《ぞう》すれば　身を安《やすん》じて処処《しょしょ》に牢なり

処処＝ところどころ、ここかしこ。

▼**椅子にかける（坐椅）**　【**妙趣閑話74**】

ある家に借金取りが大勢つめかけ、中には門の敷居の上に腰掛けているのもいるという始末。主人そっとその敷居に掛けている男に、「お前さんは明朝早めにおいで下され」とささやく。敷居に掛けていた男、大方自分の借金は人より先に済ましてくれる気だと思い、喜んで立ち帰る。翌日は早速夜明けに行って、「約束通り片をつけてくれ」というと、「早く来てもらえば、先に椅子に掛けられます」。（笑府）

▼**牛盗人（盗牛）**　【**妙趣閑話75**】

牛を盗んで枷《かせ》をはめられた男に、友人が「君は何の罪をおかしたのか」と聞く。「たまたま道を歩いていたら、一本の縄が落ちていた。こんなものはいらないだろうとつい拾って帰ったために罪になった」。「誤って縄を拾ったことがどうして罪になるんだ」、「その縄の端に、また一物があったのさ」。「その一物とは、なんだね」、「それが一頭の小牛だったんだ」。（笑林広記）

十二　治政苦諫

古風（十四）

唐　李白

燕昭《えんしょう》は隗《かい》より始め賢臣を　集めんとして黄金台を
劇辛《げきしん》は趙《ちょう》より来たり陸続《りくぞく》と　鄒衍《すうえん》もまた斉《せい》より来たる
何故なのか政庁にいる高官は　われをすつるに塵《ちり》のごとくを
高価なる珠玉で歌姫や娼婦買い　安賃金で賢臣は来ぬ
いまぞ知る黄色い鶴が舞い上がり　千里の空を飛ぶは何故かを

燕昭＝燕の昭王、前二七九年没。**隗より始めよ**＝戦国時代、燕の昭王のとき、大臣の郭隗《かくかい》に国勢伸張の策を問うた。まず有能な人材を集めることであり、それには、この隗から始めに手厚くもてなして下さい。昭王は隗のために黄金台を新築し、先生と呼んだ。これを聞いて、魏から楽毅、趙から劇辛、斉から鄒衍《すうえん》らが集まり、間もなく隣国とも協力して斉を破り、積年の恨みをはらしたという故事。**陸続**＝ひっきりなしに続くさま。

「隗より始めよ」の故事を引合いに、自身の政治への参加が成らざることへの不信、不満を「我れを棄《す》つること塵埃《じんあい》の如くなる」と述べ、ひいては政治への失望の大なるを訴えている。この時代は、李白自身政治への参加の意欲、希望の強さが分明される。

古風（十四）

燕昭延郭隗　遂築黄金台
劇辛方趙至　鄒衍復斉来
奈何青雲士　棄我如塵埃
珠玉買歌笑　糟糠養賢才
方知黄鶴挙　千里独徘徊

燕昭《えんしょう》郭隗《かくかい》を延《ひ》き　遂《すなわ》ち黄金台を築く
劇辛《げきしん》は方《まさ》に趙《ちょう》より至り　鄒衍《すうえん》も復《ま》た斉《せい》より来たる
奈何《いかん》ぞ青雲の士　我れを棄《す》つること塵埃《じんあい》の如くなる
珠玉もて歌笑《かしょう》を買い　糟糠《そうこう》もて賢才を養う
方《まさ》に知る黄鶴《こうかく》の挙《あ》がりて　千里独り徘徊《はいかい》するを

歌笑＝美人の歌や笑い。**糟糠**＝かすや、ぬか。

李白記念館（四川省江油県）

【妙趣閑話76】

▼客にふるまわぬ（不留客）

正午になっても、主人いっこうに飯を出そうとしない。ちょうどそのとき、鶏が鳴いたので、客、主人に向かい、「お昼の鶏が鳴きますね」というと、主人、「あれはよその鶏で正確じゃありません」。すると客、「わしの腹のすいたのは正確です」。（笑府）

春望

唐　杜甫

国破れのこれるものは山河のみ　草木《くさき》は芽ぶく春の城あと
絶望の国の先行き春はなし　誰にも別れ鳥声むなし
敵来るとのろし火やまず三カ月　妻のたよりに知らず差し含《ぐ》む
白頭は手をかざされどうすくなり　頭みだれて髪刺し耐えず

この詩は、安禄山の乱で、杜甫が長安に虜われの身となったときの作（七五七年、四十六歳）。玄宗は蜀に落ち、長安は破壊しつくされ、杜甫も絶望の底にあって読んだ詩。沈痛、絶望の心想がよく伝わってくる。杜甫に傾倒していた芭蕉も『奥の細道』平泉の条で「『国破れて山河有り、城春にして草青みたり』と、笠打ち敷きて時のうつるまで泪を落し侍りぬ。夏草や兵どもが夢の跡」と記している。

春望

国破山河在　国破れて山河在り

国破山河杜

城春草木深
感時花濺涙
恨別鳥驚心
烽火連三月
家書抵万金
白頭搔更短
渾欲不勝簪

城春草木深
感時花濺涙
恨別鳥驚心
烽火連三月
家書抵万金
白頭搔更短
渾欲不勝簪

城春にして草木《そうもく》深し
時に感じて花にも涙を濺《そそ》ぎ
別れを恨《うら》んで鳥にも心を驚かす
烽火三月《ほうかさんげつ》に連《つら》なり
家書万金《かしょばんきん》に抵《あた》る
白頭搔《か》けば更に短く
渾《すべ》て簪《しん》に勝《た》えざらんとす

【妙趣閑話77】

▼風采コンプレックス

魏の武帝（曹操）は匈奴の使者を引見しようとしたが、自分の風采がみすぼらしくて、遠国に威を振るえないと考え、臣下の崔季珪を身代わりに出し、自分は刀を帯びて御牀《みしょう》のはしに立った。そして引見が終わってから、「魏王はどうでした」と間者にたずねさせた。

「魏王のお姿は、いかにも堂々としておられた。だが、御牀のはしに刀を帯びて控えていた男、彼こそ英雄ですな」

武帝はこの返事を聞くや、追手をかけて、使者を殺してしまった。

（世説新語）

君子の歌

『文選』楽府古詩

わざわいを未然に防ぐが君子なり　疑われぬようするが肝腎
瓜の田で履《くつ》をはきかえしたりせず　李《り》の木の下で帽子正さず
嫂《あによめ》と物のやりとりしたりせず　年の上下序列重んず
功労を秘めれば光る君子なり　徳は孤《こ》ならず秘するは難《かた》し
周公は貧しき人にもへり下り　来客あれば食事中にも
浴中も髪を握りて客に会う　後世の人聖賢《せいけん》とぞ言う

文選《もんぜん》＝梁の蕭統が当時の詩文の優れたものを選び集めたもの。三十巻。我が国では平安時代に多く読まれた。

君子行

君子防未然　不処嫌疑間
瓜田不納履　李下不正冠

君子は未然《みぜん》に防ぎ　嫌疑《けんぎ》の間《かん》に処《お》らず
瓜田《かでん》に履《くつ》を納《い》れず　李下《りか》に冠《かんむり》を正さず

嫂叔不親授　長幼不比肩
労謙得其柄　和光甚独難
周公下白屋　吐哺不及餐
一沐三握髪　後世称聖賢

嫂叔《そうしゅく》は親授《しんじゅ》せず　長幼《ちょうよう》は比肩《ひけん》せず
労して謙《けん》なれば其の柄《へい》を得《う》　和光《わこう》は甚《はなは》だ独り難し
周公《しゅうこう》は白屋《はくおく》に下《くだ》り　哺《ほ》を吐《は》きて餐《さん》に及ばず
一たび沐《もく》して三たび髪を握《にぎ》る　後世聖賢《こうせいせいけん》と称す

嫂叔＝兄嫁と弟。**不比肩**＝肩をならべない。**謙**＝へりくだる。**柄**＝本《もと》、君子としての本領、勢い、力。**和光**＝自分の知徳の光をやわらげ陰してあらわさぬこと。おだやかな威光。**白屋**＝白い茅でふいた家。貧しい人の住む家。**吐哺**《とほ》**握髪**《あくはつ》＝周公が食事や沐浴のときに来客があると、食べかけたものを吐き、洗いかけた髪を握って出迎えたという故事。

▼白と黒　**【妙趣閑話78】**

楊朱《ようしゅ》の弟の楊布が白衣を着て外出したところ、雨が降ってきたので白衣をぬぎ、黒衣を着て帰ってきた。すると飼犬が楊布とは気づかずに吠えかかったので、楊布は怒って犬を打とうとしたところ、楊朱がそれをおしとどめていった。「打つんじゃない。おまえだって同じはずだよ。もしこの犬が白犬で出かけていって、黒犬になってもどってきたら、あやしむのがあたりまえだろう」

（韓非子）

詩

隋・唐　王《おう》梵《ぼん》志《し》
（五九〇？―六六〇？）

わしのこと生まれる前は何知らぬ　暗き中にて何もわからぬ
天公は頼みもせずに我れを生み　我れを生んで何をかなせる
衣もなくて我れ寒くして凍えしめ　食うものもなく我れまた飢うる
おい天よお前にわしをかえすから　わしが生まれる前の時かえせ

これはまた手きびしい。無一文の貧者の身にしたら、生まれる前にかえせと叫びたくもなるであろう。この詩が生まれる由縁の治政の貧しさは、ここまで言わせては為政者の責であろう。作者・王梵志の時代を推測すれば、隋の煬帝の横暴と、宇文化及による煬帝の誅殺、隋の滅亡、唐王朝の創建とつづく混乱の時代にあり、まさに庶民に対する政治的空白の時代であったといえよう。

親をうらまず天を相手にするところも、政治の貧困を衝いて手きびしい。異色の作品の一つであろう。作者の詳伝が分からないのも、神秘性があって面白い。敦煌発見の中に、詩集の幾首かが見つかったという。王梵志、経歴生没年不詳。本名梵天《ぼんてん》。河南省黎陽の人。

詩

我昔未生時　冥冥無所知
天公強生我　生我復何為
無衣使我寒　無食使我飢
還你天公我　還我未生時

我れ昔未《いま》だ生まれざりし時　冥冥《めいめい》として知る所無かりき
天公強《し》いて我れを生み　我れを生んで復《ま》た何をか為《な》せる
衣無くして我れを寒《こご》えしめ　食無くして我れを飢えしむ
你《なんじ》天公に我れを還《かえ》さん　我れに未《いま》だ生まれざりし時を還《かえ》せ

冥冥＝暗いさま、事情のはっきりしないさま。

【妙趣閑話79】

▼日蝕（日食）

他郷に旅した男、「こちらでは日蝕のとき、日を護るのにどういうことをしますか」と聞くと、「府県の役所では正服を着用し、将兵全部武器を持ち、太鼓を叩くことになっております」と答えさらに「あなたのご郷里も同様ですか」と聞き返すと、「いえ、わたしの方ではそんなことはせず、ただ心から祈るだけです」。「何といって祈るのですか」、「合掌して、黒い月に向い『阿弥陀仏、十分食べたら、少し残しておいて下さいまし』と祈るんです」。（笑府）

＊古来中国では、日蝕を恐れて、あれは天狗が太陽を食っているのだとして、最近まで爆竹をあげたりしてそれをはらう風習があった。

三年刺史と為りて

唐　白居易

三年の知事の勤めは杭州《こうしゅう》で　氷を飲んで黄蘖《きはだ》を食べた
その間に天竺山に行ってきて　石を両片《ふたひら》拾ってぞ来る
この石は我れにとっては千金も　なれば清簾とはなり得ずや

天竺山＝西湖畔の名勝。

三年刺史（知事）を勤めれば、ほとんどの人が一財産をつくったといわれた時代、胸をはって清白を唱える人は珍しい。楽天五十三歳の作という「飲むは氷復《ま》た食うは蘖《へき》」というは、もちろん詩的誇張だが、西湖には蘇堤とともに白居易の築いた白堤が残っている

三年為刺史

三年為刺史　飲氷復食蘖
唯向天竺山　取得両片石
此抵有千金　無乃傷清白

三年刺史《しし》と為《な》りて　飲むは氷復《ま》た食うは蘖《へき》
唯《た》だ天竺《てんじく》の山に向かいて　両片《ふたひら》の石を取り得たり
此の抵《あたい》は千金有り　乃《すなわ》ち清白を傷《やぶ》りし無からんや

白居易が抗州知事のときに築いた西湖の白堤

刺史＝中国の地方官。隋、唐では州の知事。**蘗**＝黄蘗。山地に自生するミカン科の落葉喬木。

▼身熱　**【妙趣閑話80】**

小児が身熱を患い、薬を飲んだら死んだ。その父、医者のもとに行ってねじこむと、医者は本当と思わず、自分で診察するといってその家に行き、小児の死骸を撫でてその父にいった。「お前さん、よくも嘘をついたな。身体の熱はちゃんともう冷めているじゃないか」（笑府）

▼風呂番　**【妙趣閑話81】**

韓の僖侯《きこう》が入浴したところ、風呂の中に小石が入っていた。僖は侍臣にたずねた。「いまの風呂番をやめさせると、そのかわりになる者は決まっているのか」、「決めてあります」。「その者を呼んでまいれ」。僖侯はつれてこられた男を叱りつけた。「なぜ、風呂の中へ小石を入れた！」（韓非子）

懐《おも》いを詠う（一）

魏・晋　阮《げん》　籍《せき》

（二一〇―二六三）

床の中案じることの多ければ
今宵あきらめ琴弾いてみる
良い月が薄帷《カーテン》照らしそよ風が
襟もとをすぎ月明ゆらぐ
おおとりが野外で叫び誰を呼ぶ
群鳥翔んで北林で啼く
うろついて千々《ちぢ》の思いで何を見る
遠き行くすえ心傷《いた》める

薄帷＝うすいとばり。

竹林七賢人の一人。険難な世を生きぬくための、含蓄に富んだ作品ではあろう。孤鴻《ここう》とは誰か、翔鳥とは誰のことか、結句に「憂思《ゆうし》して独り心を傷ましむ」とある。

阮籍、字は嗣宗。竹林七賢人の一人。魏晋の政権交替の険悪な世相の中に、ことさら奇矯な言動をとり、身を全うした。

詠　懐（一）

夜中不能寐　起坐弾鳴琴

夜中寐《い》ぬる能《あた》わず　起坐《きざ》して鳴琴《めいきん》を弾《だん》ず

薄帷鑒明月　清風吹我襟
孤鴻号外野　翔鳥鳴北林
徘徊将何見　憂思独傷心

薄帷《はくい》明月に鑒《て》り　清風我が襟《えり》を吹く
孤鴻《ここう》外野に号《さけ》び　翔鳥北林に鳴く
徘徊して将《ま》た何をか見ん　憂思《ゆうし》して独り心を傷ましむ

孤鴻＝一羽のおおどり。

竹林七賢（部分）

【妙趣閑話82】

▼本当に罰が当たる（罰真呪）

ある男、妾のところへ行こうと思い「便所へ行くんだ、すぐ帰ってくる」と嘘をつくが、妻が許してくれぬので「もしあれのところへ行ったら天罰を受けて犬になる」と誓いを立てる。そこで妻は、その足に綱をつないで行かせる。すると夫はその綱をほどいて犬の足に縛りつけてそのまま妾の部屋へ行く。妻は夫が行ったきりいつまでも戻ってこないので綱を寝床のそばまでたぐり寄せ、さわってみると犬の頭だったので、肝をつぶして「あの糞亀め。あんなことをいってわたしをだましたのかと思っていたら、本当に天罰が当たりよった」。

（笑林広記）

懐いを詠う（三十三）

魏・晋　阮　籍

一日が過ぎればまたも夕暮れが　夕暮れ過ぎてまた朝がくる
容貌も一刻一刻衰える　気持ちのはりも失われゆく
わが胸に湯火《とうか》のごとき苦悶だく　それ故にこそ変化を招く

湯火＝たぎるような熱き思い。

朝がくればまた夜が、夜がくればまた明ける。険難不安な世の中に、時の移ろいは早く、顔色も一刻一刻変わるほど、政情不安の中を生きる苦悩を吐露する。

詠　懐（三十三）

一日復一夕　一夕復一朝
顔色改平常　精神自損消
胸中懐湯火　変化故相招

一日復《ま》た一夕　一夕復《ま》た一朝
顔色《がんしょく》平常を改め　精神自ら損消《そんしょう》す
胸中湯火《とうか》を懐《いだ》き　変化故に相招く

雁門道中見る所を書す

金　元好問

税金は流星のごととりたてて　納めなければ笞《むち》で打たれる
法網《ほうもう》は網の目小さくもらさずに　楽園なんぞこの世にありや
せっかくに納めし穀を食う虫が　若者喰らう虎もいるとか
天呼べど聞く耳もたず答なし　我れらが詩など何の役にも

雁門＝雁門山、雁山とも。中国山西省代県の西北、高山なので北に帰る雁の飛び越え得ぬことから、中途に穴を穿って、その通路としたという俗説がある。

一二四一年、雁門山《がんもんざん》を越えて郷里に帰る道中での作とある。農民のあまりにも酷い暮らしぶりに、慷慨しての作品であろう。

雁門道中書所見
調度急星火　逋負迫捶楚
網羅方高懸　楽国果何所

調度《ちょうど》星火より急なり　逋負《ほふ》捶楚《すいそ》もて迫らる
網羅《もうら》方《まさ》に高く懸《かか》る　楽国果《はた》して何《いず》れの所で

食禾有百螣　択肉非一虎
呼天天不聞　感諷復何補

禾《か》を食《くら》う百螣《ひゃくとう》あり　肉を択《えら》ぶは一虎に非《あら》ず
天を呼べども天には聞こえず　感諷《かんぷう》復《ま》た何《なん》ぞ補《おぎな》わん

調度＝税金。**星火**＝流星。**逋負**＝未納税。**捶楚**＝笞。**禾**＝いね。穀物の総称。**螣**＝虫。はくいむし。竜に似たへび。**感諷**＝詩。

【妙趣閑話83】

▼真人《しんじん》の嘯《うそぶ》き

阮籍が口をすぼめてヒューッと息を発すると、数百歩先まで鳴りひびいた。あるとき、蘇門山の山中にふらりと真人（仙人）が姿を見せ、樵人《きこり》たちの間で評判となった。さっそく阮籍は出かけていった。彼は峰づたいによじ登っていって男に近づき、向かいあって腰をおろした。それから上は黄帝・神農の幽玄な道から、下は夏・殷・周三代の盛徳の美にいたるまで太古の政治のありようを滔々と論じて、意見を求めた。相手は身じろぎもせず、何の反応も示さない。ハッと気づいた阮籍は、相手を見つめながら口をすぼめてヒューッと息を発してみた。男ははじめてニヤリと笑って、口をきいた。「もっとやってみるがいい」。そこでもう一度ヒューッと息を発したところ、何だか自分でもすっかり満たされた気持ちになった。帰路山の中腹あたりにさしかかったとき、不意に頭上にヒューッという音が鳴りひびき、まるで笛や太鼓の妙なるメロディーのようにあたりの林や谷にこだました。ふりかえってみると先の男が口をすぼめて息を発したのであった。

（世説新語）

馬は穀に厭《あ》けるに

唐　韓　愈

貴族の家馬さえ穀物腹一杯　吾らは食えぬ屑米《くずまい》さえも
貴族の家壁にさえにも綾錦《あやにしき》　吾らは着るに筒袖《つつそで》もなし
彼富みて高位になってうそぶきて　吾ら庶民を慮《おもんぱか》らず
一度落ち没落すればそのときは　一栄一落いかんとぞする
むだだむだ何を言っても通らない　馬鹿なやつらめああ馬鹿なやつ

進士に合格したが、まだ職につけなかった作者不遇の折の作。それにしてもこれは、なかなかにはげしい。韓愈自身の覚悟は、すでに十九歳のときの作品「暮《ゆうべ》に河の隄の上を行けば」（一九八ページ参照）に見えるごとく相当なものがあり、自他ともに妥協を許さない性格は、後年までも持ち続けたものと思われる。理非曲直をなおざりにできぬ真面目さが、再度にわたる南方への流謫を受けるもとになったともいえよう。

馬厭穀

馬厭穀兮　士不厭糠籺
土被文繡兮　士無短褐
彼其得志兮　不我虞
一朝失志兮　其何如
已焉哉　嗟嗟乎鄙夫

馬は穀《こく》に厭《あ》けるに　士《し》は糠《ぬか》と籺《こごめ》にも厭《あ》かず
土《つち》は文《あや》と繡《ぬい》を被《き》たるに　士《し》は短《みじか》き褐《かわごろも》だにも無し
彼は其《そ》れ志《こころざし》を得《え》て　我れを虞《おもんぱか》らず
一朝志を失わば　其《そ》れ何如《いかん》せん
已《や》んぬる哉《かな》　嗟嗟《ああ》乎鄙夫《ひふ》

土被文繡《つちはぶんしゅうをこうむる》＝豪邸の壁には、化粧煉瓦を刺繡のように貼る。**褐**＝あらい毛の衣服、粗服、賤者の服、ぬのこ。**鄙夫《ひふ》**＝心のいやしい男。

【妙趣閑話84】

▼日取りを決める（不請客）

けちんぼうの男、これまで一度も客を呼んでご馳走をしたことがない。ある日、隣家の人が宴会をするのに家を貸した。それを見た人がその家の召使に、「お前の家で、今日お客を呼ばれるそうだな」と聞いたのでその召使が、「うちの主人に呼ばれようと思ったらあの世までお待ちになることです」と答えた。すると主人がそれを聞いて「貴様、誰に頼まれてそんな日取りを決めおった」と叱りつけた。

（笑府）

丁都護の歌

唐　李白

雲陽《うんよう》をさかのぼりてぞ引きゆけば
呉《ご》の地では牛が月見て喘《あえ》ぐとき
水あれど濁りてとても飲まれない
都護《とご》の歌皆で歌えば悲しくて
大ぜいで綱を引けども盤石《ばんじゃく》と
君見よやあの大いなる岩石《がんせき》を

その両岸に商家が多し
人が舟引くいかに苦しき
壺中の水も半ばは土と
船引きつらし涙流れる
江のほとりに着くに由《よし》無し
涙おさえて千古《せんこ》に愁う

丁都護の歌＝丁旿《ていご》という都護（地方の軍事長官）が若くして死んだ。その妻が夫によびかける悲しみの声が、この曲の起源とされている。**雲陽**＝江蘇省丹陽県。

この詩には、李白自身が為政者の立場になろうとしてなり得ず、逆に庶民の苦しみを代弁する立場にたって、彼らを擁護する想いが切々と伝わる。舟引き人夫の労働の苦しさは、「涙を掩《おお》いて千古に悲しむ」と。当時の行政が庶民にいかに苛酷なるかを歌っている。

第三句「呉牛《ごぎゅう》月に喘《あえ》ぐの時」は、この江南呉の地方では、夏の暑さがことにきびしい。だからこのあたりの水牛は、月を見て太陽だと思い込み、苦しそうに喘ぎだすという。

丁都護歌

雲陽上征去　両岸饒商賈
呉牛喘月時　拖船一何苦
水濁不可飲　壺漿半成土
一唱都護歌　心摧涙如雨
万人繫盤石　無由達江滸
君看石芒碭　掩涙悲千古

雲陽《うんよう》より上征《じょうせい》し去《ゆ》けば　両岸に商賈《しょうこ》饒《おお》し
呉牛《ごぎゅう》月に喘《あえ》ぐの時　船を拖《ひ》く一《いつ》に何ぞ苦しき
水濁《にご》りて飲む可《べ》からず　壺漿《こしょう》も半ば土と成る
一たび都護《とご》の歌を唱《うた》えば　心摧《くだ》けて涙雨《なみだあめ》の如し
万人にて盤石《ばんじゃく》を繋《つな》ぐも　江滸《こうこ》に達するに由無し
君看《み》よ石の芒碭《ぼうとう》たるを　涙を掩《おお》いて千古に悲しむ

商賈＝商人、商売。**江滸**＝江のほとり。**芒碭**＝大石の形容。

▼酸くて臭い（酸臭）　**【妙趣閑話85】**

子虎が親虎に向かって「今日人間をとって食いましたが、味がひどく変わっていました。上半分は酸《すっぱ》くて、下半分は臭い、いったいどんな人間なんでしょうね」。「そいつはきっと、金納で秀才になったやつだよ」。（笑府）

十三　白頭悲愁

秋浦の歌

唐　李　白

わが愁い白髪三千丈なるほどに　これほど伸びてなおも尽きざる
この髪を鏡にうつし見るときは　うつろい早き寂しさぞ知る

李白五十四、五歳頃の作と伝えられる。世にあることは大夢に似たりという、放浪詩人李白晩年の、夢も大望も、諦《あきら》めざるを得ないと悟った頃ではなかろうか。哀情に満ちた一首なれど、どこか自分を客観視した、ある到達の心境がうかがえる。あの楽天的な陸游にも「老いて悲傷の多いのが常である」という言葉がある。

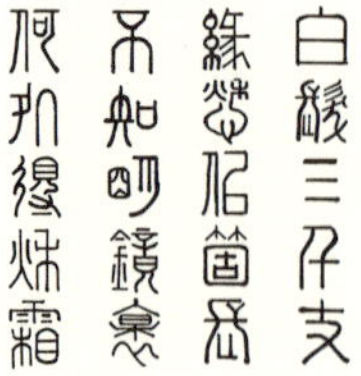

秋浦歌

白髪三千丈
縁愁似箇長
不知明鏡裏
何処得秋霜

白髪三千丈
愁いに縁《よ》って箇《かく》の似《ごと》く長し
知らず明鏡《めいきょう》の裏《うら》
何《いず》れの処よりか秋霜《しゅうそう》を得たる

李白故里・白玉堂
（四川省江油市，2001年６月撮）

老境に入った愁い

三千＝多いことのたとえ。似箇＝如此。秋霜＝白髪のたとえ。

【妙趣閑話86】

▼下穿き用

晋の范宣《はんせん》は、廉潔で質素な人であった。あるとき太守の韓伯《かんはく》が絹百匹を賜ったが受け取らなかった。五十匹に減らしたが、やはり受け取らない。韓伯は半分ずつ減らしていき、最後には一匹にしたが、それでもついに受け取らない。その後、韓伯は范宣と車に同乗したとき、絹二丈を半分に裂いて范宣にさし出し「いくらなんでも、奥さんに下穿きをはかせないわけにはいかないでしょう」といった。范宣も笑いながら受け取った。

（世説新語）

夜の砧を聞く

唐　白居易

誰が家の嫁が打つかや砧《きぬた》の音
八月と九月は夜が長くなり
夜明けまで打ちつづけては頭髪の

月影さむく風つよき夜
帛《きぬ》打つ音のとぎれるはなし
一度《ひとたび》打てば一筋白し

砧《きぬた》＝布をやわらげたり、つやを出したりするのに用いる木、または石の台。帛＝きぬ、にしき、ぬさ。

もうこうなれば悲哀の一言に尽きる。夫への思慕も枯れはてて、月苦しく、風凄まじき長き夜、白髪まじりの髪ふりみだし、一声添え得たり一茎の糸。李白とは違う白楽天の世界か。

夜聞砧

誰家思婦秋擣帛　月苦風凄砧杵悲
八月九月正長夜　千声万声無了時
応到天明頭尽白　一声添得一茎糸

誰《た》が家の思婦《しふ》か秋に帛《きぬ》を擣《う》つ　月苦しく風凄まじくして砧杵《きぬた》のおと悲し
八月九月正《まさ》に長き夜　千声万声了るの時無し
応《まさ》に天明に到らば頭《こうべ》尽く白かるべし　一声添え得たり一茎《いっけい》の糸

思婦＝妻。

秋思

唐　許渾《きょこん》
（七九一－八五四？）

庭木にもまた寝具にも秋冷が
声高ら歌いて鏡看《み》ては掩《おお》う

楚雲湘水《そうんしょうすい》遊びし朋友《とも》を
昨の少年今は白頭

楚雲湘水＝楚の雲や山や河、友と遊んだ思い出の地。

「花下酒に対するの詩」と白楽天も歌っているとおり、老いの身になって顧ると、誰の目にも光陰の走りは速く「昨日の少年今は白頭」は、昔も今も実感そのものである。

許渾、字は用晦《ようかい》、江蘇省丹陽県の人。八三二年の進士。その詩は清廉律詩を得意とする。

秋　思

琪樹西風枕簟秋　楚雲湘水憶同遊
高歌一曲掩明鏡　昨日少年今白頭

琪樹《きじゅ》の西風枕簟《ちんてん》の秋　楚雲湘水《そうんしょうすい》同遊を憶《おも》う
高歌一曲明鏡《めいきょう》を掩《おお》う　昨日の少年今は白頭

琪樹＝珠のように美しい木。雪をかぶった木のさま。**枕簟**＝まくらと竹で編んだたかむしろ。

除夜の作

唐　高《こう》適《てき》
（七〇二?―七六五）

大晦日《おおみそか》一人宿屋に寝つかれず　旅愁いやまし寒さはつのる
故郷《ふるさと》は我れを想いて偲ぶらん　白髪ふえて歳を重ねん

除夜＝大晦日の夜。

寂寥感とともにわびしさが伝わってくる。「霜鬢《そうびん》明朝又一年」からは、新年のめでたさはどうしても感じられぬ。

高適、字は達夫《たつぷ》、仲武《ちゅうぶ》とも。河北省の人。唐代詩人中随一の栄達者。五十歳にして初めて詩作を学ぶ。『高常侍集《こうじょうじしゅう》』八巻がある。

除夜作

旅館寒灯独不眠　　旅館の寒灯《かんとう》独り眠らず
客心何事転凄然　　客心《かくしん》何事ぞ転《うた》た凄然《せいぜん》
故郷今夜思千里　　故郷今夜千里を思う

旅館寒燈獨不眠
客心何事転淒然
故郷今夜思千里

霜鬢明朝又一年

霜鬢明朝又一年

霜鬢《そうびん》明朝又一年

客心＝旅人の想い。旅情。**転**＝いよいよ。ますます。**凄然**＝さむざむとしていたましいさま。**霜鬢**＝霜をおいたように白い鬢の毛。耳ぎわの毛。

【妙趣閑話87】

▼一の字（一字）

父親、一の字を幼児に教える。あくる日、子供がそばにいるとき、父親はちょうど卓を拭いていたので、ぞうきんで卓に一の字を書いてみせ、子供に何と読むと聞くと、子供、知らぬという。「昨日教えた一の字じゃないか」というと、子供目を丸くして、「たった一晩のうちにどうしてこんなに大きくなったの？」。

（笑府）

【妙趣閑話88】

▼半分わけ

兄弟が共同で畑を作った。収穫のときになって、兄が弟にいった。「半分わけにしよう。おれが上半分を取るから、おまえは下半分を取れ」。「それは不公平じゃないか」と弟がいうと「そんなことはない。来年はおまえが上半分を取り、おれが下半分を取ることにすれば同じじゃないか」。

さて、翌年になって、弟が兄に種蒔きをせかせると、「そう急ぐことはない。今年は芋をつくるんだから」。

（笑府）

秋朝鏡を見る

唐　薛《せつ》　稷《しょく》
（六四七－七一三）

旅に出て宿の庭木は早や裸　夜半に坐《ざ》せば秋風の声
朝目覚め鏡を見れば白き鬢《びん》　わが生涯はこの鏡中《きようちゆう》に

昔人にあらずとも、日頃容姿を気にしない老人がふと鏡を凝視すると、乱髪白く、髭《ひげ》はゴマ塩、白き鬢《びん》は耳を掩《おお》うごとく、我れと我が顔に驚くことがある。が、これは誰の顔でもない、自分のものだ。この詩の結句「生涯は鏡中に在り」は、納得せざるを得ぬ。

秋朝覧鏡

客心驚落木　　客心《かくしん》落木に驚き
夜坐聴秋風　　夜坐《やざ》秋風を聴く
朝日看容鬢　　朝日容鬢《ようびん》を看《み》れば
生涯在鏡中　　生涯鏡中に在り

鏡に照らして白髪を見る

唐　張九齢《ちょうきゅうれい》
（六七三―七四〇）

昔見た大き望みもくだかれて　行手よろめく老いの身となる
誰《だれ》か知る我が身うつせば鏡裏には　我れと影とがたがいあわれむ

張九齢、字は子寿《しじゅ》、広東省曲江の人。玄宗に仕え、名宰相とうたわれたが、李林甫《りりんぽ》一派と意見が合わず退く。『曲江集』二十巻がある。

照鏡見白髪

宿昔青雲志
蹉跎白髪年
誰知明鏡裏
形影自相憐

宿昔《しゅくせき》青雲の志
蹉跎《さた》たり白髪の年
誰か知らん明鏡《めいきょう》の裏《うら》
形影《けいえい》自ら相憐《あいあわれ》まんとは

宿昔＝昔から。蹉跎＝つまずく。よろよろする。

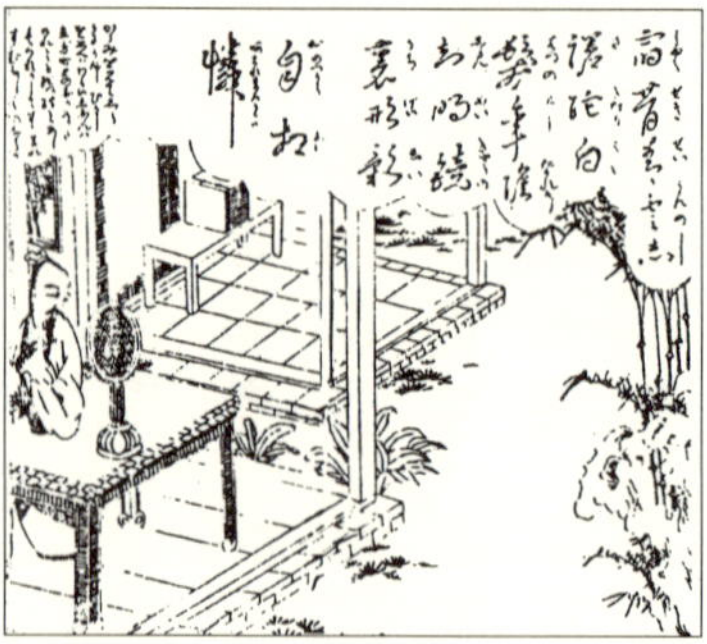

照鏡見白髪（『唐詩選画本』より）

▼共用　【妙趣閑話89】

蘇州へ商用で行く男、友人に、「蘇州人は何でも倍くらいにいうから半分に思えばよい」と教えられた。蘇州へ行ったその男、ある人に、「お名前は」と聞くと「陸《りく》（六）と申します」といったので、ははあ、六というと、三男坊というわけか。「お住居は幾間で?」、「五間です」。ははあ、二間半というわけか。「ご家族は何人で?」、「女房一人きりです」。ははあ、誰かと共用してるわけか。

（笑府）

▼下女のおなら（屁婢）　【妙趣閑話90】

下女たまたま主人の前でおならをした。主人腹を立て、笞《むち》で叩こうとしたところ、ふっくらと白い尻なのにふときざして、これとねんごろになった。あくる日、主人が書斎にいると、突然戸を叩く音がしたので「誰だ」と聞くと、その下女である。「何の用か」と聞くと「わたし、さきほどもおならが出ました」。

（笑府）

歳暮に南山に帰る

唐　孟浩然

参内《さんだい》し書を上《たてまつ》ることをやめ　南山《なんざん》の里庵《いおり》に帰る
働きが足らざりしかば見すてられ　病多くて友も離れる
白髪は年ごとに増え老を識《し》り　わが春尽きて晩年近き
あれこれと愁い多くて寝つかれず　松が枝透《えとお》す月影むなし

この詩については、第三句「不才明主棄」を玄宗が見て、「朕はお前を見すてた覚えはないが、お前の方が予に仕えようとしなかったのではないか」と不快感を表わし、孟浩然は玄宗に仕えないまま、故里に帰ったとある。

歳暮帰南山

北闕休上書
南山帰弊廬

北闕《ほっけつ》書を上《たてまつ》るを休《や》め
南山《なんざん》の弊廬《へいろ》に帰る

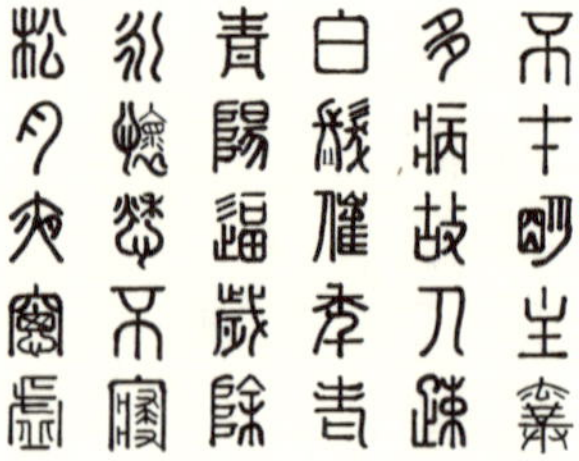

不才明主棄
多病故人疎
白髪催年老
青陽逼歳除
永懐愁不寐
松月夜窓虚

不才《ふさい》にして明主《めいしゅ》棄《す》て
多病にして故人疎《そ》なり
白髪年老を催《もよお》し
青陽歳除《せいようさいじょ》に逼《せま》る
永懐《えいかい》愁いて寐《い》ねられず
松月夜窓《やそう》虚《むな》し

北闕＝北の宮門。**弊廬**＝粗末な庵。**不才**＝働きがない。**明主**＝聡明な天子。玄宗を指す。**青陽**＝春の異称。青春。**歳除**＝大みそか、人生の晩年にたとえる。**永懐**＝永く心に思う。

▼下が硬い（底下硬）　【妙趣閑話91】

夜食の後さきに板の寝床にあがって寝た亭主、寝返りを打って「下がやけに硬いや」というのを、台所にいた女房が聞きつけて、「まあそうせきなさんな。跡片づけがすんだら、すぐ行くからさ」。

（笑林広記）

殷亮に贈る

唐　戴叔倫《たいしゅくりん》
（七三二―七八九）

今日もまた川の流れは変わらじも　ゆく春はやく秋また悲し
ふるさとの山中の宅誰もなく　俗事のうちに互いに白髪《しらが》

老いを重ねて、ふと過ぎ越し時をふりかえれば、光陰はまさに矢のごとく、為《な》すこともなく、「風塵に来往して共に白頭」は共感そのものである。殷亮《いんりょう》は、作者の友人なるも詳細不明。
戴叔倫、字は幼公、江蘇省金壇県の人。撫州の刺史。晩年出家して道士となる。均水法《きんすいほう》を作る。

贈殷亮

日日河辺見水流　　日日河辺《かわべ》に水流を見る
傷春未已復悲秋　　春を傷《いた》んで未《いま》だ已《や》まざるに復《ま》た秋を悲しむ
山中旧宅無人住　　山中の旧宅人の住む無く
来往風塵共白頭　　風塵に来往して共に白頭

風塵＝俗世間のいとなみ。

白頭を悲しむ翁に代わる

唐　劉希夷《りゅうきい》（六五一―六七八）

洛陽の東は桃李《とうり》の花ざかり　ひらひら舞って誰《た》が家に落つ
洛陽の娘はおそる化《ふ》けるのを　落花を見てはためいきをつく
花も散り若き容姿もうつろいで　やがて来る年誰か花見ん
松柏《しょうはく》もいつか伐られて薪《まき》となる　昨日は桑田《そうでん》今日は湖沼《こしょう》と
その昔花賞《め》でし人今はなく　すぎし落花の今その風を
年年に花咲きほこり似たれども　同じからざる歳歳《さいさい》の人
忠告す血気盛んな若者よ　憐れみよせよ老人たちに
この翁《おきな》頭白くてふびんでも　これでも昔美少年なり
王侯や貴族の子らと樹の下で　花吹雪《はなふぶき》浴び歌えや舞えや
釣殿《つりどの》につづれ錦の敷物を　立派な邸で贅沢三昧

病得て一度《ひとたび》臥せば見舞いなく
若き日の眉目秀麗《びもくしゅうれい》いつまでぞ
歌舞に暮る昔の栄華洛陽城

三春《さんしゅん》の楽思い出のみに
たちまちにして白髪みだる
今黄昏《たそがれ》に啼鳥《ていちょう》哀し

松柏＝柏はこのてかしわ、また柏槙《びゃくしん》、イブキの一品種、松とともに墓地にあるときわ木。釣殿＝寝殿造の泉水に臨んで建てた殿舎。つづれ錦＝褸錦。やぶれ衣、襤褸《らんる》。三春＝初春、仲春、晩春、春の三カ月。

歳歳年年同じからざる人が、年年歳歳同じことを繰り返し年老いてゆく、まさに寂寞の愁い。作者二十余歳のときの作品とは。

劉希夷、字は庭芝《ていし》、河南省許昌市の人。美男であったが、酒色にふけりおちぶれたまま死んだ。妻の父宋之問が「年年歳歳」の句を譲ってほしいと言ったが、それを拒んだために殺されたともいう。

代悲白頭翁

洛陽城東桃李花　飛来飛去落誰家
洛陽女児惜顔色　行逢落花長歎息
今年花落顔色改　明年花開復誰在

洛陽城東桃李《とうり》の花　飛び来たり飛び去って誰《た》が家にか落つ
洛陽の女児は顔色《がんしょく》を惜しみ　行《ゆくゆく》落花に逢うて長く歎息す
今年花落ちて顔色《がんしょく》改まり　明年《みょうねん》花開いて復《ま》た誰《だれ》か在る

已見松柏摧為薪　更聞桑田変為海
古人無復洛城東　今人還対落花風
年年歳歳花相似　歳歳年年人不同
寄言全盛紅顔子　応憐半死白頭翁
此翁白頭真可憐　伊昔紅顔美少年
公子王孫芳樹下　清歌妙舞落花前
光禄池台開錦繍　将軍楼閣画神仙
一朝臥病無相識　三春行楽在誰辺
宛転蛾眉能幾時　須臾鶴髪乱如糸
但看古来歌舞地　惟有黄昏鳥雀悲

已《すで》に見る松柏《しょうはく》の摧《くだ》かれて薪《たきぎ》と為《な》るを　更に聞く桑田《そうでん》の変じて海と為《な》れるを
古人復《ま》た洛城の東に無く　今人還《ま》た対す落花の風
年年歳歳花相似《あい》たり　歳歳年年人同じからず
言《げん》を寄《よ》す全盛の紅顔子《こうがんし》　応《まさ》に憐れむべし半死の白頭翁
此翁《このおう》白頭真に憐れむ可《べ》きも　伊《これ》昔紅顔《こうがん》の美少年
公子王孫《こうしおうそん》と芳樹《ほうじゅ》の下　清歌妙舞す落花の前
光禄《こうろく》の池台錦繍《ちだいきんしゅう》を開き　将軍の楼閣《ろうかく》神仙を画く
一朝病に臥せば相識《そうしき》無く　三春《さんしゅん》の行楽誰《た》が辺《あたり》にか在る
宛転《えんてん》たる蛾眉《がび》能く幾時ぞ　須臾《しゅゆ》にして鶴髪《かくはつ》乱れて糸の如し
但《た》だ看《み》る古来歌舞の地　惟《た》だ黄昏《こうこん》鳥雀の悲しむ有るのみ

紅顔＝頬の赤い若人。**公子王孫**＝貴族の子孫。ここでは良家の子女。**芳樹**＝花が咲きにおった木。**光禄**＝官名。**池台**＝釣殿。**相識**＝知り合い。**宛転**＝すんなりまがっているさま。**須臾**＝しばらく、たちまち。**鶴髪**＝白髪。

鏡を覧て老いを喜ぶ

唐　白居易

気を楽に私のはなしを聞いてくれ
老いることをば悲しむなかれ
生きること執着するに足らざれば
年寄ることとは生き甲斐多し
生きること嬉しいことで楽しくば
若死にせずば衰えてくる
老いざれば若死にをすることであり
若死によりも嬉しきとせよ
老人は力おちるがあたりまえ

原詩全二十八句より、八句を掲出する。
大方の詩人が、老いを悲観的に、白髪を歎じて歌ったが、これはこれ、白楽天の生の哲学を観る思いがする。そしてこの後に、髪が白くても、ひげが白くのびても、それは慶ばしいことであり、一杯やってお祝いしようと続く。

覧鏡喜老

従容聴我詞　　従容《しょうよう》として我が詞《ことば》を聴け

生若不足恋　老亦何足悲
生若苟可恋　老即生多時
不老即須夭　不夭即須衰
晩衰勝早夭

白居易

生を若《も》し恋《した》うに足らざれば　老いも亦《ま》た何ぞ悲しむに足らん
生を若《も》し苟《いやし》くも恋《した》う可《べ》しとせば　老いは即《すなわ》ち生きて時多きなり
老いざれば即《すなわ》ち須《すべか》らく夭《わかじに》すべく　夭《わかじに》せざれば即《すなわ》ち須《すべか》らく衰うべし
晩《おそ》く衰うるは早く夭《わかじに》するよりも勝る

▼処世　【妙趣閑話92】

毛虫は蚕に似ている。うなぎは蛇に似ている。人は誰でも、蛇や毛虫の類を見れば、ゾッとして怖《お》じ気《け》をふるわない者はない。これにひきかえ、蚕は娘の手に飼われ、うなぎは漁夫が喜んで捕える。それはほかでもない、金になるかならないかの違いなのである。

（説苑《ぜいえん》）

十四　家郷思慕

静夜思

唐　李白

月影は白く輝き牀《とこ》の前
我が目疑う霜かと紛《まが》う
頭《こうべ》あげ山にかかれる月見れば
故郷《ふるさと》いかにふと頭《こうべ》低る

この詩は李白が、九寨溝《きゅうさいこう》から発する岷江《びんこう》から揚子江を下り、旅に出て間もなく、七三一年三十一歳頃の作品のようである。

寝台の前に、霜かと見紛うばかりの月光があり、山月を望み、故郷を思うて、眠れぬ夜を過ごしている。谷崎潤一郎も『文章読本』（中央公論社・中公文庫、一九九二年）の中で、次のように言っている。

（この詩は）「自分の寝台の前に月が照っている。その光が白く冴えて霜のように見える。自分は頭を挙げて山上の月影を望み、頭を低れて遠い故郷のことを思う」と、云うだけのことに過ぎませんけれども、〔略〕いつの時代にも万人の胸に訴える魅力を持っておりますのは、〔略〕一つは主格が入れてないこと、もう一つはテンスが明瞭に示してないこと、〔略〕そして多少なりとも、哀傷的言葉が使ってありましたら、必ず浅はかなものになります。

静夜思

牀前看月光
疑是地上霜
挙頭望山月
低頭思故郷

牀前《しょうぜん》月光を看《み》る
疑うらくは是《こ》れ地上の霜かと
頭《こうべ》を挙《あ》げて山月を望み
頭《こうべ》を低《た》れて故郷を思う

静思夜（『唐詩選画本』より）

鄧小平書「李白故里」
（四川省江油市青蓮，2001年６月撮）

太原の早秋

唐　李白

今年また歳めぐり来て秋風ぞ　大火星また西に流れる
塞《さい》でれば霜のきびしさ早まりて　雲の色にも秋は勝さりぬ
夢めぐるこの城輝《て》らす月影に　心は故郷《くに》の高楼に飛ぶ
この胸に汾河《ふんが》のごとき帰心増し　一日として離愁消えず

汾河＝この当時李白がいた太原を流れる河。

李白三十五歳頃の作とされる。当時は辺境の町とされていた太原《たいげん》にあり、放浪の詩人はこの後も旅愁をうたいつづけることになる。

太原早秋

歳落衆芳歇　時当大火流
霜威出塞早　雲色渡河秋

歳は落ち衆芳《しゅうほう》歇《や》み　時は大火の流るるに当たる
霜威《そうい》は塞《さい》より出ずれば早く　雲色《うんしょく》は河を渡れば秋なり

夢遶辺城月　心飛故国楼
思帰若汾水　無日不悠悠

夢は遶《めぐ》る辺城の月　心は飛ぶ故国の楼に
帰るを思うこと汾水《ふんすい》のごとく　日として悠悠《ゆうゆう》たらざるは無し

衆芳歇＝春の花々は香りが消え。**大火**＝大火星。**塞**＝国境の要塞。とりで。

【妙趣閑話93】

▼鳳の字

竹林の七賢人の一人嵆康《けいこう》は、呂安《りょあん》と仲がよかった。二人は互いにいったん相手のことを思うと、たとえ千里を離れていても、馬車をとばして会いに行くというありさまであった。

あるとき呂安が訪ねていくと、嵆康は居らず、兄の嵆喜《けいき》が留守居をしていた。嵆喜が呂安を迎え入れようとしたが、呂安は内に入らず、門に「鳳」という字を書いて帰っていった。嵆喜はそれを弟に対するほめ言葉だと思ってよろこんだが、帰ってきた嵆康はその字を見て、「あいつめ」と苦笑した。鳳という字を分解すると凡鳥となる。鳥は罵語で、凡鳥とは「くそやろう」という意味である。せっかく訪ねてきたのに居らぬとは、この「くそやろうめ」という意味だったのである。

（世説新語）

春夜洛城に笛を聞く

唐　李　白

誰が家の玉笛《ぎよくてき》なるか暗に聞く　春風に乗り洛陽に流る
曲中に折楊柳《せつようりゆう》を耳にせば　誰彼《だれかれ》もみな故里《こり》想わざる

玉笛＝玉で作った立派な笛。**折楊柳**＝折楊柳の曲、別れの曲。

放浪詩人李白としては、春夏秋冬故郷のことは頭から離れることはなかったであろう。この「折楊柳」という曲は、当時の中国人に別離のメロディーとして強烈に浸透していたようだ。李白自身の体感詩でもあったであろう。

春夜洛城聞笛

誰家玉笛暗飛声　誰《た》が家の玉笛《ぎよくてき》ぞ暗に声を飛ばす
散入春風満洛城　散《さん》じて春風に入って洛城に満つ
此夜曲中聞折柳　此《こ》の夜曲中に折柳《せつりゆう》を聞く
何人不起故園情　何人か故園《こえん》の情を起こさざらん

故園＝ふるさと、故郷。

絶句

唐　杜甫

河みどり飛ぶ鳥いよよ白くして　山は青くて花燃えんとす
今年また春はみすみす過ぎんとす　帰れる年はいつの日来るか

杜甫五十一歳頃、成都における作という。ゆく春を惜しみ、望郷の念にかられての作か。
この時期、高適が杜甫に贈った詩に、「人日杜甫二拾遺に寄す」というのがある。「人日」は旧暦正月七日の節句のこと。杜甫はこのとき粛宗に諫言して怒りにふれ、官を辞して成都郊外浣花草堂にあった。高適が贈った詩の結句三句に、「役人になり年をとろうとは思いもかけず老衰の身に二千石の俸給をいただいていますが、あなたのように、あちらこちらに流浪できる人に恥ずかしく思います」とある。高適から見れば、宮仕えでしばられているよりも自由に放浪できる杜甫のような「東西南北の詩人生活」がうらやましかったのであろう。

絶句

江碧鳥逾白

江碧鳥逾白　江碧《みどり》にして鳥逾《いよいよ》白く

山青花欲然
今春看又過
何日是歸年

山青花欲然
今春看又過
何日是帰年

山青うして花然えんとす
今春 看《みすみす》 又過ぐ
何《いず》れの日か是《こ》れ帰年《きねん》

浣花草堂の内部の様子
（成都郊外，2001年 6 月撮）

磧中の作

唐　岑《しん》参《じん》
（七一五―七七〇）

磧中＝沙漠。

馬走る砂漠の中の地平線　家を出てより満月二回
今宵はも何《いず》れの処宿とせん　見わたすかぎり人家は見えず

進士に合格したが、西域での功を望んで、長く辺境に従軍した。
岑参、湖北省江陵県の人。他説では河南省南陽市の人ともいう。辺塞《へんさい》地での生活が長く、多くの辺塞詩をのこす。『岑嘉州詩集』四巻がある。

磧中作

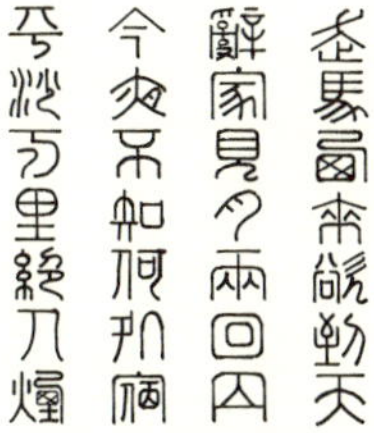

走馬西来欲到天
辞家見月両回円
今夜不知何処宿
平沙万里絶人煙

馬を走らせて西来《にしのかた》天に到《いた》らんと欲す
家を辞して月の両回円《りょうかいまど》かなるを見る
今夜は知らず何《いず》れの処《ところ》にか宿《しゅく》せん
平沙《へいさ》万里人煙《じんえん》を絶《ぜっ》す

磧中作（『唐詩選画本』より）

平沙＝果てしなく広がっている平らな沙漠。万里＝はるかに遠くまで。人煙＝人家から上る煙。

【妙趣閑話94】

▼七カ月の児（七月児）

妊娠七カ月で男児が生まれた。その夫、子供が育たぬのではないかと恐れ、会う人ごとにたずねる。ある日も友人にその話をすると、その友人が「その月なら大丈夫だ、僕の祖父も七カ月で生まれたんだから」。男がびっくりして、「そうすると、その祖父様は、その後無事にお育ちになったのですか」。

（笑林広記）

【妙趣閑話95】

▼拳を打つ（豁拳）

嫖客《ひょうかく》、妓と意気投合し、一緒に死のうと約束し、毒酒を二杯用意したが、妓は客に、先に飲んで下さいという。客が飲み終わり、妓を促すと、妓は拳《けん》を出して、「わたし、お酒はいけない方ですから、あなたと拳を打って、負けたものがこの杯を飲むことにしましょうよ」。拳は妓の十八番《おはこ》である。そうでなければ、拳を打とうとはいうまい。

（笑府）

京に入る客に逢う

唐　岑参

ふり返る東の方ははるけくも　故郷《ふるさと》しのび涙はつきず
行き交《か》いし馬上で逢えど紙筆なし　無事にしことを君伝えかし

岑参が今の新疆《しんきょう》省に赴任の途次、逆に長安に帰る使者に出会って、望郷の念いとともに家族に伝言を頼む。

逢入京客
故園東望路漫漫
双袖竜鐘涙不乾
馬上相逢無紙筆
憑君伝語報平安

故園《こえん》東に望めば路《みち》漫漫《まんまん》たり
双袖《そうしゅう》竜鐘《りゅうしょう》として涙乾《かわ》かず
馬上に相《あい》逢うて紙筆《しひつ》無し
君に憑《よ》って伝語《でんご》して平安を報ぜしむ

故園＝故郷。**漫漫**＝遠く広々としたさま。広くてはてしのないさま。**竜《りゅう》鐘《しょう》**＝年老いて疲れ病むさま。涙を流すさま。失意のさま。**憑君**＝君に頼む。

晩

唐　権《けん》徳《とく》輿《よ》
（七五九－八一八）

高き樹に夕陽《ゆうひ》傾き暮れなずみ　一望の江上もやが棚引く
ものさびし舟ばたたたき一人坐し　家郷は遠し千里の愁い

故郷を離れていれば、老境に入るほど望郷の念いは深くなる。
権徳輿、字は載之《さいし》、諡《おくりな》は文。憲宗のときに礼部尚書となる。『権文公集』がある。

晩

古樹夕陽尽　空江暮靄収
寂寞扣舷坐　独生千里愁

古樹《こじゅ》夕陽《ゆうひ》尽き　空江《くうこう》暮靄《ぼあい》収まる
寂寞《せきばく》として舷《ふなばた》を扣《たた》いて坐すれば　独り千里の愁いを生ず

空江＝大空の下、広々とした江上に。**暮靄**＝暮れがたのもや。

九月九日山東の兄弟を憶う

唐　王維

ただ一人異郷に暮らすよそものは　佳節《かせつ》に逢えば故郷偲《ふるさとしの》ぶ
はるかにも高きに登り兄弟が　今年は一人欠けて足りずと

九月九日＝重陽の節句。

この詩は、作者十七歳のときの作という。科挙の受験のため長安に滞在中で、一人異郷の地にあり、心細さと不安で、「佳節に逢う毎に倍《ますます》親《しん》を思う」と。

九月九日憶山東兄弟

独在異郷為異客
毎逢佳節倍思親
遙知兄弟登高処
遍挿茱萸少一人

独《ひと》り異郷に在《あ》って異客《いかく》と為《な》り
佳節《かせつ》に逢う毎に倍《ますます》親《しん》を思う
遙《はる》かに知る兄弟高きに登る処《ところ》
遍《あまね》く茱萸《しゅゆ》を挿《さ》して一人を少《か》くを

うたたねをする科挙の受験生。
合格の夢を見ている（明代）

異客＝旅人。**登高**＝重陽の節句に菊酒をくみ、災厄を払うために小高い処に登る。**茱萸**＝和名カワハジカミ、節句にはこれをかざして邪気を払う。

▼雅号 【妙趣閑話96】

ある人、所用で遠くへ行かなければならなくなり、友人から馬を借りようと思って、「駿足一騎拝借仕度」という手紙を持たせてやった。友人それを読んで、「この駿足というのは何のことだ」と聞く。「馬のことでございます」というと「ほほう、馬にも雅号があるのか」。

（笑府）

十五　別涙悲歌

酒を勧む

唐　于《う》武《ぶ》陵《りよう》（八一〇―？）

君と酌むこの盃で受けてくれ　満満《なみなみ》つぐぞ辞さざるを乞う
花咲けば嵐が散らす世の常ぞ　人世《ひとよ》は哀《かな》し会うは別れぞ

結句に「人生別離《べつり》足る」とある。「足る」は多しで、常のこと。サヨナラが生別か死別か、否否生別も即死別に同じ、広い大陸、この当時交通の便なし。「万古の愁い」はここにもある。アメリカやヨーロッパに行く人をバイバイと手を振って軽く別れる現今とは、この当時のサヨナラの重みは全然違っている。

于武陵、名は鄴《ぎよう》、陝西省西安市の人。官職につかず各地を放浪し、晩年嵩山《すうざん》の南（洛陽市）に隠棲した。詩集一巻がある。

勧　酒

勧君金屈卮　君に勧む金屈卮《きんくつし》
満酌不須辞　満酌《まんしやく》辞するを須《もち》いず

花発多風雨
人生足別離

花発《ひら》いて風雨多し
人生別離《べつり》足る

金屈卮＝黄金製の取っ手のついてる杯。卮は杯のこと。

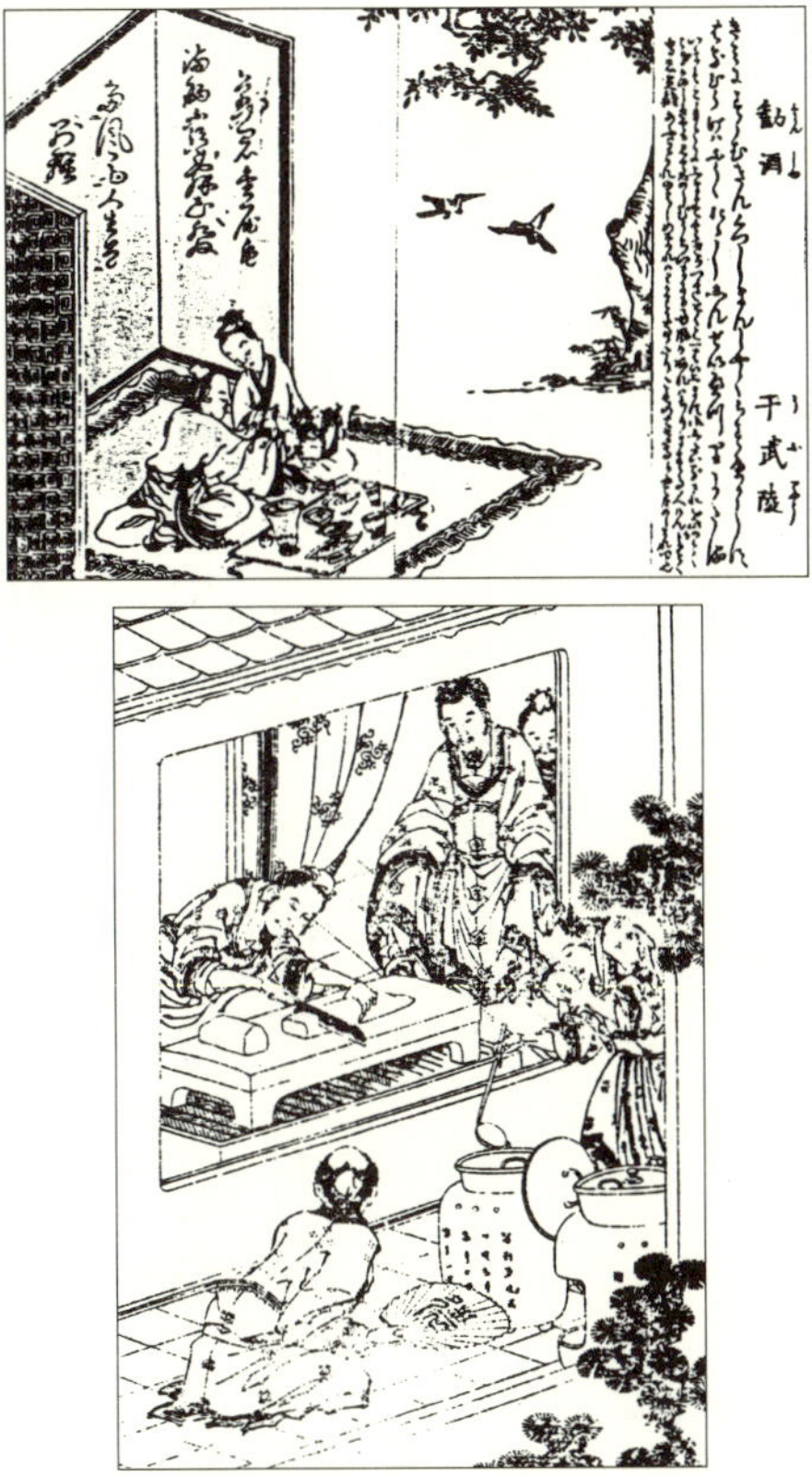

歓酒（『唐詩選画本』より）

元二の安西に使いするを送る

唐　王維

朝の雨降りて渭城《いじょう》はすがすがし　柳芽ざめる我が宿のまえ
別れては飲むことはなしもう一献《いっこん》　陽関《ようかん》去れば朋友《とも》もなからん

元二＝元は姓、元家の二男。**渭城**＝咸陽。**陽関**＝西域に通じる関所、玉門関の南。

古来送別の歌として最も有名。当時陽関を出て西域に旅する者を送っては、送る者も、送られる者も、于武陵の「人生別離足る」であり、一期《いちご》の別れを覚悟せねばならぬほどのことであったであろう。

渭城朝雨浥軽塵
客舎青青柳色新
勧君更尽一杯酒
西出陽関無故人

送元二使安西

渭城朝雨浥軽塵
客舎青青柳色新
勧君更尽一杯酒
西出陽関無故人

渭城《いじょう》の朝雨軽塵《けいじん》を浥《うるお》す
客舎《かくしゃ》青青 柳色《りゅうしょく》新たなり
君に勧《すす》む更に尽くせ一杯の酒
西のかた陽関《ようかん》を出《い》ずれば故人《こじん》無からん

▼婆肉　【妙趣閑話97】

ある肉屋、豚の婆肉ばかり並べていたが、小僧に向かって、「婆肉だといってはならんぞ」ときびしくいいつけた。しばらくすると客が来た。小僧は客に見破られることをおそれて、「うちでは婆肉は売っておりません」といった。すると客は気づいて買わずに行ってしまった。主人が怒って「あれほどいっておいたのに、なぜこっちから疑われるようなことをいうんだ」といい、小僧を殴った。

やがてまた客が来た。小僧が黙っていると、客は肉を見て、「この肉はなんだか婆肉のようだな」といった。すると小僧は「今度は私がいったのじゃありませんからね」といって主人を見た。

（笑府）

▼人相見を見る（相相）　【妙趣閑話98】

テントを張ってカモを待ってた人相見、通行人の一人をつかまえて人相を見てやろうという。するとその男、「いやわしがお前さんを見てやる」というので人相見が「どう見立てました」と聞くと、「お前さんのは決して当たらぬと見立てた」。

（笑府）

浥＝しめす、ぬらす。客舎＝旅館。故人＝ふるくからの友。

老母に別る

清　黄景仁《こうけいじん》
（一七四九－一七八三）

部屋に入り母に別れのあいさつを　白髪《はくはつ》の母涙かれはて
柴《しば》の戸をたたく風雪この離愁《りしゆう》　息子ありても無きに如《し》かずと

黄景仁、字は仲則《ちゆうそく》、江蘇省武進県の人。地方の大官の客となって各地を転々とし、貧と病のうちに三十四年の生涯を終える。

この詩は、黄景仁二十二歳の作という。若いときから詩才を期待されたが、科挙に失敗して志を得なかった。

別老母

搴帷拜母河梁去　白髮愁看淚眼枯
慘慘柴門風雪夜　此時有子不如無

帷《とばり》を搴《かかげ》て母を拝し河梁《かりよう》に去る　白髪愁えて看《み》る涙眼枯《るいがんか》るを
惨惨《さんさん》たる柴門《さいもん》風雪の夜　此《こ》の時子有るは無きに如《し》かず

河梁＝河にかけた橋。送別のこと。人を送って川の橋のたもとで別れる意。**惨惨**＝憂いいたむさま。暗いさま。

友人を送る

唐　李白

町の北青青とした山脈が町の東に清き流れが
この町に別れを告げて風にとぶよもぎのごとく万里のかなたに
空に浮く雲のごときが君の意か落ちる夕陽はわが心意気
手を振って別れをおしみ去らんとすものさびしげに馬もいななく

この詩の友人とあるは誰を指すか不明であるが、五、六句「浮雲遊子《ふうんゆうし》の意《い》、落日《らくじつ》故人の情」は絶妙とやいわんか。

送友人

青山横北郭　白水遶東城
此地一為別　孤蓬万里征
浮雲遊子意　落日故人情

青山北郭《ほくかく》に横たわり　白水《はいすい》東城を遶《めぐ》る
此《こ》の地一たび別れを為《な》し　孤蓬《こほう》万里に征《ゆ》く
浮雲遊子《ふうんゆうし》の意《い》　落日《らくじつ》故人の情

揮手自茲去　蕭蕭班馬鳴

手を揮《ふ》って茲《ここ》より去れば　蕭蕭《しょうしょう》として班馬《はんば》鳴く

孤蓬＝一本のよもぎ、蓬は根が浅く風に飛びやすい。**遊子**＝旅人。**故人**＝旧友、ここでは李白。**蕭蕭**＝ものさびしいさま。馬のいななく声。**班馬**＝隊列をはなれた馬。

友人を送る（『北斎唐詩選画本』より）

【妙趣閑話99】

▼泳ぎの稽古（学泳水）

ある医師、診立《みた》てそこないから人を死なせてそこの家に縛られたが、夜中にそっと脱け出し、川を泳ぎ渡って逃げ帰る。すると息子が「脈訣《みゃくけつ》」（医者の虎の巻）を勉強していたので、「これせがれや、本を読むのは二の次だ。それより泳ぎの稽古がかんじんじゃぞ」。

（笑府）

労労亭

唐　李白

何処《どこ》よりも人の心を傷《いた》ましむ　その名は「労労《ろうろう》」別離のところ
春風も別れのつらさよく知れば　柳の枝に芽を吹かさせず

労労亭《ろうろうてい》は金陵の南の郊外にある旅人を送る亭である。
中国では古くから「折楊柳《せつようりゅう》」という習慣があった。春柳が青む頃旅立つ人に、その楊柳の枝を折って、旅の一路平安と旅中の健康を祈って渡す風習である。

労労亭

天下傷心処　　天下傷心《しょうしん》の処《ところ》
労労送客亭　　労労客《ろうろうかく》を送るの亭
春風知別苦　　春風別れの苦しきを知り
不遣柳条青　　柳条《りゅうじょう》をして青から遣《し》めず

汪倫に贈る

唐　李白

われ李白舟に乗りてぞ行かんとす　とつぜん聞こゆ岸上《がんじょう》の踏歌《とうか》
千尺の桃花潭水《とうかたんすい》深さでも　汪倫《おうりん》が義にとても及ばず

踏歌＝足で大地を踏みならし拍子をとって歌う。**桃花潭**＝安徽省涇県にある淵。

李白が安徽省桃花潭に遊んだとき、美酒でもてなした汪倫の厚情に感謝して贈った詩。逆境流浪中であれば、村人の厚意は一入《ひとしお》心にこたえるものがあったのだろう。「汪倫の子孫今に至るまでその詩を宝とす」と、元の楊斎《ようさい》が述べている。

贈汪倫

李白乗舟将欲行
忽聞岸上踏歌声
桃花潭水深千尺
不及汪倫送我情

李白舟に乗って将《まさ》に行かんとす
忽《たちま》ち聞く岸上踏歌《がんじょうとうか》の声
桃花潭水《とうかたんすい》深さ千尺
汪倫《おうりん》我れを送るの情に及ばず

十六　友誼相思

客至る

唐　杜甫

わが家の南も北も雪融《ゆきと》けで　群れ翔ぶ鷗《かもめ》今日もまた来る
客あれど花咲く小径《こみち》掃《はら》わぬを　いま君がため枝折戸《しおりど》開く
市《いち》遠くご馳走とてはあらざるも　家貧なれど濁酒《どぶろく》のみは
おとなりの老爺《ろうや》とともに語らんか　垣根越し呼び呑みつくそうぞ

この詩は、杜甫四十九歳の頃（七六一年）の成都浣花草堂《かんかそうどう》にいたときの作という。「花径《かけい》曾《かつ》て客に縁《よ》って掃《はら》わず、蓬門《ほうもん》今始めて君が為《ため》に開く」となれば、杜甫にとって、余程嬉しい大事なお客さんであったのであろう。

杜甫五十九年の生涯で、この浣花草堂での生活が物心ともに最も安定した時代であったとされている。今ここを訪れてみれば、当時のたたずまいもかくやと思われるものがあるが、大都会になった成都と隣接しており、やがてここらあたりもその開発喧噪にまきこまれるのではないかと危惧される。

客至

舎南舎北皆春水
但見群鷗日日来
花径不曾縁客掃
蓬門今始為君開
盤飧市遠無兼味
樽酒家貧只旧醅
肯与隣翁相対飲
隔籬呼取尽余杯

舎南舎北《しゃなんしゃほく》皆春水
但《た》だ見る群鷗《ぐんおう》の日日来るを
花径《かけい》曾《かつ》て客に縁《よ》って掃《はら》わず
蓬門《ほうもん》今始めて君が為《ため》に開く
盤飧《ばんそん》市《いち》遠くして兼味《けんみ》無く
樽酒家貧にして只《ただ》旧醅《きゅうばい》
肯《あえ》て隣翁と相対して飲めば
籬《かき》を隔てて呼び取って余杯《よはい》を尽くさん

縁客＝お客のために。**蓬門**＝よもぎで葺いた門。隠者や貧者の住まい。**盤飧**＝皿小鉢に盛った食物。**兼味**＝二品以上のごちそう。**旧醅**＝古いもろみ酒。**余杯**＝残杯。

浣花草堂（成都郊外，2001年6月撮）

酒に対して賀監を憶う

唐　李白

四明山《しめいざん》変な男が棲んでいた
長安の都ではじめて会ったとき
昔から彼は大酒好み飲む
腰のもの酒代《さかだい》にしてともに飲む

そは風流人賀季真《がきしん》なりと
我れを呼ぶに仙人かとぞ
今は松下《しょうか》に静かに眠る
涙なくしてあの日想えず

四明山＝中国浙江省寧波の西南にある山。古来霊山として名高い。

李白四十二歳で長安に出たとき、当時長安における詩壇の長老であった賀知章（賀季真）にその才を認められたことにより、玄宗の知遇をも得る。李白にとって賀知章は、最もよき理解者であり、長安社会に出る足掛りをつくってくれた大恩人でもある。

対酒憶賀監

四明有狂客　風流賀季真

四明《しめい》に狂客《きょうきゃく》有り　風流なる賀季真《がきしん》

長安一相見　呼我謫仙人
昔好杯中物　今為松下塵
金亀換酒処　却憶涙沾巾

長安に一たび相見《まみ》えしとき　我れを呼ぶに謫仙人《たくせんにん》なりと
昔杯中《はいちゅう》の物を好み　今は松下《しょうか》の塵と為《な》る
金亀《きんき》酒に換えし処　却《かえ》って憶《おも》えば涙巾《きん》を沾《うるお》す

狂客＝強きをくじき弱きをたすく、任侠の徒。**謫仙人**＝仙界から人間界へ追いおとされた仙人、大詩人の美称。**金亀**＝金製の亀の形の腰飾り。

【妙趣閑話100】

▼税より恐いものはなし

孔子が斉の国へ行こうとして、泰山のふもとにさしかかったとき、いかにも悲しげな女の声が聞こえてきた。「あの悲しみようはただごとではない、重なる不幸にうちひしがれているようだ」とつぶやき、子貢をやってわけをたずねさせた。女が答えるには、「昔、舅が虎に食い殺され、次に夫が、今また息子まで食い殺されてしまいました」。そこで子貢が「どうして今までこんな物騒な土地にとどまっていたのか」とたずねると、「税金が安かったからです」との答え。子貢がもどって孔子に報告したところ、孔子がいうには、「みんなよくおぼえておくがよい。重税は暴虎よりもおそろしいものだよ」。

（孔子家語）

八月十五日夜禁中に独り直し月に対して元九を憶う

唐　白居易

宮中の大廈《たいか》高楼夜のとばり
今宵しも十五夜の月中空に
君がいる渚宮《しょきゅう》の東波《なみ》冷《ひ》やか
気がかりはこの名月を君見しや

一人宿直《とのい》で君を想いて
遠く二千里彼《か》の友いかに
浴殿《よくでん》の西鐘《にししょう》の音深し
友が住む辺《へ》は湿気多しと

渚宮＝なぎさのほとりの宮殿。楚王の宮殿。

詩題のごとく、中秋名月の夜、たまたま禁中に独り宿直し、遠く湖北省の地方事務官に左遷されていた親友の元稹を想って歌った詩。時に元和五（八〇九）年三十九歳の作という。

八月十五日夜禁中独直対月憶元九

銀台金闕夕沈沈　独宿想思在翰林

銀台金闕《ぎんだいきんけつ》夕沈沈《ちんちん》　独《ひと》り宿《しゅく》し想思翰林《かんりん》に在り

三五夜中新月色　二千里外故人心
渚宮東面煙波冷　浴殿西頭鐘漏深
猶恐清光不同見　江陵卑湿足秋陰

三五夜中新月の色　二千里外故人の心
渚宮《しょきゅう》の東の面《へ》に煙波《えんぱ》は冷《ひ》やかに　浴殿《よくでん》の西の頭《へ》に鐘漏《しょうろう》は深し
猶《なお》恐る清光《せいこう》を同じく見ざるを　江陵《こうりょう》は卑湿《ひしつ》にして秋陰《しゅういん》足《おお》し

金闕＝皇居の門、禁門、御所。**沈沈**＝静かなさま、夜がふけわたってひっそりしたさま。**翰林**＝中国唐玄宗の朝以来、名儒・学者を召して、詔勅・応制の文を作らせた官庁。清朝では国史の編さん。経書の侍講をも掌らせた。**三五夜**＝八月十五日夜。**煙波**＝末はかすんで見えるほど遠くまで波が続いているさま。**鐘漏**＝時を告げる鐘と水時計。**清光**＝清らかな月光。**卑湿**＝土地が低く湿気が多い。

▼農繁期　**【妙趣閑話101】**

ある男、重罪を犯した者にだまされて替え玉になったところ、絞首刑の判決を受けて牢へ閉じこめられた。男は牢の中でしきりにぼやいた。「このいそがしいときに、何をぐずぐずしていやがるんだ。絞首刑なら絞首刑でさっさとやってくれないことには、田植えに間にあわんじゃないか」。

（笑府）

十七　貧困悲愁

食を乞う

晋　陶淵明

空腹で家をとび出し歩いても　何処《どこ》に行くとてあてなどはなし
あちこちと歩きつづけてこの村に　門を叩《たた》けど何をどういう
さいわいに我が意を察しこの主人《あるじ》　食事出しくれ我れ満ち足れる
長話しているうちに日も暮れて　酒を出されてまたご馳走に
こんな良き知人ができてよろこびを　うれしき気持ち詩に込めてみる
その昔韓信の故事想えども　彼ほどの才なきを哀しむ
このお礼如何《いか》にすべきか分からめを　冥途からでもお返ししたい

韓信の故事＝韓信が、貧乏していた若い頃飯を恵んでくれた洗濯婆さんに、後日大成してその恩に報いた故事。

乞　食

饑来駆我去　不知竟何之

饑《う》え来たりて我れを駆《か》り去るも　知らず竟《つい》に何《いず》くに之《ゆ》くかを

行行至斯里　叩門拙言辞
主人解余意　遺贈豈虚来
談諧終日夕　觴至輒傾杯
情欣新知歓　言詠遂賦詩
感子漂母恵　愧我非韓才
銜戢知何謝　冥報以相貽

行《ゆ》き行《ゆ》きて斯《こ》の里に至り　門を叩《たた》けども言辞《げんじ》拙《つたな》し
主人余が意を解し　遺贈《いぞう》あり豈《あ》に来《き》たるを虚《むな》しくせんや
談諧《だんかい》いて日夕《にっせき》を終え　觴《さかずき》至《いた》れば輒《すなわ》ち杯《はい》を傾く
情《こころ》に新知《しんち》の歓《かん》を欣《よろこ》び　言《こと》に詠《えい》じて遂《つい》に詩を賦《ふ》す
子《し》が漂母《ひょうぼ》の恵みに感じては　我れが韓《かん》の才非《あら》ざるを愧《は》ず
銜《ふく》み戢《おさ》めて何《いか》に謝するを知らんや　冥報《めいほう》以て相貽《あいおく》らん

輒＝その度ごとに、たやすく。**漂母**＝韓信が若年の頃一飯の恩を受けた洗濯の老婆。**冥報**＝冥土からの恩返し。**貽**＝おくる、のこす。

▼暴飲

ある親子、旅に出て酒を買ったが、一度に飲んでしまうのが惜しくて、箸を酒の中に入れて、その箸の先をなめることにした。互いにそうして酒をなめあっているうちに息子が二本の箸をつっこんでなめたところ、親父が叱りつけた。「こら、なぜお前は無茶飲みをする」。（笑府）

【妙趣閑話102】

農を憫む

唐　李《り》紳《しん》
（七八〇―八四六）

春に播《ま》く穀物の種一粒は　秋ともなれば無数の実にも
国中に空けてる田んぼありはせぬ　それでも飢うる農夫あるとは
陽は上に休むことなく耕して　我が鋤《す》く土に汗はしたたる
誰か知る椀に盛られた飯粒が　我れら農夫の汗のたまもの

「正月いうたらええもんや、割り木みたいな魚そえて、雪より白い飯食べて」（「播磨加古郡北部方言記録」より）

貧は菩提の種、富は輪廻《りんね》の絆《きずな》。貧しいということは物に執着することがなく、来世での幸福を得やすいが、金持ちは物への執着が迷いとなって往生を妨げられることになるともいう。

老子に「食は民の本なり、民は国の基なり」とある。要するに国民が十分食べられなければその国の政治は貧しく、どんなきれいごとをいっても仕方ない。

天に私覆《しふく》無く、地に私載《しさい》無く、日月に私照《ししょう》無しとも、この当時「四海閑田《かんでん》無きも、農夫猶餓死《がし》す」とは、日月に私照有りとでも為政者のいわんか。
李紳、字は公垂《こうすい》、江蘇省無錫市の人。白楽天と仲がよかった。

憫農

其一

春種一粒粟　　春に種《う》う一粒の粟《ぞく》
秋収万顆子　　秋に収む万顆《ばんか》の子《み》
四海無閑田　　四海閑田《かんでん》無きも
農夫猶餓死　　農夫猶《なお》餓死《がし》す

其二

鋤禾日当午　　禾《か》を鋤《す》いて日午《ひご》に当たる
汗滴禾下土　　汗は滴《したた》る禾下《かか》の土
誰知盤中飧　　誰か知る盤中《ばんちゅう》の飧《そん》
粒粒皆辛苦　　粒《りゅう》粒《りゅう》皆《みな》辛苦《しんく》なるを

四海＝四方の海、天下、世界。**日午**＝正午。**禾**＝いね。穀類の総称。**飧**＝夕食。**粒粒辛苦**＝こつこつと苦労して努力する。

▼乞食（乞児）　　**【妙趣閑話103】**

ある乞食、足のくさる病気にかかり、仁王様の足元に臥せっているところへ、犬がその足をねぶったので、乞食「畜生め、なんて気の早いやつだ、どうせおれが死んだら、みんなきさまのものになるじゃないか」。

（笑府）

催租行

南宋　范成大《はんせいだい》（一一二六―一一九三）

納税の受取りあるに督促状
手に文書おどしすかしてそのあげく
牀頭《しょうとう》の拳《こぶし》ぐらいの貯金壺
酒手《さかて》には少なきなれど気持ちだけ

区長よろめき門たたき来る
わざわざ来たに酒手《さかて》ぐらいと
打ち割りみれば三百銭が
草鞋《わらじ》代でもあてて下され

牀頭＝枕元。

范成大、字は致能《ちのう》、号は石湖居士《せきここじ》。江蘇省蘇州市の人。『石湖集』、紀行文『呉船録』、『出蜀記』は有名。

催租行

輸租得鈔官更催　踉蹌里正敲門来
手持文書雑嗔喜　我亦来営酔帰耳
牀頭慳嚢大如拳　撲破正有三百銭

租《そ》を輸《いた》して鈔《しょう》を得たるに官《かん》は更に催《うなが》す　踉蹌《ろうそう》として里正《りせい》門を敲《たた》いて来たる
手に文書を持して嗔喜《しんき》を雑《まじ》え　我れも亦《ま》た来たり営み酔うて帰らんのみ
牀頭《しょうとう》の慳嚢《けんのう》大いに拳《こぶし》の如し　撲破《ぼくは》すれば正《まさ》に三百銭有り

不堪与君成一酔　聊復償君草鞋費

君が与《ため》に一酔を成すに堪《た》えざるも　聊《いささ》か復《ま》た君が草鞋《そうあい》の費《つい》えを償《つぐな》わん

鈔＝受取り。**踉蹌**＝よろめくさま。**里正**＝村長、庄屋。**嗔喜**＝怒りおどし、すかす。**慳嚢**＝小銭を入れる貯金壺。

【妙趣閑話104】

▼大人と子供

孔文挙は孔子二十世の子孫で、後漢末の代表的な文人である。十歳のとき、彼は父といっしょに洛陽へ行った。その頃、李元礼は司隷校尉《しれいこうい》（行政監督官）で名声が高く、その門を訪れる者は親戚の者か秀才のほまれ高い者かに限られていて、そのほかの者は門を通されなかった。

孔文挙はその門を訪れて、取り次ぎの役人に「わたしは李長官の親戚です」といった。奥へ通された孔文挙に李元礼が、「君とはどういう親戚関係になるかな」とたずねると、孔文挙は、「昔、わたしの先祖の仲尼《ちゅうじ》（孔子）は、長官の先祖の李伯陽（老子）を師と仰いで教えを受けたという間柄です。つまり孔家と李家とは古いつきあいだということになります」といった。李元礼や客人たちはそれを聞いて、くちぐちに、「頭のよい子だ」とほめた。そこへ太中大夫（侍従官）の陳韙《ちんい》が入ってきて、「子供のときに頭がよくても、大人になってからもよいとは限らないよ」というと、孔文挙はすかさずいった「おじさんも、きっと、子供のときには頭がよかったのでしょうね」。

（世説新語）

後の催租行（一）

南宋　范成大

老父の田秋の長雨に荒れ果てた　旧《もと》は高きに今は川にぞ
傭《やと》われていつも空腹我慢する　年貢米など払うめどなし
新しき役人が来て督促す　黄紙《こうし》をつぶし白紙《はくし》でおどす
衣類売りそれで払って一安心　牢のがれしが老いの身さむし

黄紙＝天子の詔書には、罹災地の年貢を免除するとある。**白紙**＝県の役人は白紙の令書で納税をせまる。

黄紙を白紙に換えて徴税を強いる。いかに粒粒辛苦すれど、農民は浮かばれず。結句「病骨寒しと雖《いえど》も聊《いささ》か縛《ばく》を免《まぬが》る」とは慄然とさせられる。

後催租行（一）

老父田荒秋雨裏　旧時高岸今江水
傭耕猶自抱長飢　的知無力輸租米

老父《ろうふ》の田《た》は秋雨の裏《うち》に荒れ　旧時の高岸《こうがん》今は江水《こうすい》
傭《やと》われて耕《たがや》すも猶自《なおみずか》ら長飢《ちょうき》を抱き　的《まこと》に知る租米《そまい》を輸《いた》す力無きを

自従郷官新上来　黄紙放尽白紙催
売衣得銭都納却　病骨雖寒聊免縛

自《みずか》ら郷官《きょうかん》新たに上り来りし従《よ》り　黄紙《こうし》放ち尽くして白紙《はくし》催《うなが》す
衣を売り銭を得て都《すべ》て納却《のうきゃく》し　病骨寒しと雖《いえど》も聊《いささ》か縛《ばく》を免《まぬが》る

▼金持にへつらわぬ（不奉富）　**【妙趣閑話105】**

千万長者が驕りたかぶって人に向かい、「わしの富は大変なものだ、なんで君はへいこらせぬのだ」というと、その男「あなたが金持であることが、僕に何の関係があって、あなたにへいこらしなくちゃならないんだ」。「もしも半分を君に与えたらどうする」、「あんたが五百、僕も五百なら、お互い同等じゃないか、何もへいこらすることはない」。「じゃ残らず君にやるとしたら、それでもへいこらしないか」、「君は千金を失い、僕がそれを得たとなれば、君の方こそ、僕にへいこらすべきではないか」。（笑府）

▼水に溺れる（溺水）　**【妙趣閑話106】**

ある人、水に溺れかかる。そのせがれが助けを呼ぶと、おやじ、水の中から顔を出して、「銀三分でなら助けてもらうが、それ以上でなら助けてくれるな」。（笑府）

後の催租行（二）

南宋　范成大

昨年は売る衣もなくて娘売る　長女をつれて分かれ道まで
今年また見合いすました次女までも　升斗《しょうと》の米とまたまた換えぬ
我が家には三女が後にひかえてる　来年の税苦にはならない

貧困もここまでくれば現代人の常識では理解できにくい。我が国でもかつて一部の地域でこのような似た状況があったやに聞くが、親を憎むべきか行政の責任を問うべきや。結句「明年租を催《うなが》さるるも苦しみを怕《おそ》れず」には、ゾッとさせられるものがある。

後催租行（二）

去年衣尽到家口　大女臨岐両分首
今年次女已行媒　亦復駆将換升斗
室中更有第三女　明年不怕催租苦

去年衣尽きて家口《かこう》に到り　大女岐《だいじょき》に臨《のぞ》んで両《ふた》つに分首《ぶんしゅ》す
今年次女已《すで》に媒《ばい》を行いしも　亦《ま》た復《ま》た駆《か》り将《も》て升斗《しょうと》に換《か》う
室中更に第三女有り　明年租を催《うなが》さるるも苦しみを怕《おそ》れず

到家口＝一家の糊口、生計の道を絶たれる。媒＝婚約。

▼嘘つき上手

若者が階下にいた。たまたま階上にいた貴人が若者に声をかけた。「お前は人をだますのがうまいと聞いておるが、わしを見事だまして階下に下ろすことができるかね」。若者はいった。「とんでもございません。階上にいらっしゃる閣下をだまして下に下ろすだなんて。でも、もし階下にいらっしゃるのでしたら、わたくしがだまして階上にお上げ申すことはできます」。そこで、貴人が下りてきて、「さあ上に上がらせてみよ」。「だまして下りていただいたことです。もうこれでよろしゅうございましょう」。

（雪濤諧史）【妙趣閑話107】

▼茶を出す（喚茶）

ある家に客が来た。亭主は女房に「お茶を持ってこい」としきりにいう。女房「一年中茶の葉を買ったこともないのに、茶がどうして出せますか」。「それじゃ、白湯《さゆ》でもいい」、「薪が一本もないのに、つめたい水がどうしてあつくなりますか」。亭主はどなりつけていった。「ばか！　枕の芯に藁があるじゃないか」。女房は大声でいい返した。「阿呆！　あんな煉瓦や石ころで、どうして燃やせますか」。

（笑林広記）【妙趣閑話108】

貧婦の謡《うた》（一）

元　楊維楨

西の女は貧しさに負け身をば売る
それにても世にも稀なる麗人で
さる男礼を尽くして求婚す
それ以後はみどりなす髪手入れせず

東の女貧しき上に身内なし
肌白くして佳人《かじん》と評さる
婚儀後三日兵にとられる
琴はあれども弾くを好まず

貧婦謡（一）

西家婦　貧失身　東家婦　貧無親
紅顔一代難再得　皦皦南国称佳人
夫君求昏多礼度　三日昏成戍辺去
竜盤有髻不復梳　宝瑟無絃為誰御

西家《せいか》の婦は貧にして身を失う　東家《とうか》の婦は貧にして親《しん》無し
紅顔《こうがん》一代に再び得難《えがた》く　南国に皦皦《きょうきょう》として佳人《かじん》と称す
夫君昏《ふくんこん》を求めて礼度多し　三日昏《こん》成り辺を戍《まも》って去る
竜盤髻《りゅうばんきつ》有るも復《ま》た梳《くしけず》らず　宝瑟絃《ほうしつげん》無く誰が為《た》め《ため》にか御《ぎょ》せん

皦皦＝白いさま、皎皎に同じ。**昏**＝婚礼。**竜盤**＝髪のゆたかなさま。**髻**＝もとどり。**瑟**＝おおごと。

貧婦の謡（二）

元　楊維楨

朝早く桑の葉を摘《つ》むあぜ道で
よそ者が来て妾《わ》を買わんとは
貧すれど金でこの身は棄てられぬ
夫を偲び西山《せいざん》の上《へ》に
妾《わ》が夫《つま》の生死のほども居所も
分からずままに租を賦《ふ》してくる
姑《しゅうとめ》や舅《しゅうと》も死してみよりなく
夜毎に泣いて機織《はたお》りむなし

「貧賤も移す能わず」（箴言《しんげん》）と。

貧婦謡（二）

朝来採桑南陌周　道傍過客黄金求
黄金可棄不可售　望夫自上西山頭
夫君生死未知所　門有官家賦租苦
姑嫜継没骨肉孤　夜夜青灯泣寒杼

朝《ちょうらい》来桑を採る南陌《なんぱく》の周《まわり》　道傍《どうぼう》の過客《かかく》黄金もて求む
黄金は棄《す》つ可《べ》し售《う》る可《べ》からず　夫を望んで自《みずか》ら上《のぼ》る西山の頭《ほとり》
夫君《ふくん》の生死未《いま》だ所を知らず　門《もん》に官家《かんか》有り租《そ》を賦《ふ》して苦《くる》し
姑嫜《こしょう》継《つ》いで没し骨肉孤《こつにくこ》なり　夜夜青灯寒杼《よよせいとうかんちょ》に泣く

朝来＝朝早くから。陌＝田のあぜ道。官家＝天子、朝廷。姑嫜＝舅、姑。骨肉＝肉親。杼＝はたおり。

▼金持とは　【妙趣閑話109】

ある金持が貧乏人に、「わしには百万の蓄えがある」といって威張った。すると貧乏人が「わたしにも百万の蓄えがある。君が知らないだけだ」といった。金持がおどろいて、「ほんとうか、いったいどこへ隠しているのだ」と聞くと、「君は蓄えているだけで使わないし、わたしも使わない。使わないものなら、あろうとなかろうと同じことじゃないか」。

（笑府）

▼無精者（性懶）　【妙趣閑話110】

ひどい無精者、寝たら起きようとせぬ。家人がご飯だと呼んでも、返事をするのも面倒がる。いつまでも食べないので、さぞ腹がすいたろうと思い、どうか食べてくださいと泣くようにして頼むと、ようやく、「食べるのが面倒だ」という。「食べないと死にます。それではいけないじゃないの」というと、「おれは生きているのも面倒だ」と答えた。

（笑府）

橡媼《しようおう》の嘆き（一）

唐　皮日休《ひじつきゆう》
（八三三—八八三?）

秋深く橡《とち》の実繁り熟れ頃に
背をまげた老婆が一人筐《かご》持ちて
時が経てやっと両手にすくうほど
幾度かさらしてまたも蒸しあげて

雑木林《ぞうきばやし》の崗に落ちくる
橡《とち》の実拾いに朝霜を踏む
一日かかり筐《かご》に一杯
冬三カ月の食糧にする

橡媼＝橡《とち》の実を拾う老女。

皮日休、字は襲美《しゅうび》、湖北省襄樊《じょうはん》市の人。

橡媼嘆（一）

秋深橡子熟　散落榛蕪崗
傴傴黄髪媼　拾之践晨霜
移時始盈掬　尽日方満筐

秋深くして橡子《しようし》熟し　散落《さんらく》す榛蕪《しんぶ》の崗《おか》
傴傴《くく》たり黄髪《こうはつ》の媼《おうな》　之《こ》れを拾って晨霜《しんそう》を践《ふ》む
時を移して始めて掬《きく》に盈《み》ち　日を尽くして方《まさ》に筐《かご》に満《み》つ

幾曝復幾蒸　用作三冬糧

幾たびか曝《さら》し復《ま》た幾たびか蒸《む》し　用《もつ》て三冬《さんとう》の糧《かて》と作《な》す

榛蕪岡＝雑木林の岡。**傴傴**＝腰の曲がった。**黄髪**＝老人の黄色い髪七十、八十の老人。**掬**＝すくう。両手ですくう。**三冬**＝冬の三カ月。

▼書物が低い　**【妙趣閑話111】**

受験のために寺に寄宿している書生、毎日外へ遊びに出ていたが、ある日突然昼頃に帰ってきて、小僧に「書物を持ってきてくれ」という。小僧が『文選』を持っていくと、「これは低い」というので、『漢書』を持っていくと、また、「これも低い」という。そこで今度は『史記』を持っていくと、やはり「これも低い」という。小僧が和尚にそのことを話すと、和尚「その三書は、一書に通じているだけでも大学者といえるに、どうしてどれも低いというのだろう」と不審に思い、書生のところへ行ってきいてみると、書生は「枕にするのですよ」といった。（笑倒）

橡媼の嘆き（二）

唐　皮日休

山麓《さんろく》の田んぼにたれて稲みのり　ゆたかな穂から匂い香ばし
刈入れは注意しながら念入りに　搗《つ》けばつぶつぶ耳飾りのごと
これを持ち官に納めて租に当てる　わが家の倉に一物もなし
なにごとぞ一石の米が役所では　五斗しかないと何故に言われる

橡媼嘆（二）

山前有熟稲　紫穂襲人香
細獲又精舂　粒粒如玉璫
持之納於官　私室無倉箱
如何一石余　只作五斗量

山前に熟稲《じゆくとう》有り　紫穂《しすい》人を襲うて香《こう》ばし
細やかに獲《かりと》り又精《くわ》しく舂《つ》いて　粒粒《りゆうりゆう》玉璫《ぎよくとう》の如し
之《こ》れを持って官に納《い》れ　私室に倉箱《そうそう》無し
如何《いかん》ぞ一石余　只《ただ》五斗と作《な》して量《はか》る

紫穂＝実りゆたかな穂。**玉璫**＝耳飾りの玉。

橡媼の嘆き（三）

唐　皮日休

悪智恵の刑をおそれぬ役人や　わいろも辞さぬ公吏《こうり》らもいる
耕作時金を借りねば仕方なし　取入れ終わりすべてお上に
それなれば冬より春は五穀なし　橡《とち》の実食べて飢えをごまかす

貪吏《たんり》尽きざるを嘆く。

橡媼嘆（三）

狡吏不畏刑　貪官不避贓
農時作私債　農畢帰官倉
自冬及於春　橡実誑饑腸

狡吏《こうり》は刑を畏《おそ》れず　貪官《たんかん》は贓《ぞう》を避《さ》けず
農時私債《しさい》を作《な》し　農畢《お》わって官倉に帰す
冬より春に及び　橡《とち》の実《み》饑腸《きちょう》を誑《あざむ》く

狡吏＝わるがしこい役人。**貪官**＝欲ばりでわいろを取る役人。**贓**＝収賄。

桃花源詩

晋　陶淵明

お互いに田畑にはげみ収穫す　　日暮れて休み自然に従う
桑竹《そうちく》は休むによろし木陰作《な》し　　豆黍《とうきび》蒔《ま》くはよろしきときに
春蚕《はるこ》からたくさんの糸収りあつめ　　実入り満足されど税なし

原詩全三十二句より、六句を掲出する。

この桃花源詩には、別に「桃花源記」という物語があり、その方がよく知られている。晋の太元年間（三七六―三九六年）のこと、ある漁師が谷川をさかのぼっていき、舟を捨てて桃の林を突き抜けて行くうちに、開けた農村に出た。そこの人々は活き活きと往き来しており、皆楽しそうに働いている。彼らはこの漁師を見て驚き、家につれていってご馳走を出し、「我々は秦のときに乱を避けてこの秘境にきたが、今の世の中はどうなっているか」と問うた。漁師は数日間歓待されて帰り、後日、太守がこの話を聞き、人をやって探させたが分からなかったという話である。

これは陶淵明自身が理想とする生活を夢物語にしたものであろう。農民の困苦と徴税の苛酷さを見て、「秋熟《しゅうじゅく》するも王税靡《な》し」と痛烈な皮肉を浴びせている。鼓腹撃壌《こふくげきじょう》のさまが目に浮かぶ。

桃花源詩

相命肆農耕　日入従所憩
桑竹垂余蔭　菽稷随時芸
春蚕収長糸　秋熟靡王税

相《あい》命じて農耕に肆《つと》め　日入れば憩《いこ》う所に従う
桑竹《そうちく》は余蔭《よいん》を垂《た》れ　菽稷《しゅくしょく》は時に随いて芸《う》う
春蚕《はるこ》もて長糸を収《おさ》め　秋熟《しゅうじゅく》するも王税靡《な》し

菽稷＝まめときび。

【妙趣閑話112】

▼融通をきかす（答令尊）

父が子に向かって、「話というものは、どっちにも融通がきくようにするものだ。きっぱりいい切ってしまってはならぬ」と教える。子が「融通がきくとはどんなことですか」と聞いたとき、ちょうど隣家から器をいくつか借りにきたので、父はそれを指さして、「かりにあの家から物を借りに来たらみなあるといってもいけないし、みなないといってもいけない。家にあるのもあれば、ないのもあるという風にいうのだ。それが融通をきかすということだ。物事は大体それで類推すればよい」といわれて、息子はしかとおぼえておいた。

ある日客が門に来て、「ご尊父様はご在宅ですか」と聞いたので、息子は「家にいるのもあれば、いないのもございます」。

（笑得好）

十八　女房冥加

内《つま》に贈る

唐　李白

一年中毎日よくもベロベロに　まともなときがなきが楽しき
この俺によくぞ嫁いだ君なれど　異《こと》ならずやも太常《たいじょう》の妻

内＝妻。太常＝宗廟《そうびょう》（みたまや）の祭りを司る職名。

「太常の妻」とは、後漢の頃周沢という男が太常の職につき、職務に忠実のあまり一年のうち三五九日はみそぎをして神に仕えているが、神に仕えない一日は酔いつぶれているといわれ、その妻ほどつまらないものはないというたとえ。

李白二十八歳の頃、かつて宰相であった許圉師《きょぎょし》の孫娘と結婚した（七二八年）。この頃の作品であろう。何となく自嘲反省の意を含んでいるようでもある。しかし、李白はこの後間もなく放浪の旅に出て、生涯飲み続けることになる。

贈内

三百六十日　日日酔如泥
雖為李白婦　何異太常妻

三百六十日　日日酔うて泥《どろ》の如し
李白の婦為《な》りと雖《いえど》も　何《なん》ぞ太常《たいじょう》の妻に異《こと》ならん

李白故里・白玉堂（2001年６月撮）

【妙趣閑話113】

▼天帝

天帝がお忍びで下界に降りて土地神の案内で民情を視察された。ある家で「あれは何をしているのだ」と聞く。「子供をつくっているのでございます」。「一年に何人くらいつくるのか」、「せいぜい一人でございます」。「それなら何もあんなにいそがしくすることはあるまいに」。

（笑府）

月夜

唐　杜甫

今宵また鄜《ふ》州を照らす月影を　孤《こ》閨《けい》を守りついかに看《み》るらん
子供には母の愁いは知るよしも　まして父には思い及ばず
夜更けて露にぬれにし黒髪も　君が玉臂《たまひじ》月影寒し
いつの日か君と窓辺に寄り添いて　満月あびて涙乾《ほ》さんか

鄜州＝陝西省。杜甫の妻子がいた。**玉臂**＝白玉のように白いひじ。

長安で安禄山の軍に捕らえられたときの作という（七五六年）。哀情深しといわんか、放浪の詩人も捕虜となり身をしばられると、一層妻子への情感が深くなり、思慕の念に堪えがたい思いがよく分かる。

月　夜

今夜鄜州月　閨中只独看

今夜鄜《ふ》州《しゅう》の月　閨中《けいちゅう》に只《ただ》独り看《み》る

遙憐小児女　未解憶長安
香霧雲鬟湿　清輝玉臂寒
何時倚虚幌　双照涙痕乾

遙かに憐れむ小児女の　未《いま》だ解せず長安を憶《おも》うを
香霧雲鬟湿《こうむうんかんうるお》い　清輝玉臂《せいきぎょくひ》寒からん
何《いず》れの時か虚幌《きょこう》に倚《よ》り　双《なら》び照らされて涙痕《るいこん》乾《ほ》さん

閨中＝ねやのうち、寝床のうち。**雲鬟**＝雲のように豊かな髪の毛。**虚幌**＝明かり窓、カーテンをさげた窓。**涙痕**＝涙のあと。

【妙趣閑話114】

▼肖像画（写真）

肖像画をかくある男、まるっきり商売がない。人にすすめられて自分たち夫婦の肖像をかいて表に張り出したところ、人々それを見て、こんなものかと合点した。そこで画家はその方法でいくことにした。

ある日、岳父《がくふ》（妻の父）が訪ねてきて、「この女は誰じゃね」と聞くので、「あなたのお嬢さんですよ」というと、「あの子がなんで、この見知らぬ男と一緒にすわっているのだえ」。

（笑林広記）

内子《つま》に贈る

唐　白居易

白髪がふえて嘆きが増しにけり　お前もふけて眉に愁いが
寒《かん》がくる冬の用意のその傍で　幼き娘戯《たわむ》れ遊ぶ
カーテンもふすまも古び黒ずみて　さむざむとして侘しき秋よ
貧すれど嘆くは早し黔婁《けんろう》の　妻よりはまだ勝れるとしれ

内子＝妻。**黔婁**＝人の名。古典に貧乏人の標本として登場する。

清貧というも、何とも貧乏臭い。杭州蘇州の刺史を務め、当時政界の長老となった白居易の詩とは思われぬ。閑適《かんてき》の哲学を唱え、晩年には洛陽に相当な屋敷を構え、悠々と七十五歳まで隠棲を愉しんだという。

贈内子

白髪方興歎　青蛾亦伴愁
白髪は方《まさ》に歎きを興《いだ》けば　青き蛾《まゆ》も亦《ま》た伴って愁う

寒衣補灯下　小女戯牀頭
闇淡屏幃故　凄涼枕席秋
貧中有等級　猶勝嫁黔婁

寒《かん》の衣を灯下に補《つくろ》い　小さき女《むすめ》は牀《とこ》の頭《ほとり》に戯《たわむ》る
闇淡《あんたん》として屏幃《へいい》は故《ふる》び　凄涼《せいりょう》として枕席《ちんせき》は秋なり
貧の中にも等級有り　猶《なお》黔婁《けんろう》に嫁ぐには勝《まさ》れり

屏幃＝カーテン、ついたて。**凄涼**＝ものさびしくぞっとすること。ものすごいこと。**枕席**＝まくらと敷物。寝具。ねどこ。

白居易

▼餛飩《わんたん》　**【妙趣閑話115】**

病気した妻に「何か食べたいものはないか」と聞く。「上肉の入った餛飩《わんたん》なら一つ二つ食べたい」というので、さっそく丼に一杯分つくり、妻と一緒に食べるつもりで箸を取りに行き、帰ってみたら、妻はもう手づかみで食べてしまって、たった一個しか残していなかった。「ついでにその一個も食べたらいいじゃないか」というと妻は眉をしかめて、「その一個が食べられるくらいなら、病気にはなりません」。

（笑府）

悲懐を遺る

唐　元稹

冗談にどちらが先か話せども現世は厳し今ぞ哀《かな》しき
身につけしお前のかたみ分けたれど針箱《はりばこ》のみは贈るにしのびず
下僕《しもべ》らに情をかけた君が意を夢にし見れば財を分けたり
愛妻に先立たれしは多けれど貧しかりしが想いうらめし

元稹二十七歳、監察御史に任官した年に、糟糠《そうこう》の妻を亡くしたときの詩と。任官した年とあれば、これから多少とも余裕のある生活ができるかというとき、余計結句の「貧賤《ひんせん》の夫妻百事哀《かな》し」が身につまされる。

遣悲懐

昔日戯言身後意　今朝皆到眼前来
衣裳已施行看尽　針線猶存未忍開

昔日《せきじつ》戯《たわむ》れに身後《しんご》の意を言いしが　今朝《こんちょう》皆眼前《がんぜん》に到り来る
衣裳《いしょう》は已《すで》に施《ほどこ》して行《ゆくゆく》尽《つ》くるを看《み》んも　針線《しんせん》は猶《なお》存して未《いま》だ開くに忍びず

尚想旧情憐婢僕　也曾因夢送銭財
誠知此恨人人有　貧賤夫妻百事哀

尚《なお》旧情を想って婢僕《ひぼく》を憐れみ　也曾《またかつ》て夢に因《よ》って銭財《せんざい》を送る
誠に知る此《こ》の恨《うら》み人人《にんにん》有り　貧賤《ひんせん》の夫妻は百事哀《かな》し

身後意＝どちらかが死におくれたときの気持。**針線**＝針箱。

【妙趣閑話116】

▼頭の中にない（頭内全無）

ある秀才、試験を受けるとて、夜も寝ないでむずかしい顔をしているのを見て、妻が慰め顔に「あなたが文章をお作りになるのは、よほどむずかしいとみえますね。まるでわたしがお産をするときのようですわ」というと、「いやお前のお産の方がやさしいさ」。「どうして？」と聞けば、「だってお前のは腹の中にあるものを出せばいいが、おれのは頭の中にないものだ」。

（笑林広記）

【妙趣閑話117】

▼薬を送る（送薬）

医者、引っ越しをすることになり、近所の人々に挨拶して、「これまでいろいろご厄介になりました。お別れに何も差し上げるものがないから、せめて薬を一帖ずつ皆さんに差し上げます」。近所の人々、病気をしていないからといって断ると、「わたしの薬を飲めば、きっと病気になります」。

（笑府）

夜雨北に寄す

唐　李商隠《りしょういん》
（八一三―八五八）

君は問ういつ都には帰れるや巴山《はざん》は夜雨《やう》で池にみなぎる

いつの日かともに窓辺で燭《しょく》をきり君と語らん巴山《はざん》の夜雨《やう》を

巴山＝四川省重慶地方の山。**燭をきり**＝灯心を切って灯を明るくする。**北**＝妻の意。北堂。このとき妻は長安にあった。

李商隠、字は義山、号は玉渓子、河南省の人。作者が東蜀節度判官として巴蜀（四川省）にいたときの詩。

夜雨寄北

君問帰期未有期　君帰期《きき》を問えども未《いま》だ期《き》有らず
巴山夜雨漲秋池　巴山《はざん》の夜雨《やう》秋池に漲《みなぎ》る
何当共翦西窓燭　何《いつ》か当《まさ》に共に西窓の燭《しょく》を翦《き》り
却話巴山夜雨時　却《かえ》って巴山《はざん》夜雨《やう》を話《わ》する時なるべき

李商隠

十九　暴走少年

少年の歌

唐　李　白

長安の放蕩児《ほうとうじ》ども意気がって　白馬銀鞍《ぎんあん》春風を受け
落花踏み何処《どこ》で遊ぶか少年は　得意の笑《えみ》で胡姫《こき》の酒場へ

胡姫＝外国の女。ここでは西域人、イラン人の女。

現代風に言えば、春の陽気のよい時節に、金持のプレイボーイが外車に乗って、外人女のいるバーに入っていった。

八世紀頃も現今も、人間のやる事はちっとも変わっていない。李白が如何なる気持ちで、この詩を歌ったか、如何なる目で少年らを見ていたか。ただ、老婆心でいえば、青少年時代に欲しいものが何でも手に入る境遇にあることの幸・不幸は、中国唐時代と日本の現今と、文化の違い、時の違いはあっても、これまた賢愚の分かれるところであるのは同じであろう。

熟すれば落ちるのたとえ、唐の爛熟期もやがて過ぎ、この後八、九年にわたる安史の乱に入る。

少年行

五陵年少金市東
銀鞍白馬度春風
落花踏尽遊何処
咲入胡姫酒肆中

五陵年少金市東
銀鞍白馬度春風
落花踏尽遊何処
咲入胡姫酒肆中

五陵《ごりょう》の年少金市《きんし》の東
銀鞍《ぎんあん》白馬春風を度《わた》る
落花踏《ふ》み尽《つ》くして何《いず》れの処にか遊ぶ
咲《わら》って入る胡姫酒肆《こきしゅし》の中《うち》

五陵＝漢の皇帝の墓、長陵、安陵、陽陵、茂陵、平陵を五陵といい、唐の長安時代、その近くには富豪の邸宅が多くあった。

▼軟弱無能　**【妙趣閑話118】**

ある役人が軟弱無能のかどで逮捕された。その妻に逮捕の理由を聞かれて、「吏部（官吏の任免賞罰を掌《つかさど》る中央官省）ではわしのことを軟弱無能といっているのだ」というと、妻「それでよかったわ。もしも不謹慎ということだったら、奥さんのわたしまで逮捕されたでしょうから」。

（笑府）

邯鄲少年の歌

唐　高適

邯鄲《かんたん》の城南に住み伊達《だて》気どり
博打《ばくち》場に出入りをしても家は富み
家の中はめをはずして日日騒ぐ
肝胆《かんたん》を照らして明かす知己《ちき》はなく
知らざるや今世の薄きまじわりを
それなれば旧き友とも情絶ちて
少年よしばらく我れと酒酌んで

自慢をするは邯鄲《かんたん》生まれと
仇討《あだう》ち助け身もほろばずに
門の外では車馬のひしめく
平原君《へいげんくん》の信ぞ学ばん
金なくなれば縁もなくなる
この世の中に何を求めん
西山《せいざん》あたり狩りして遊ばん

邯鄲＝中国河北省。戦国時代の趙の都。邯鄲夢の枕の物語で有名。平原君＝戦国時代の趙の公子。楚の春申君、斉の孟嘗君、魏の信陵君とともに、戦国の四君子に数えられている。士を愛し、常に食客数千人を養っていたという。

邯鄲少年行

邯鄲城南遊侠子　自矜生長邯鄲裏
千場縦博家仍富　幾処報讎身不死
宅中歌笑日紛紛　門外馬車如雲屯
未知肝胆向誰是　令人却憶平原君
君不見今人交態薄　黄金用尽還疎索
以茲感歎辞旧遊　更於時事無所求
且与少年飲美酒　往来射猟西山頭

邯鄲少年行（『唐詩選画本』より）

邯鄲《かんたん》の城南遊侠《ゆうきょう》の子《し》　自ら矜《ほこ》る邯鄲の裏《うち》に生長すと
千場《せんじょう》博《はく》を縦《ほし》いままにして家仍《いえなお》富《と》み　幾処《いくしょ》か讎《あだ》を報《むく》いて身死せず
宅中《たくちゅう》の歌笑《かしょう》日に紛紛《ふんぷん》　門外の馬車雲の如く屯《たむろ》す
未《いま》だ知らず肝胆《かんたん》誰に向かってか是《ぜ》なるを　人をして却《かえ》って平《へい》原君《げんくん》を憶《おも》わしむ
君見ずや今人交態《こんじんこうたい》の薄きを　黄金用《もち》い尽くせば還《ま》た疎索《そさく》たり
茲《ここ》を以《もっ》て感歎《かんたん》して旧遊を辞し　更に時事に於《おい》て求むる所無し
且《しば》らく少年と美酒を飲んで　往来射猟《おうらいしゃりょう》せん西山《せいざん》の頭《ほとり》

遊侠＝おとこだて、任侠。**讎**＝かたき。**疎索**＝うとんじる。縁が切れる。

少年の歌

唐　王　維

新豊《しんぽう》でできる旨酒《うまざけ》高価なり　伊達《だて》もの気どる咸陽少年
逢う度に意気投合し酒を呑む　料亭前の柳に馬を

新豊＝長安の東郊の地名。**咸陽**＝秦時代の都。ここでは単に都の意か。

李白「少年の歌」、高適「邯鄲少年の歌」、そしてこの王維「少年の歌」と三者三様ながら、同時代の暴走少年の放蕩ぶりの嘆が聞こえてくるようだ。

少年行

新豊美酒斗十千
咸陽遊侠多少年
相逢意気為君飲
繋馬高楼垂柳辺

新豊《しんぽう》の美酒斗十千
咸陽《かんよう》の遊侠《ゆうきょう》 少年多し
相《あい》逢うて意気君が為《ため》に飲む
馬を繋《つな》ぐ高楼垂柳《こうろうすいりゅう》の辺

斗十千＝一斗一万銭の酒、一斗は今の約二リットル。

▼嘘も方便　【妙趣閑話119】

伍子胥《ごししょ》が楚を出奔したとき、国境の見張り役に捕らえられた。すると伍子胥はいった。「お上がわたしを探しているのは、わたしがすばらしい珠《たま》を持っていたからだ。わたしはそれをなくしてしまったのだが、お上は信じてくださらない。わたしをお上へ突き出したら君は褒美をもらえるどころか、腹を裂かれるぞ」。「なぜだ」。「わたしは君が珠を奪って呑み込んだというつもりだ」。見張り役はおそれて伍子胥を釈放した。

（韓非子）

▼妾とはなっても　【妙趣閑話120】

蜀を平らげた桓宣武（桓温）は、そのとき手に入れた李勢（蜀王）の妹を妾にし、ふだん書斎の奥に住まわせて寵愛していた。公主（桓温の妻、南康長公主）ははじめはそのことを知らなかったが、耳にするや、白刃を手に女中数十人をひきつれて彼女を襲った。ちょうどそのとき、李氏は髪を梳《す》いているところであった。豊かな髪が床一面にひろがり、肌の色は玉の輝くようであった。彼女は顔色一つ動かさず静かにいった。「国は破れ家は亡び、抜け殻同様の身です。もしここで殺されるならば、それこそ本望でございます」。公主は顔を赤くしてひきさがった。

（世説新語）

【妙趣閑話121】

▼酒のかす（糟餅）

貧乏で酒はあまりいけない男、外へ出て、酒のかすを餅状にかためたのを二つほど食っただけで、酔ったような様子になる。たまたま友人に出会って、「君朝から飲んだのか」と聞かれ、「いや、酒のかすを食っただけだ」と答え、家に帰って妻にその話をすると、「そんな時にはお酒を飲んだというものです。少しは体裁も作らなくちゃ」といわれ、夫はなるほどとうなずいた。さてまた外出してその友達に出会い、前と同じことを聞かれたので、「酒を飲んだ」と答えると、「燗をしてか、それとも冷でか」と問いつめられ「いや焼いて飲んだ」と答えた。友人笑って「やっぱり酒のかすだな」。やがて家に帰り、妻にそのことを話すと、「お酒なのに、なんで焼くだなんていうのよ。燗をして飲んだといわなくちゃ」と咎める。夫「よしこんどこそ分かった」。また友人に会ったので、聞かれるまでもなく、さっそく自慢らしく、「僕こんどの酒は燗をして飲んだよ」という。友人「君どれくらい飲んだ」と聞くと、指を出して「二つ」。

（笑府）

二十　長征疲倦

己亥《きがい》の歳

唐　曹《そう》　松《しょう》

（八三〇？―九〇一）

江淮《こうわい》のここ我が郷《さと》も戦いに　我れら何して生業《なりわい》立てん

武功たて諸侯を望むことなかれ　一将の功万死の上ぞ

己亥の年は、唐の僖宗乾符六（八七九）年にあたる。黄巣の乱により、江淮地方、すなわち四川、湖北、湖南、安徽、江蘇の各地は大動乱に陥った。その後、唐の滅亡（九〇七年）から宋朝の建国と、約六、七十年の間、各地興亡動乱の時代が続き、文字通り「一将功成って万骨枯《ばんこつ》る」のときが続く。

曹松、字は夢徴《むちょう》、安徽省潜山県の人。一生貧に苦しみ、七十歳を過ぎてようやく進士に及第した。

己亥歳

沢国江山入戦図　生民何計楽樵蘇

憑君莫話封侯事　一将功成万骨枯

沢国江山戦図《たくこくこうざんせんと》に入《い》る　生民《せいみん》何の計あってか樵蘇《しょうそ》を楽しまん

君に憑《よ》る話すこと莫《な》かれ封侯《ほうこう》の事を　一将功成って万骨《ばんこつ》枯る

沢国＝沼沢の多い江淮地方。**樵蘇**＝薪を取ることと、草を刈ることと、転じていなかの人の生活のわざ。**憑君**＝あなたにお願いする。

▼瘤（懸疣）　**【妙趣閑話122】**

首すじに大きな瘤《こぶ》のある男、お宮に涼みにいって一晩寝た。神様が、あれは誰だとおたずねになったので、左右の者が「蹴鞠《けまり》を蹴る男でございます」と答えると、神様はその鞠を取ってまいれと命じられた。その男は瘤を取られ、こおどりして喜びながら帰っていった。あくる日、もう一人の瘤男がその話を聞き、お宮に行って寝た。神様がまた聞かれ、左右の者がまた同じように答えると、「昨日の鞠をそやつに返してやれ」。（笑府）

▼米を買いに行く（叉袋）　**【妙趣閑話123】**

銀子《かね》を持って米を買いに行った男、途中で叉袋《ふくろ》（二つに分けて肩にかつげるようになった袋）をなくし、家に帰って妻に向かい、「今日は市がひどく混んで、ずいぶん袋をなくした人があったようだ」というので、妻が「まさかあんたもなくしたんじゃあるまいね」というと、「あれじゃ天下の豪傑だってどうすることもできはしないよ」。妻、おどろいて「お銀子はどこにあるの」と聞けば、「それは大丈夫だ。しっかり袋の口にしばりつけておいた」。（笑府）

涼州の詞

唐　王《おう》翰《かん》
（六八七－七二六?）

ぶどう酒を夜光《やこう》の杯《はい》になみなみと　飲まんとすれば琵琶の聞こゆる
深く酔い沙場《さじょう》に臥すも悲壮なれ　戦に出ては帰るは難し

夜光杯＝夜光の珠などで作った酒杯。ガラス製のコップか。**沙場**＝砂漠。

昔も今も戦場における命のはかなさ、運と不運の命の分かれ目、「古来征戦幾人か回《かえ》る」も真相なら、陶淵明の「生有れば必ず死有り、早く終うるも命の促さるるには非ず」（一〇七ページ参照）も頭では分かるが、直ちに許容できがたいことでもある。万古の愁いは絶えず。

王翰、字は子羽《しう》、山西省太原の人。若いときから知勇に優れ、酒を好んだ。張説《ちょうえつ》に目をかけられたが、彼の失脚とともに左遷されて死んだ。

涼州詞

葡萄美酒夜光杯　葡萄美酒夜光杯
葡萄《ぶどう》の美酒夜光《やこう》の杯《はい》

欲飲琵琶馬上催
酔臥沙場君莫笑
古来征戦幾人回

欲飲琵琶馬上催
酔臥沙場君莫笑
古来征戦幾人回

飲まんと欲すれば琵琶馬上に催す
酔うて沙場《さいじょう》に臥すとも君笑う莫《な》かれ
古来征戦《せいせん》幾人か回《かえ》る

【妙趣閑話124】

▼くしゃみ

ある男、町へ行き帰って女房にいった。「町へ行ったら、つづけざまに何度もくしゃみが出たが、どういうわけだろう」。すると女房がいった。「それは、わたしが家でお前さんのことを思っていたからだよ」。

その翌日、糞桶をかついで丸木橋を渡っているとき、また何度もつづけざまにくしゃみが出て、あやうく足を踏みはずしそうになった。そこで舌打ちをしていった。「ちえっ、あの助平女め、おれのことを思うにしても、場所柄を考えればよいのに」。

（笑府）

従軍行

唐　李白

西のかた玉門関《ぎよくもんかん》に出でんとす　金微山《きんびざん》から胡虜を逐《お》わんと
笛の音は梅花の曲か春近し　刀の柄《つか》に明月の環《かん》
軍鼓の音《ね》海上にひろく鳴りひびき　兵士の戦気雲間《うんかん》に達す
願うのは単于《ぜんう》の首を取りてのち　鉄門関《てつもんかん》を平定したき

玉門関＝中国甘粛省敦煌県の西の関所。陽関とともに漢代の西関であり、シルクロードに沿う東西交通の要地（中央アジアの玉を漢土に運ぶときに通る関の意）。**単于**＝匈奴の君主の称。**鉄門関**＝中央アジア、サマルカンドとトハリスタンとの間にある隘路。玄奘がインドに求法のときここを過ぎたが、左右の岩石が鉄色を帯び鉄の扉があったので名づけた。

軍旗を先頭に鼓笛の音も勇ましく、意気衝天の様子が目に浮かぶが、本音は結句の「願わくは単《ぜん》于《う》の首を斬り、長駆《ちょうく》して鉄関を静めん」。そして一日も早く故郷へ凱旋したい。

従軍行

従軍玉門道　逐虜金微山
笛奏梅花曲　刀開明月環
鼓声鳴海上　兵気擁雲間
願斬単于首　長駆静鉄関

従軍す玉門《きょくもん》の道　虜を逐《お》う金微山《きんびざん》
笛は梅花《ばいか》の曲を奏し　刀は明月の環《かん》を開く
鼓声《こせい》海上に鳴り　兵気《へいき》雲間《うんかん》に擁《よう》す
願わくは単于《ぜんう》の首を斬り　長駆《ちょうく》して鉄関《てつかん》を静めん

辺境に立つ玉門関

前漢時代の陽関のろし台遺址

従軍行

唐　李白

幾度《いくたび》も出陣すればよろい切れ　敵の城南囲み堅固《けんご》に
敵将の呼延《こえん》将軍射殺して　残る千騎を捕らえて帰らん

従軍行

百戦沙場砕鉄衣
城南已合数重囲
突営射殺呼延将
独領残兵千騎帰

沙場《さじょう》に百戦して鉄衣《てつい》を砕《くだ》く
城南已《すで》に合す数重《すうちょう》の囲《かこ》み
営を突《つ》いて射殺す呼延《こえん》の将
独り残兵千騎を領《りょう》して帰る

古戦場をしのぶのろし台

従軍行（『唐詩選画本』より）

城南に戦う

唐　李白

昨年は桑乾河《そうかんがわ》で戦って
兵器をば条支《じょうし》の海で血を洗い
西の涯《はて》遠く異族を討たんとて
匈奴《きょうど》らは人を殺すを耕作と
始皇帝万里の長城築きしが
狼煙火《のろしび》は休む間もなく燃えあがり
戦いに敗れて死する兵士あり
鳶烏《とびからす》人のはらわた食いちぎり
兵たちは血潮を流し草むらに
兵器馬そして兵士も消耗品

葱嶺河《そうれいがわ》で今年戦う
疲れた馬も天山《てんざん》の原へ
わが将兵は力尽きたり
田畑の上に白骨を見る
漢代になお狼煙火《のろしび》あがる
終りなき日の戦に暮れる
主喪《うしな》いし馬の悲号も
銜《くわ》えて飛んで枯樹《かれき》にかける
犠牲を強いた将の思いは
聖人これを已《や》むを得ぬとき

桑乾河＝山西省から北京の方へ東流する河。葱嶺河＝パミール高原からウイグル自治区を流れる河。条支＝漢、魏の史書に見える遠西の国名。当時、地中海東岸のシリア、イラン地方にあった小国。カルデア説、シリア説、ペルシア説などがある。

この時代長安は、世界の中心とも呼ばれた。しかし、その平和と繁栄をささえる裏付けになったのはやはり武力である。兵農一致の制により、十八歳から六十歳までは強制的に徴用された。

また、開元より天宝には軍事費の支出が特に多いとある。これは玄宗即位（七一三年）より、安祿山の乱により玄宗が蜀に遁れる（七五五年）までの、玄宗統治の間にあたる（清木場東著『唐代財政史研究』九州大学出版会、一九九六年より）。

西域の匈奴に対しては、玄宗といえども相当に苦慮させられて、それに費やした兵力と戦費は莫大なものであった。為政者の歴史の陰で泣く、名も無き民衆の悲愁の深さを思えば、万斛《ばんこく》の涙を禁じ得ない。長安の春と称えられた裏には、この現実があった。

戦城南

去年戦桑乾源　今年戦葱河道

洗兵条支海上波　放馬天山雪中草

万里長征戦　三軍尽衰老

去年は桑乾《そうかん》の源に戦い　今年は葱河《そうか》の道に戦う

兵を洗う条支《じようし》海上の波　馬を放つ天山《てんざん》雪中の草

万里長《とお》く征戦し　三軍尽く衰老《すいろう》す

匈奴以殺戮為耕作　古来唯見白骨黄沙田
秦家築城備胡処　漢家還有烽火燃
烽火燃不息　征戦無已時
野戦格闘死　敗馬号鳴向天悲
烏鳶啄人腸　銜飛上挂枯樹枝
士卒塗草莽　将軍空爾為
乃知兵者是凶器　聖人不得已而用之

匈奴《きょうど》は殺戮を以《もっ》て耕作と為《は》し　古来唯《ただ》白骨黄沙《こうさ》の田を見る
秦家《しんか》城を築いて胡《こ》に備うる処　漢家《かんか》還《ま》た烽火《ほうか》の燃ゆる有り
烽火《ほうか》燃えて息《や》まず　征戦《せいせん》已《や》むの時無し
野戦格闘して死し　敗馬号鳴《ごうめい》し天に向かって悲しむ
烏鳶《うえん》人の腸《はらわた》を啄《ついば》み　銜《ふく》みて飛上し枯樹《こじゅ》の枝に挂《か》く
士卒《しそう》草莽《そうも》に塗《まみ》る　将軍空《むな》しく爾為《しかな》せり
乃《すなわ》ち知る兵なる者は是《こ》れ凶器　聖人は已《や》むを得ずして之《これ》を用うるを

士卒＝兵士。草莽＝草原、草むら。

▼卵の数　【妙趣閑話125】

よく嘘をいう男、いつもいうことがくるくる変わる。「おれのうちに雌鶏が一羽いるが一年に卵を千個生むよ」といったが、人に「そんなにたくさん生むわけがない」といわれると、「それじゃ八百個だ」という。また「そんなはずはない。」といわれると、「それじゃ六百個だ」という。また「そんなはずはない」といわれると、しばらく思案して「卵の数はもうこれ以上減らすわけにはいかんから、雌鶏を一羽増すことにしよう」。

（雪濤諧史）

子夜呉歌

唐　李　白

長安の空に一片《ひとひら》月浮かび　　あちらこちらにきぬたぞひびく
秋風は吹きわたりてぞ止みもせで　　前線想い愁いは尽きず
いつの日か胡《えみし》を討ちて故郷へ　　君帰る日を待ちわびいのる

雪月花には、前線に徴《と》られた良人を想い、息子を想い、風雨には想い募りて涙をながす。砧《きぬた》打つ手を休めずも、西空仰いで愁悶す。いつの日還るや分からぬを、思慕の念いはいや増すばかり。「子夜」は東晋時代の女子の名。その作った歌には哀調がこもっていた。後人その調子に合わせ四時行楽の歌詞を作り、「子夜四時の歌」といった。東晋は古《いにしえ》の呉の地に都をおいたので、これを呉歌という。

長安一片月
万戸擣衣声
秋風吹不尽
総是玉関情
何日平胡虜
良人罷遠征

長安一片《いっぺん》の月
万戸衣《きぬ》を擣《う》つの声
秋風吹いて尽きず
総《す》べて是《こ》れ玉関《ぎょくかん》の情
何《いず》れの日か胡虜を平らげて
良人《りょうじん》遠征を罷《や》めん

擣衣声＝きぬたの音。絹布を杵で打ってやわらかくし、またつやを出す。冬衣の準備。**総**＝一片の月、砧の音、秋風、それらすべて。**玉関情**＝玉門関のかなたに出征中の夫を思う心。

長安西門（1985年７月撮）

秋の思い

唐　李白

燕支山《えんしざん》黄葉落ちて秋深し
湖《こ》の上に浮かぶ碧雲《あおぐも》早や去りて
胡兵たち砂漠の塞に集結し
君憶《おも》い一日千秋待ちのぞむ

はるかに望む白登《はくとう》の台
単于《ぜんう》の国から秋色は濃し
漢使は帰る和議ならずして
蕙草《かおりぐさ》枯れ妾《わ》も老いるを

出征する兵士の辛さもさることながら、夫の留守に堪える銃後の主婦も察するに余りある。いつの時代も、蕙草枯れ妾も老いるは悲痛きわまりなし。

秋思

燕支黄葉落　燕支《えんし》に黄葉《こうよう》落ち

秋思（『北斎唐詩選画本』より）

妾望白登台
海上碧雲断
単于秋色来
胡兵沙塞合
漢使玉関回
征客無帰日
空悲蕙草摧

妾《わ》は望む白登台《はくとうだい》
海上碧雲《へきうん》断《た》え
単于《だんう》秋色来たる
胡兵沙塞《ささい》に合し
漢使玉関《ぎょくかん》より回る
征客《せいかく》帰るの日無し
空《むな》しく悲しむ蕙草《かおりぐさ》の摧《くだ》かるるを

万里長城（1985年７月撮）

▼舟に刻して剣を求む　【妙趣閑話126】

楚の国のある男が河を渡っていて、舟から水の中へ剣を落とした。「落ちたのはここだ」と、男は急いで舟べりに刻みをつけた。舟が止まると、男はその刻み目のところから水の中に入って剣をさがした。（呂氏春秋）

塞下《さいか》の曲

唐　李白

初夏五月ここ天山《てんざん》は雪の中
笛の音は折楊柳《せつようりゅう》の曲伝え
夜明けには金鼓《きんこ》と共に打って出て
我が腰の剣をとりて楼蘭《ろうらん》を

花まだ咲かず寒さきびしき
春の気配はまだ程遠し
宵には鞍《くら》を抱いて眠れる
早く平らげ妻子のもとへ

金鼓＝陣鉦《じんかね》と陣太鼓と。陣中の号令に用いるもの。**楼蘭**＝漢魏時代の西域諸国の一つ。ガンダーラ文化の影響を示す遺品、漢式鏡、漆器などを発掘。

いくさには春夏秋冬はないが、ここ天山の雪中で、花咲くときに花はなく、柳の芽ばえもまだ見えず、春とはいえどその気配なく、太鼓の音で眼をさまし、鞍を抱いて毎夜寝る。我れ一人でもこの剣で、楼蘭を斬り従えて早く凱旋したいものだ。

塞下曲

五月天山雪　無花祇有寒　　五月天山《てんざん》の雪　花無くして祇《ただ》寒さ有り

笛中聞折柳　春色未曾看
暁戦随金鼓　宵眠抱玉鞍
願将腰下剣　直為斬楼蘭

笛中折柳《せつりゅう》を聞くも　春色未《いま》だ曾《かつ》て看《み》ず
暁戦には金鼓《きんこ》に随い　宵眠には玉鞍《ぎょくあん》を抱く
願わくは腰下の剣《つるぎ》を将《もっ》て　直《ただ》ちに為に楼蘭《ろうらん》を斬らん

万里の長城の最西端にある関・嘉峪関《かよくかん》

▼年をくらべる（較歳）　**【妙趣閑話127】**

ある人に女の子が生まれた。これに二歳になる男の子を婚約させようと仲立ちをする人があった。男、腹を立てて、「うちの娘は一歳で、その男の子は二歳だ。うちの娘が十歳になるときは、その男の子は二十《はたち》になる。そんな年寄の婿にやれるものか」。女房それを聞いて、「お前さん、そりゃ勘定が違いましょう。うちの娘は今年は一歳でも、来年はその男の子と同じ年になるわけだから、くれた方がいいじゃありませんか」。（笑府）

夜受降城に上りて笛を聞く

唐　李益

回楽峰《かいらくほう》ふもとの沙漠雪に似て
蘆笛《あしぶえ》の聞こえてくるはいずれぞや
受降《じゅこう》城外月霜のごと
将兵すべて家郷を想う

受降城＝降伏者を受け入れるための城。漢の武帝のときに初めて築いたものであるが、唐代に東、西、中の三城を築く。この詩の受降城は西城であろうといわれる（寧夏回族自治区霊武県）。**回楽峰**＝「霊州大都督府に回楽県あり」（『旧唐書』）と。

夜上受降城聞笛

回楽峰前沙似雪
受降城外月如霜
不知何処吹蘆管
一夜征人尽望郷

回楽峰前《かいらくほうぜん》沙《すな》は雪に似たり
受降城外《じゅこうじょうがい》月は霜の如し
知らず何《いず》れの処にか蘆管《ろかん》を吹く
一夜征人尽《ことごと》く郷を望む

蘆管＝蘆の葉を巻いた笛。蘆笛《あしふえ》。

出塞

唐　王昌齢

月関所《せきしょ》秦漢のときと変わらずも　長征の人いまだ還らず
古の名将軍が在《あ》るならば　胡人の馬を陰山《いんざん》越させじ

陰山＝内蒙古の北部の山脈。万里の長城とゴビ砂漠の間にあたる。

長い中国の歴史の中で、匈奴にてこずったのは唐時代も例外ではない。強制徴兵された多くの若者やその家族の心労や負担、そして「万里長征人未《いま》だ還らず」、多くの人が帰り得なかったという。そこでは、軍を率いるのに名将があるや否やで、その命運は大きく変わる。「但《た》だ竜城《りゅうじょう》の飛将《ひしょう》をして在《あ》らしめば」ということになるであろう。

秦時明月漢時関
万里長征人未還
但使竜城飛将在

出塞

秦時明月漢時関
万里長征人未還
但使竜城飛将在

秦時の明月《めいげつ》漢時の関
万里長征人未《いま》だ還らず
但《た》だ竜城《りょうじょう》の飛将《ひしょう》をして在《あ》らしめば

不教胡馬度陰山

不教胡馬度陰山

胡馬《こば》をして陰山《いんざん》を度《わた》らしめじ

竜城＝匈奴が築いた塞外の城。**飛将**＝漢の大将軍・李広のこと。**胡馬**＝胡《えびす》の馬。

▼手柄 【妙趣閑話128】

晋の元帝は皇子が生まれた祝いにあまねく群臣に下賜《かし》をした。そのとき予章郡太守の殷羨《いんせん》が、「皇子のご誕生、天下ひとしくお喜び申し上げております。臣は何の手柄もございませんのに、手厚い賜物を頂戴し、恐縮至極に存じます」とお礼を言上した。すると元帝は、「このことでは、そなたに手柄を立てさせるわけにはいかんよ」。

（世説新語）

▼ざるをかぶる（戴笆斗） 【妙趣閑話129】

掛取りを避けている男、たまたま所用で外出したが、人に顔を見られぬようにざるをかぶって行くうち、貸主に見つけられる。その貸主がざるを弾《はじ》きながら、「約束の金はどうです」といったので、とりあえず、「明日」とごまかしたが、そのうちに、大粒の雨が降ってきて、ざるの上にポトポトとはげしく当たった。そこで男大いにあわて、「残らず明日」といった。

（笑府）

二十一　流謫憐憫

左遷されて藍関に至りしとき姪孫《てっそん》の湘《しょう》に示す

唐　韓　愈

今朝天子に奏《そう》す建言書
我れ信じ天子の弊を除かんと
秦嶺《しんれい》に雲横たわり我が家見ず
遠くより来たる汝の意は分かる

夕には左遷遠き潮州《ちょうしゅう》へ
朽ちたる身をば命惜しまん
雪降りしきり馬はすすまず
我れ倒れなば骨は瘴江《しょうこう》

姪孫＝兄弟の孫。**潮州**＝広東省潮安県。**秦嶺**＝長安の南にある山脈。**瘴江**＝毒気のある河。ここでは韓江を指す。

唐の憲宗は、仏教を信じ、八一九年仏骨を宮中に迎えて三日間供養した。このとき韓愈は、儒学復興の立場から反対し、「仏骨を論ずる表」を奉った。これが天子の怒りに触れ、死罪になるところを罪一等を減ぜられ潮州に左遷された。途中藍関《らんかん》にさしかかったときに姪孫の湘が後から追いついて来たので、この詩を作って渡したとある。

すでにこのときには、韓愈はその死を覚悟していたのであろう。しかしこの翌年、憲宗の崩御によりゆるされて都に帰り、こののち四年にして五十七歳で亡くなっている。

左遷至藍関示姪孫湘

一封朝奏九重天　夕貶潮州路八千
欲為聖明除弊事　肯将衰朽惜残年
雲横秦嶺家何在　雪擁藍関馬不前
知汝遠来応有意　好収我骨瘴江辺

一封《いっぷう》朝《あした》に奏《そう》す九重《きゅうちょう》の天《てん》　夕べに潮州に貶《へん》せらる路《みち》八千《はっせん》
聖明《せいめい》の為に弊事《へいじ》を除かんと欲す　肯《あえ》て衰朽《すいきゅう》を将《もっ》て残年を惜《お》しまんや
雲は秦嶺《しんれい》に横たわって家何《いず》くにか在《あ》る　雪は藍関《らんかん》を擁《よう》して馬前《すす》まず
知る汝が遠く来る応《まさ》に意有るべし　好し我が骨を収《おさ》めよ瘴江《しょうこう》の辺《へん》

一封＝一つの密封した上奏文。**九重天**＝天子のおひざもと。**貶**＝官職をおとされる。**路八千**＝八千里の道のり。**聖明**＝聖徳明知の天子。天子をほめていった語。**弊事**＝弊害になること。仏骨をむかえ迷信のいとぐちをつくること。**衰朽**＝老いさらばえた身。**藍関**＝秦嶺にある関所。

▼手玉にとる　【妙趣閑話130】

ある先生が昼寝して醒めたとき、てれくささをごまかすのについ口をすべらして、「わしは周公を夢にみた」といった。

あくる日の昼、弟子が真似をして昼寝をした。そこで先生が笞《むち》で叩き起こして「けしからん、よくもそんなことを！」と叱ると、弟子、「わたしも周公に会いに行ったのです」。「で、周公は何と仰せられたぞ」、「周公は、昨日は先生とは会わなかったと仰せられました」。（笑府）

白楽天の江州の司馬に左降せらるるを聞く

唐　元稹

夜明け前焰《ほのお》あがらずゆらゆらと　今夕かなし君謫《たく》せらると
重病で聞きておどろき起坐《きざ》するも　暗風《あんぷう》無情寒窓に入る

暗風＝暗夜の風。

親友の白楽天が左遷されたのを重病の床で聞き、驚きのあまりガバッと起きて、床の上で詠んだ作品か。

聞白楽天左降江州司馬

残灯無焰影幢幢　此夕聞君謫九江
垂死病中驚起坐　暗風吹面入寒窓

残灯《ざんとう》焰《ほのお》無く影幢幢《とうとう》たり　此《こ》の夕べ聞く君が九江《きゅうこう》に謫《たく》せらるるを
垂死《すいし》の病中驚いて起坐《きざ》すれば　暗風《あんぷう》面を吹いて寒窓に入る

幢幢＝ゆらゆらゆれ動くさま。**九江**＝江州。今の江西省九江県。**垂死**＝ほとんど死にそうな状態。

聞白楽天左降江州司馬（『唐詩選画本』より）

▼閻魔王名医を求む（冥王訪名医）　【妙趣閑話131】

閻魔王が地獄の鬼卒《きそつ》に、娑婆へ出て名医をさがしてくるよう命じ、「門前を恨めしそうな幽霊のいない医者が名医だ」と教えた。鬼卒娑婆に行き、医者の門前を通るに、どこへ行っても幽霊が屯《たむろ》している。ところが最後にたずねた医者の門前を、幽霊がただ一人、行ったり来たりしていたので、これこそ名医に違いないと思って聞いてみると、昨日看板を出したばかりの医者であった。

（笑府）

程顥《ていこう》　70
陶淵明《とうえんめい》　29, 31, 34, 54, 57, 59, 107, 184, 186, 196, 278, 295
杜荀鶴《とじゅんかく》　85
杜甫《とほ》　25, 27, 124, 137, 142, 147, 157, 203, 210, 251, 270, 300
杜牧《とぼく》　114, 171, 175

▶は行

白居易《はくきょい》　36, 144, 145, 182, 194, 216, 230, 243, 275, 302
范成大《はんせいだい》　282, 284, 286
皮日休《ひじつきゅう》　291, 293, 294
武帝《ぶてい》　128
馮道《ふうどう》　205

▶ま行

毛奇齢《もうきれい》　141
孟浩然《もうこうねん》　66, 122, 237

▶や行

楊維楨《よういてい》　188, 287, 289

▶ら行

李益《りえき》　136, 332
陸游《りくゆう》　52, 62, 64, 190
李商隠《りしょういん》　306
李紳《りしん》　280
李白《りはく》　2, 5, 9, 11, 12, 14, 16, 19, 21, 23, 61, 88, 89, 92, 94, 104, 115, 117, 118, 133, 135, 140, 152, 154, 164, 165, 174, 178, 208, 225, 228, 246, 248, 250, 265, 267, 268, 273, 298, 308, 320, 322, 323, 326, 328, 330
劉希夷《りゅうきい》　240
魯迅《ろじん》　192

作家別索引

▶あ行

晏殊《あんしゅ》　79
烏孫公主《うそんこうしゅ》　150
于武陵《うぶりょう》　260
王維《おうい》　82, 257, 262, 312
王翰《おうかん》　318
王昌齢《おうしょうれい》　170, 333
王梵志《おうぼんし》　214
王陽明《おうようめい》　84, 101

▶か行

賀知章《がちしょう》　77
韓偓《かんあく》　162
寒山《かんざん》　96
韓愈《かんゆ》　80, 198, 199, 201, 223, 336
許渾《きょこん》　231
屈復《くつぷく》　131
元好問《げんこうもん》　75, 221
元稹《げんしん》　139, 304, 338
阮籍《げんせき》　218, 220
権徳輿《けんとくよ》　256
呉偉業《ごいぎょう》　73
黄景仁《こうけいじん》　264
江総《こうそう》　166
高適《こうてき》　232, 310

▶さ行

朱熹《しゅき》　99, 180
辛棄疾《しんきしつ》　76
岑参《しんじん》　253, 255
薛稷《せつしょく》　234
曹松《そうしょう》　316
曹植《そうしょく》　155
曹丕《そうひ》　168
蘇東坡《そとうば》　68

▶た行

戴叔倫《たいしゅくりん》　239
張九齢《ちょうきゅうれい》　235
張継《ちょうけい》　112
張謂《ちょうい》　159
陳師道《ちんしどう》　50
陳子昂《ちんすごう》　132

藤井莫雲（ふじい・ばくうん）
1922年，大分県別府市に生れる。
現在，大分市在住。

三十一文字《みそひともじ》の漢詩《かんし》
中国詩《ちゅうごくし》に見《み》る寂寞《せきばく》の心想《しんそう》

■

2004年７月20日　第１刷発行

■

著者　藤井莫雲
発行者　西　俊明
発行所　有限会社海鳥社
〒810-0074 福岡市中央区大手門3丁目6番13号
電話092(771)0132　FAX092(771)2546
http://www.kaichosha-f.co.jp
印刷・製本　有限会社九州コンピュータ印刷
ISBN 4-87415-466-2
[定価は表紙カバーに表示]